O HOMEM QUE MANDAVA FLORES

Fabiane Valdozende Alheira

O HOMEM QUE MANDAVA FLORES

1ª Edição

Rio de Janeiro
2019

ISBN 978-65-80174-10-2

fabiane.alheira@gmail.com
Impresso no Brasil / *Printed in Brazil*
1ª Edição - 2019

Capa, projeto gráfico e diagramação: Gisela Fiuza / GF Design
Foto original flores capa: "Pesches Flowers and Garden Center" Des Plaines IL
Revisão: Cláudia Amorim

Dados Internacionais de Catalogação na Publicação (CIP)
(Câmara Brasileira do Livro, SP, Brasil)

Alheira, Fabiane Valdozende
O homem que mandava flores / Fabiane Valdozende Alheira. -- Rio de Janeiro : Red Tapioca, 2019.
ISBN 978-65-80174-10-2
1. Ficção brasileira 2. Filosofia - Ficção 3. Literatura brasileira - Filosofia I. Título.

19-29532 CDD B869.3

Índices para catálogo sistemático:
1. Ficção : Literatura brasileira B869.3
Iolanda Rodrigues Biode - Bibliotecária - CRB-8/10014

Aos meus pais Carmen Lucia Valdozende Alheira,
Paulo Roberto de Souza Alheira *(in memoriam)*
Às minhas avós Cecilia *(in memoriam)* e Anita *(in memoriam).*
Duas mulheres guerreiras que, sozinhas,
souberam cuidar tão bem dos meus pais.

Ao Bernardo, e a todas as Emmas, Sâmias, Valeries e Selmas
que me inspiraram.

Agradecimentos

Meus mais sinceros e profundos agradecimentos a Gisela Fiuza. Obrigada por todo o apoio e parceria, e por não ter sucumbido, mesmo quando o cansaço e o esgotamento físico tomaram conta de seu corpo nas noites viradas. Obrigada pelo carinho e amizade.

Às minhas amigas que leram os primeiros capítulos e me incentivaram a seguir em frente: Daniela Menaei, Gabriela Bahadian, Raquel Montez Pires e Priscila Barreto.

A Michelle Anne Pereira, Barbara Menaei e Ana Cecilia Martyn pelo incentivo, apoio, e por nunca terem me deixado cair.

A Fabiane Souza Gomes que estendeu sua mão, confiando e acreditando no meu potencial.

A Immacolata Tosto pela ajuda no processo de conhecimento.

Aos meus tios Anirya Valdozende Vieira de Mello e Everaldo José Vieira de Mello *(in memoriam)*, que tanto torceram por mim.

À Flávia Callafange pelo carinho e dedicação em fazer com que meu livro ultrapassasse fronteiras. Muito Obrigada!

Ao Gustavo Ramos por acreditar no meu trabalho e no potencial do meu livro, minha eterna gratidão.

Nota da Autora

Passeando pela praia de Copacabana, me deparei com uma placa no chão, "A vida muda na proporção da sua coragem". Voltei pra casa, fiz uma panela de brigadeiro e comecei a escrever as primeiras linhas de "O Homem que Mandava Flores". E aqui lhes apresento o resultado da minha coragem.

0

Abri o envelope, li a carta inesperada.

"Não aguento mais a pressão... está me destruindo. Nesse momento de lucidez, consigo enxergar. Mas já é tarde! Me deixei seduzir, minha culpa, ou não, já não sei. Tudo começou como uma brincadeira, um flerte que acabou tomando proporções perigosas. Dilacerei a vida de quem eu mais amava, e estou pagando um preço muito mais alto por isso (...)"

Eu não fazia ideia ainda do que me revelaria o significado de tantos mistérios insondáveis na minha remota inocência. A carta não finda agora, mas, antes, é preciso entender o que se passou.

1

Madrid, 5 de janeiro de 2018 - Dia de Reis

Era véspera do Dia de Reis e caminhávamos pelas ruas de Madrid.

Dia de Reis é uma data católica muito difundida na Espanha; mais importante até que o Natal. Reza a lenda que foi na noite do dia 5 para o dia 6 de janeiro que os Três Reis Magos finalmente encontraram o Menino Jesus e puderam entregar os presentes que traziam consigo. Atribuiu-se, portanto, a essa data o nome "Dia de Reis", quando ocorre a tradicional troca de presentes. Segundo a tradição, as crianças enviam suas cartinhas aos Três Reis Magos – Belchior, Baltazar e Gaspar – e, na noite do dia 5, aguardam ansiosamente a visita. Dependendo do comportamento ao longo do ano, são agraciadas com presentes ou pedaços de carvão.

Todas as pessoas, e nós também, pareciam ter saído de suas casas para ver a Cabalgata de Reyes: um desfile de carros alegóricos que começa por volta das 18h30 na Plaza de San Juan de la Cruz en Nuevos Ministérios, passa pela Plaza del Doctor Marañón, segue pela Glorieta de Emilio Castelar, Plaza de Colón e Paseo de Recoletos até chegar a Plaza de Cibeles, por volta das 20h45.

Percorremos os cerca de 6 km de caminhada de onde estávamos atrás do tão esperado espetáculo de cores e caramelos jogados para as crianças, mas, a cada ponto do roteiro que alcançávamos, percebíamos que já haviam passado. Assim fomos, de um lado para outro, sempre atrasados. Eu, cada vez mais frustrada, não conseguia esconder o desapontamento. Seria a primeira vez que assistiria ao desfile, meu début de Cabalgatas.

Avistamos uma única bicicleta. Madrid é repleta de bicicletas elétricas para alugar; é um serviço público muito eficiente, mas cheio de regras e uma delas é: cada bicicleta só pode ser utilizada por uma única pessoa de cada vez.

Ele olhou para mim e disse:

– Vamos?

E lá fomos nós dois, espremidos, feito loucos pelas ruas, atrás dos carros alegóricos, enquanto a multidão nos olhava estupefata. Afinal, estávamos transgredindo as normas, e certamente os Três Reis Magos nos trariam carvão na manhã seguinte.

A bicicleta era veloz. O vento congelante que açoitava meu rosto me remeteu à antiga sensação de autonomia, confiança e bem-estar que costumava sentir. Apesar do frio, as ruas estavam apinhadas de gente, gente alegre, feliz. Havia casais de todas as idades caminhando de mãos dadas, grupos de amigos cantarolando pelas ruas e crianças correndo com seus balões enquanto outras catavam as balas jogadas pelos participantes do desfile e as guardavam em sacos de papel.

Finalmente chegamos à Plaza de Cibeles, com dez minutos de atraso. Dez minutos e já era tarde. Não havia sequer um sinal da Parada, nenhum Rei Mago perdido; nada, apenas as luzes. Madrid estava toda iluminada, sua luz era refletida no rosto das pessoas, uma mescla de azul, vermelho, lilás e amarelo tornando o Palácio das Comunicações ainda mais imponente.

Deixamos a bicicleta no local de recolhimento e, para não perdermos a viagem, sugeri algo que não estava no escopo da nossa aventura:

– Vamos ao Terraza? A vista lá de cima deve ser incrível.

O bar ficava no rooftop do Círculo de Bellas Artes de Madrid, um dos mais importantes centros culturais privados da Europa. Fundado em 1880 por um grupo de artistas, tem mais de 1.200 obras de arte em seu acervo. O prédio fica entre a Calle de Alcalá e a Gran Vía.

– Senhor – o segurança indicou a fila para comprar o ticket de entrada.

Óbvio que ele olhou para a fila e reclamou. Isso já havia virado um jogo, uma implicância entre a gente, mas ele sempre acabava enfrentando qualquer que fosse o tamanho da fila para me ver feliz. Virou-se para mim e fez aquele gesto, o nosso gesto, com as mãos em forma de garras em um movimento como se estivesse fincando-as nas costas de alguém, e isso tudo com direito a sonoplastia. Soltava um grunhido que mais parecia um "qui" com a boca fechada e os dentes trincados, querendo dizer que eu estava sempre subindo nele, fincando minhas garras em suas costas. Eu levantava o canto da boca e franzia o nariz erguendo a sobrancelha. Ele adorava essa minha expressão. De vez em quando me dava conta de que, se eu não a fizesse, o frustraria; portanto, todas as vezes que ele fazia essa gracinha eu retribuía com minha careta. Ele amava isso, e então mordia meu nariz, me dava um beijo na testa, passava o braço pelo meu pescoço, me puxando contra seu peito.

Chegando lá em cima, percebi que Madrid parecia ainda mais linda e muito mais fria também. A gente ria da gente, dos outros, dançava; era um mundo só nosso, como se não houvesse ninguém nos observando.

– Eu gostaria de uma taça de El Pecado, por favor – Esse era um dos vinhos preferidos dele, dizia que gostava do nome El Pecado, Raul Perez El Pecado, Ribeira Sacra, um dos 50 melhores vinhos espanhóis; dava um ar de mistério em relação ao pecado a ser cometido na noite.

– Qual vai ser o pecado de hoje? – Sondei com ar malicioso.

– Bom, o da gula, acho que já cometemos, nos faltam seis. – Disse ele, abrindo aquele sorriso largo, um tanto prognata. – Garçom, por favor, poderia me trazer um papel e uma caneta?

Imaginei qual brincadeira estaria tramando. Ele se virou de costas para mim enquanto escrevia algo que eu não conseguia ler, em pequenos pedaços de papel, dobrando-os um a um.

– Escrevi aqui alguns dos seis pecados capitais e alguns dos mais interessantes mandamentos bíblicos. Você vai escolher um e vamos cometê-lo, ok?

Respirei fundo, fiz minha escolha e abri.

– Não matarás – disse, entregando a ele o pedacinho de papel amassado.

– E agora? – Perguntou, com olhar malicioso.

Nossa bebida chegou e continuamos ali, especulando sobre como o pecado da noite seria cometido. O terraço era um lugar lindo, com colchões brancos de couro colocados um ao lado do outro, separados por pequenas mesas. Podíamos ver casais deitados namorando, amigos amontoados para se aquecerem do frio. Era possível deitar e olhar o céu. Havia dois ambientes totalmente ao ar livre com iluminação muito bem colocada, proporcionando ao local um clima ainda mais acolhedor. Almofadas e cobertores espalhados, o céu ainda vermelho, quase sem luz. O DJ tocava lounge. Cenário perfeito para uma noite de romance.

– Vou fazer xixi. – Durante o trajeto, me deu preguiça só de pensar em tirar as três calças que vestia para não morrer congelada. No banheiro havia calefação e só o esforço de tirar todas as calças e o casaco já me deixava suada. Realmente era de se pensar três vezes antes de ir ao banheiro. Aquilo não era para mim. Vivia na praia acostumada a andar de chinelo e short.

Quando voltei, senti certo desconforto, algo estranho se passava com ele, que permaneceu parado, olhando para o infinito, distante. Cheguei e não percebeu. Continuou incólume.

– Está pensando no pecado? Está com medo que eu morra? – Dei uma risadinha.

Ele se virou para mim, segurou minha mão, deu um beijo nela e disse:
– És bonita, és mesmo muito bonita. – E antes que ele revelasse o que angustiava sua mente, meu telefone tocou. Era minha amiga.
– Oi, Berta querida, como está? – Eu e Berta éramos amigas há anos. Ela havia se mudado há pouco tempo para Madrid. Conhecera seu namorado em uma de suas viagens quando fazia mestrado em História das Religiões. O romance evoluiu e decidiram se casar e viver aqui, nesta terra gelada, bem diferente do Rio de Janeiro.
– Tenho muitas saudades tuas, Emma! Estou muito feliz em saber que o caminho de vocês se cruzou novamente. Seja bem-vinda de volta a este lugar que tem o poder de nos enfeitiçar.

Marcamos de nos encontrar na estação Chueca. Chueca é um dos bairros gays do mundo. A estação do metrô tem todas as suas paredes pintadas com as cores do arco-íris. É um bairro alegre, cheio de vida, repleto de bares e restaurantes deliciosos.
– Onde vocês estão? – Perguntou Berta.
– No Terraza Bellas Artes, perto da Plaza de Cibeles. Uns oito minutos a pé até a estação Chueca.
– Oito minutos e estaremos juntas novamente, mal posso esperar – Senti a euforia em sua voz.

Ele acabou não terminando de dizer o que o afligia... Talvez nunca saiba o que ele queria me dizer.

Como na subida, tivemos de aguardar na fila para descermos. Sempre que entrávamos em um elevador com outras pessoas nos dava acesso de riso. Estrategicamente, escolhi ficar de costas para ele, a fim de evitar mais uma situação constrangedora. O elevador transportava o limite máximo de passageiros. Ele me puxou pela cintura e colocou discretamente sua mão por baixo do meu casaco, escorregando-a por dentro da minha calça. Foi descendo pelas minhas nádegas, que já estavam arrepiadas, até me encontrar molhada. Fez uma pressão com as mãos de forma que eu abrisse minhas pernas e ele pudesse me penetrar com seus dedos. Ninguém percebia nada. Nesse momento me dei conta de que nosso pecado havia começado.

Chegamos ao térreo. Ele me puxou pela mão e saímos correndo do elevador em direção à estação, pela Gran Vía. Ao atravessarmos a Calle de Alcalá para o outro lado, paramos para tirar uma foto com a fonte da Deusa Cibele ao fundo, bem ao fundo, quando subitamente vi um grupo de pessoas pedindo ajuda para as vítimas da tormenta que havia deixado centenas de desabrigados nas Filipinas na noite de Natal. Parei e me dei conta de como a vida é infinitamente mais difícil para milhões de outras pessoas, e que eu deveria, apesar de tudo, agradecer.

Ouço um estampido seco, pessoas gritando, corre-corre. O vento frio corta a pele do meu rosto. O gorro e as luvas já não são mais suficientes para me manter aquecida. Reconheço um rosto na multidão. Meu corpo fica gelado enquanto seus olhos miram o horizonte. Sinto-me fraca, a vista fica turva. Ouço ao fundo um barulho de sirene; luzes vermelhas ofuscam ainda mais a minha visão. Ele me empurra contra a parede, nossas mãos se desatam. Ele se coloca na minha frente. Tudo acontece muito rápido. Sinto meu sangue descer pelo corpo, fico pálida, minha consciência vai se perdendo... Penso na nossa brincadeira; penso se tivesse tirado outro pecado; lembro que não vi quais eram as outras opções, não abri os outros pedaços de papel. Minha mente está confusa e não consigo entender o que se passa. Ele continua lá, parado, perdido, enfeitiçado, olhando para a sirene enquanto eu entro em choque. Tento chamá-lo, não consigo. Minhas mãos alcançam levemente seu casaco, mas ele não sente. Minhas pernas perdem as forças, meus braços ficam dormentes, minha visão escurece.

Os barulhos da rua e da sirene se distanciam. Caio no chão. Vejo as pessoas em cima de mim, a movimentação delas em câmera lenta. Sinto a confusão, mas não o vejo. Sinto-me sozinha, tenho medo, onde ele está? Meu corpo dói, minhas entranhas ardem como fogo, entro em convulsão. Oito minutos, apenas oito minutos até a estação.

– Emma, Emma – escuto ao longe, muito baixo. Não reconheço a voz. A luz se apaga.

Pi pi pi...

Alvorada

2

Inevitavelmente, minha mente começa a vagar pelo passado. Três anos atrás...

Rio de Janeiro, 17 de março de 2015

Fim de expediente, 18h.

– Tchau pessoal, boa noite. – Pendurei minha bolsa no ombro e caminhei em direção à porta.

– Almoço amanhã? – Perguntou Lia. – Quero saber como foi seu aniversário; não consegui babá e minha mãe, bem, você sabe como é difícil...

Almoçar com Lia era a melhor parte do meu dia de trabalho, mas conciliar nossos horários nem sempre era possível.

Era um fim de tarde típico de março; nuvens negras no céu e muita chuva por vir, e logo. Dito e feito, mal pus os pés fora do prédio e a chuva torrencial caiu. Dei conta de que estava sem meu guarda-chuva e que, portanto, seria inevitável ficar encharcada no caminho até o metrô, a uns 120 metros de distância. Me despedi dos seguranças e segui em frente. Logo a rua começou a alagar, o que é comum acontecer na cidade.

De sandália e vestido branco, protegi meu Mac e caminhei tranquilamente como se não houvesse chuva, e como se meu vestido não estivesse completamente transparente, mostrando cada detalhe das rendas do meu sutiã. Não havia nada que eu pudesse fazer.

Entrei no vagão congelante. Não via a hora de chegar em casa, tomar um banho quente e assistir a uma boa comédia francesa. Quando desci na estação, ainda com esperança de que a chuva tivesse parado, percebi que as pessoas entravam molhadas. Era mau sinal.

Saí do metrô e logo me deparei com uma dúzia de vendedores de sombrinhas, e mais uma multidão de pessoas paradas embaixo da marquise, sem coragem de avançar.

Pedi passagem e prossegui, calma, de vestido molhado, torcendo para não pegar hepatite, leptospirose ou qualquer uma das doenças que aquela água, na altura da canela, fosse capaz de transmitir. O movimento dos carros formava ondulações significativas para quem estava a pé atravessando a rua. O trânsito e o nível da água subindo transformavam a cidade em um caos. Cheguei ao meu prédio encharcada, e tão logo o porteiro abriu a pesada porta talhada em ferro maciço para que eu entrasse, avistei um lindo arranjo de flores sobre sua mesa.

– Que flores lindas!

– São para a senhora, d. Emma – disse ele sorrindo carinhosamente enquanto me entregava o arranjo. Meu queixo caiu.

A curiosidade foi tamanha que não aguentei e abri o envelope ali, antes mesmo de entrar no elevador.

> "Feliz Saint Patrick's Day! Estas flores são para você sentir minha presença na sua casa tão gostosa. Pense na minha proposta. Eu já me considero seu namorado. Minha vontade é estar aí com você.
>
> Um beijo, Luc."

Gelei! A porta do elevador se fechou e, enquanto subia até o meu andar, as memórias renasceram na minha mente.

Pi pi pi...

O tumulto continua, permaneço no chão.

3

Capadócia, setembro de 2014

Eram 8h. Ouvi ao longe um barulho chato, irritante, persistente e que aumentava cada vez mais. O som era estridente. Demorei para me dar conta de que era o telefone do hotel que tocava. Olhei para o lado e, embora minha visão ainda estivesse turva, pude perceber que não havia mais ninguém no quarto além de mim.

– Hello! – Atendi grogue, cansada, completamente esgotada da noite anterior.

Fomos a uma festa em um hotel perto do nosso, em Gorëme. Um amigo turco, Zeki, que eu havia conhecido em uma exposição de arte em uma famosa Galeria em Tóquio há uns três anos, nos convidara. O evento foi memorável, nada típico. O dono do hotel, Tabor, celebrava o aniversário com uma comemoração bastante cosmopolita, com pessoas dos mais diversos lugares do mundo. Havia gente de todo tipo: bonita, feia, excêntrica, com burca, de biquíni, drag, gay, hétero. Todos conviviam harmoniosamente no local. Pelo visto, ele era muito querido. Os últimos convidados deixaram a festa lá pelas 6h, com o sol raiando.

– Sou eu, Emma, acorda. – Disse Rebeca do outro lado do telefone.
– Onde você está? Por que não está aqui no quarto? – Perguntei, saltando da cama.
– Emma, levanta rápido!
– O que aconteceu, Rebeca? São oito da manhã, está tudo bem com você?
– Estou no hall, aqui embaixo. Não quero que ninguém escute. Preciso que venha até aqui. Coloca uma roupa, você não vai se arrepender. – Ela sussurrava tão baixo que eu mal conseguia entender o que dizia.

Coloquei qualquer coisa que cobrisse minhas pernas – e fosse leve o bastante para não me fazer arder no inferno do calor de pleno verão na Capadócia, com sensação térmica de 40°C às 8h –, uma camiseta, meu lenço e desci correndo.

No lobby do hotel, Rebeca explicou que ouvira a conversa de duas holandesas que vinham pela terceira vez à Capadócia para visitar uma senhora que lia o futuro.

A senhora era tão poderosa que foi capaz de acertar a data do nascimento do filho de uma delas, mesmo antes da gravidez. Previu também a doença e a morte de uma pessoa querida, além da mudança repentina de casa e emprego.
– Tenho medo disso. – Aleguei, embora minha curiosidade se sobrepujasse a ele. – Você não?
– Aluguei uma Vespa.– Rebeca levantou a mão direita mostrando uma chave.

O sono, a esta altura, já não existia mais. A empolgação em saber o que o futuro guardava para mim foi capaz de cessá-lo. Esse tipo de ambição, em desvendar o póstero, está incutida em mim.

A senhora morava em Ürgüp, também província de Nevşehir, localizada a cerca de 24 km de Göreme. Colocamos os capacetes, as coordenadas no GPS e partimos rumo à Senhora do Destino; era assim que as holandesas se referiam à vidente.

O caminho foi um espetáculo à parte, o sol já queimava nossa pele, e da estrada era possível ver as chaminés de fada; formações rochosas esculpidas pela erosão na forma de grandes colunas com formato de cones que sustentam em seu topo um pedaço de rocha ainda maior, como se fosse um chapéu, podendo chegar a 40 m de altura. Passamos por cidades construídas nas rochas, cidades subterrâneas e pequenos vilarejos onde tecelões produziam seus tapetes de seda. A sensação de liberdade e o vento no rosto, somados ao colorido das montanhas, compensavam a terra da estrada, que, abusada, invadia nossas narinas e selava nossa boca.

Calor infernal, sol rasgando, ventania de poeira, a luz variando num dégradé entre o amarelo e o vermelho, o céu azul sem nenhuma nuvem e cheio de balões coloridos dançando um ballet por entre as chaminés de fadas. Nesse cenário, estávamos, eu e Rebeca, as Rainhas do Deserto, de Vespa e lenço no pescoço.

No caminho, paramos para tomar um suco de laranja com romã, típico da Turquia. Olhávamos atentas a tudo, por todos os lados. O GPS, nem sempre atualizado, e as placas confusas fizeram com que nos perdêssemos inúmeras vezes. Ninguém falava inglês nas aldeias pelas quais passávamos, mas a boa vontade das pessoas em nos ajudar era tão grande que chegavam a desenhar mapas em pequenos pedaços de papel. A aventura nos rendeu muitas gargalhadas. Nossa meta era chegar, não importando o tempo que levasse. Tudo inesperado e divertido, qualquer curiosidade era motivo para descermos da Vespa e registrarmos o momento. Eram tantas fotos, tantas paradas, tantas comprinhas de pulseiras e anéis que os 60 minutos de viagem se transformaram, com certeza quase que absoluta, em 180. Este era nosso estilo: sabíamos onde chegar; a questão era quando.

Finalmente nos deparamos com o pequeno vilarejo incorporado nas montanhas. Era uma cidade típica da região. A paisagem era a mesma: casas nas cavernas, esculpidas na rocha. Procuramos a Senhora do Destino, cujo nome verdadeiro era Sâmia, que significa "elevado", "sublime", "supremo".

Quem tem esse nome diz-se carregar qualidades extraordinárias, além de refletir aproximação com o divino. Ela era, de fato, uma predestinada.

Duas senhoras que teciam tapetes na calçada nos indicaram a casa, na verdade uma caverna. Embora simples, não tinha aspecto de pobreza, ao contrário, havia flores nas janelas e tapetes presos nas paredes externas. A casa exalava um perfume inebriante que nos fazia despertar um dos piores pecados capitais, sob a ótica feminina, a gula. O aroma que vinha de dentro era uma mistura de Raki, um licor aromatizado com anis, e kebab de cordeiro grelhado na fogueira. Batemos palmas e chamamos por Sâmia.

Surge por trás da porta – uma espécie de cortina de seda laranja e azul turquesa bordada com linhas douradas – uma moça jovem morena com um lenço verde água sobre os cabelos lisos, muito longos e pesados, de olhos grandes, arredondados e negros como seus cabelos, aparentando uns 25 anos. Ela se dirigiu até nós com um sorriso meigo no rosto:

– Olá, me chamo Llayda, como posso ajudá-las?

– Viemos de Göreme até aqui porque ouvimos falar muito bem e gostaríamos muito de conversar com a senhora Sâmia.

– Entrem. – Indicou a moça apontando para a porta.

O chão da casa era de terra batida, muito limpo, e o aroma delicioso de comida se tornara ainda mais intenso. Llayda atravessou uma pequena passagem na parede e sumiu. Cinco minutos depois, reapareceu agachada, de dentro do buraco, acenando com a mão pedindo para entrarmos, uma de cada vez. Eu fui primeiro.

O acesso era mais comprido que eu pensava – tive de passar curvada – e conduzia a uma espécie de câmara, como se fosse uma sala, ampla e acolhedora. Não havia mais ninguém. Llayda me indicou o local onde eu deveria me sentar, um banco velho. À sua frente havia uma mesa retangular feita com ripas grossas de madeira envelhecida pelo tempo, onde descansava um caminho de seda vermelho com desenhos em branco e uma vela acesa posicionada do meu lado esquerdo.

Por trás da mesa havia uma cortina de seda bem fina, vermelha e roxa, por onde surgiu uma senhora bem idosa, com seus 80 anos, que tudo indicava ser a avó de Layda. Um lenço preto cobria seus cabelos brancos. Ela veio na minha direção com a cabeça baixa; não conseguia ver seu rosto muito bem; a luz era fraca, mas dava para perceber que era maltratado pelo tempo. Seu sorriso era leve e bondoso. Não falou nada, sentou-se na cadeira posicionada do outro lado da mesa, suspendeu minhas mãos, acariciou-as por alguns segundos pousando-as novamente em cima da mesa. Llayda serviria de intérprete.

A velha senhora levantou o rosto e olhou profundamente para meus olhos. Ambas levamos um susto. Eu, porque percebi que ela não tinha um dos olhos, e ela, quando percebeu que meus olhos tinham cores diferentes.

Sâmia beijou minhas mãos. Parecia agradecer por algo que não fazia ideia do que fosse.

– Ela diz que o vento trouxe você aqui, que você está marcada, e que sempre esperou que a procurasse, sempre esperou por você. – Llayda acendeu um incenso para purificar o ambiente. Sobre a velha mesa havia um copo com água e sal. Disse que era para tirar as energias que porventura pudessem atrapalhar a leitura da borra do café.

Sâmia fez uma pequena meditação antes de começar o ritual. Preparou com suas mãos trêmulas uma mistura de pó de café, açúcar e água fervente em um pote de louça e colocou três colheres da mistura em uma xícara branca e limpa.

– Está pronta? – Perguntou Llayda. – Pegue a xícara, tampe-a com o pires e vire de cabeça para baixo na direção do coração. Mentalize uma pergunta. Não há necessidade de perguntar em voz alta, apenas mentalize. Ela é capaz de ler o que está em sua mente.

Segui as instruções. À medida que mentalizava as perguntas, virava a xícara e a velha Senhora do Destino lia o meu futuro, respondendo, exatamente, às minhas indagações, sem que eu pronunciasse uma palavra sequer. Depois de tantas questões, resolvi focar o amor. Concentrei-me e virei a xícara.

Ao se deparar com o desenho que a borra do café formara na louça, a velha senhora ficou inquieta, como quando percebeu a cor diferente dos meus olhos. Repetia a mesma frase diversas vezes, olhava para o fundo da chávena e repetia a frase. Olhava e fazia ruídos como se estivesse expelindo alguma energia ruim de dentro da alma.

Olhava várias vezes, dando a entender que queria se certificar do que estava vendo.

– Preste muita atenção, Emma! Você vai conhecer um homem. Esse homem lhe trará flores para que você o reconheça. – Dizia a senhora, aflita. – Você não pode deixá-lo escapar, suas vidas estão ligadas e só você poderá mudar o ciclo das coisas.

Achei a conversa um tanto estranha, e confesso que o olhar daquela senhora enquanto falava sobre meu destino me arrepiava a espinha.

Ela me olhou nos olhos e disse, de forma doce: – Minha filha, é o seu carma.

Abaixei os olhos, respirei fundo e fiz então a última pergunta. Dessa vez sem o ritual da xícara com café:

– Como perdeu seu olho? – Perguntei, olhando fundo para Sâmia. A senhora, então, não se negou a me contar sua vida e como seu destino havia sido traçado.

Revelou que seu marido certo dia ameaçou furar seu olho caso ela insistisse em dizer que via o que ninguém mais conseguia enxergar. Apesar de a cafeomancia ser tradição na Turquia e, naquela época, a maioria das mulheres conhecer a técnica, Sâmia era diferente, suas interpretações eram mais diretas e mais claras.

Egemen – que quer dizer "dominante", em turco – não gostava disso, não tolerava sua mulher ser conhecida por toda a Capadócia como uma espécie de bruxa da borra do café, referência no assunto. Ela atraía à época dezenas de pessoas todos os dias para a leitura, principalmente quando seu marido saía para trabalhar. A jovem não se deixou calar e, um dia, no final da tarde, um vizinho muito aflito porque havia perdido todas as suas cabras implorou que ela o ajudasse. E Sâmia assim o fez. Com seu coração repleto de bondade, estendeu a mão afetuosa mais uma vez. Egemen, ao chegar em casa, os flagrou, sozinhos. Não disse nada. Se dirigiu à cozinha, onde permaneceu por alguns minutos. Então voltou à sala onde os dois conversavam e puxou Sâmia com força pelos cabelos, a arrastou até a rua em frente a sua casa, jogando-a no chão. Puxou sua cabeça para trás, furou seu olho com um prego e derramou sobre ele azeite fervendo, o que explicava a queimadura ao redor do olho direito. O outro foi poupado.

Sâmia deu uma pequena pausa e passou a mão sobre o sinal de nascença que tenho em meu rosto, um pouco abaixo do meu olho direito.

Ele deixou o outro intacto para que ela não virasse uma inútil e um fardo que fosse obrigado a carregar. Assim, seria capaz de continuar desempenhando as tarefas domésticas e servindo ao marido. Aquele que devia protegê-la, mas que, em vez disso, a mutilou, a humilhou perante os vizinhos e as filhas, para que servisse de exemplo e se calasse. E assim aconteceu. Sâmia se calou até o dia em que viu a morte dele.

– Você é mau. – Disse Sâmia. – Consigo ver seu fim, seu perecimento, e não farei nada para evitá-lo. Você morrerá me pedindo ajuda e eu não estenderei a mão. Você estará só e a sua maldade o acompanhará.

Essa foi sua profecia para ele, que, desde o dia em que a humilhou, a violentou severamente todas as noites ao chegar em casa. A morte de seu marido seria a libertação de uma mulher que, aos 26 anos, teve a voz calada, o corpo violado e a alma humilhada durante cinco infindos anos, até finalmente enxergar que em breve seus dias seriam melhores.

Egemen ficou furioso e exigiu que a mulher fizesse algo para evitar sua morte. Ao contrário, ela se manteve calada novamente, enquanto ele, com mais força, imbuído de ódio, a torturava mais e mais, a fim de que dissesse algo que pudesse salvar sua alma. Mas ela não o fez e, após a premonição, não se deitou mais com ele. Ela apanhava todos os dias e ele só não a matou porque tinha a esperança de conseguir enganar sua morte. Até que, finalmente, sua hora chegou.

Era dia 7 de novembro de 1968 e Sâmia fez questão de acompanhá-lo até a cidade do outro lado do Rio Kızılırmak – o mais longo da Turquia, que banha a região da Capadócia e deságua no Mar Negro – para levar as cabras à venda. Ao chegarem à margem, acomodaram os animais em canoas para atravessá-los para o outro lado. O sol castigava a pele, o calor era insuportável. Egemen analisou a correnteza, traçou o melhor percurso e, antes mesmo de subir na canoa, foi dar seu mergulho, como de costume. O que Egemen não imaginava é que havia uma correnteza no fundo fazendo uma espécie de redemoinho. Quando mergulhou, suas pernas foram puxadas para baixo. Enquanto tentava manter a cabeça fora da água por alguns instantes, olhou fixamente para os olhos de sua mulher. Clamou por socorro, seus olhos arregalados emanaram o pavor e, naquele instante, ele soube que sua hora havia chegado. Proferiu as últimas palavras antes de ser engolido pelas águas:

– Você não se livrará de mim!

Às margens do Rio, Sâmia permaneceu imóvel, com os braços estendidos para baixo e as mãos cruzadas na frente do corpo. Não havia nada que pudesse fazer. Deixou o destino cumprir seu papel. Aos 48 anos, Egemen foi prestar contas com o divino e finalmente deixou sua mulher em paz.

Sâmia deslizou a mão sobre o terço que eu trazia no pescoço, segurou a cruz e me olhou fixamente por alguns instantes. Levantou-se, virou-se de costas e se dirigiu até um criado-mudo encostado na parede ao lado da porta por onde entrara. Abriu a terceira gaveta, retirou de dentro de uma caixinha de madeira colorida em tons de azul, verde, roxo e amarelo um trevo envelhecido, ressecado pelo tempo. Finalizou, dizendo: – Guarde isso com você e use a seu favor; perceba os sinais, todos os sinais.

Pi pi pi...

Sinto-me perdida, sozinha. Recordar esse encontro me conforta a alma. O frio é estarrecedor, onde ele estaria?

4

De volta a 17 de março de 2015. Saint Patrick's Day

... A porta do elevador se abriu, cheguei em casa.

Entrei sôfrega, larguei o sapato na entrada, coloquei as flores sobre a mesa e me encaminhei ao banheiro levando o cartão.

Entrei num banho quente antes que ficasse resfriada depois de a chuva ter me deixado completamente encharcada. Apaguei as luzes, acendi as velas, abri um vinho.

Li novamente o cartão que acompanhava o arranjo que Luc me enviara. Estaria o presságio anunciado pela velha senhora turca finalmente se concretizando? Seria ele o tal homem que me mandaria flores? Difícil não criar expectativas...

Li e reli o bilhete mil vezes. A água quente da banheira e o vinho tornavam meu banho ainda mais relaxante. As orquídeas deram à minha noite um sabor raro, particular. Uma injeção de ânimo, uma motivação, um tom colorido, um outro sentido ao meu cotidiano. A maneira de enxergar a vida muda quando menos se espera. Aquele simples gesto foi capaz de encher meu coração de esperança.

Repousava na banheira quando, em um estalo repentino, levei a mão rapidamente ao pescoço e segurei os dois pingentes do escapulário que acabara de ganhar de presente de aniversário de minha amiga Anna. Difícil não permitir que o entusiasmo e a empolgação entrassem de sola e invadissem meu coração. Escorreguei meu corpo para o fundo da banheira até que minha cabeça ficasse totalmente submersa, soltei todo o ar, fazendo borbulhas, e pensei: "Estaria também 'a profecia do escapulário' se concretizando?" Emergi, sorrindo.

Anna era uma amiga querida que tinha o dom de decifrar os mistérios mais profundos da alma. Aquele tipo de pessoa que, em uma mesa de bar, muitas vezes se concentrava em um único indivíduo e ali o hipnotizava, sugando sua atenção. Em pouco tempo de conversa, era capaz de discorrer sobre sua vida, seus anseios e seus medos, deixando o sujeito pasmo.

Ela dispunha da capacidade de transformar esses mistérios pessoais em incríveis peças de arte. Dizia que arte era algo tão valioso que não devia ficar guardado entre quatro paredes, mas, sim, andar livremente para ser admirada por todos, e assim se tornou uma famosa designer de joias.

Ela havia me presenteado com um escapulário, de um lado Santo Antônio e do outro, um coração, ambos desenhados por ela. O escapulário era cheio de pedrinhas como se fossem pérolas deformadas em tom nude, bem clarinho. Não era uma correntinha comum, era uma joia que, claro, vindo dela, obviamente tinha um significado forte por trás.

Ela já presenteara três amigas com esse colar, em diferentes momentos e circunstâncias, e, em uma semana, todas elas conheceram a pessoa com quem se casaram em seguida. Ela sempre contava essa história. E, então, no dia do meu aniversário, ao abrir a caixinha e me deparar com o escapulário, me senti alforriada. Exatamente essa palavra, alforriada, livre. Encarei-o como passaporte, como permissão para amar novamente. Chegou, enfim, a hora de sair do luto. A partir daquele instante não o tiraria mais do pescoço.

Eis que, três dias após o meu aniversário, estava eu indo me encontrar com Luc pela primeira vez...

Minha mente continuava divagando enquanto relaxava na banheira. Sentia-me bem, com a leve sensação de que, enfim, havia encontrado a pessoa certa. Meu lado racional não me permitia mergulhar profundamente nessa onda com o objetivo único de me proteger.

Pi pi pi...

Continuo sem entender o que se passa comigo; por que minha mente insiste em reviver esses momentos. O que aconteceu? Não ouço voz alguma.

5

10 de março de 2015. Meu aniversário.

Saí cedo para correr na areia, o sol nascia e o mar quase não tinha ondas. A praia começava a ficar movimentada, e o calçadão, apinhado de gente se exercitando. Havia bicicletas pela ciclovia e, na areia, bolas de um lado para outro nas redes de vôlei. Era um típico dia de verão carioca.

Tirei os chinelos e fui em busca dos 8 km diários, ida e volta na praia de Copacabana. Em seguida, dei um mergulho. O mar azul, e quente, era convidativo. Minha cabeça se voltou para Luc.

Saí do mar e o telefone tocou, impreterivelmente, às 8h, como ele disse.

– Olá, Emma, feliz aniversário! – Foi a primeira vez que ouvi sua voz. – Não disse que eu seria o primeiro a dar os parabéns para você?

– Obrigada pela gentileza. – Respondi com um sorriso no rosto.

Confesso que achei a voz dele um pouco estranha, nem fina nem grossa, meio meiga demais. Havia algo nela de que eu não gostava.

– Quero te conhecer, vamos nos encontrar na quinta? 20h? – Sua atitude decidida me surpreendeu, fugia do comportamento convencional.

Nos conhecemos em um aplicativo de namoro, uma semana antes, e cá estamos nós dois marcando um encontro. Tão logo a tela do meu celular estampou o famoso "It's a Match", recebi uma mensagem. Conversamos um pouco e ele chamou minha atenção. Foi espirituoso, engraçado, entendia meu humor ácido. Falamos sobre astrologia, viagens, sonhos, pesadelos, sobre como gostamos de cantar e quão desafinados somos.

A semana voou entre exposições, galeria e jantares com marchands. Não nos falamos mais, nenhuma mensagem. Mas eu tinha certeza do nosso encontro. Minha intuição não costumava falhar.

A quinta-feira amanheceu com o céu limpo e sem nuvens. A correria do dia não me possibilitou pensar com muito entusiasmo em nosso encontro, ao contrário. O cansaço me fez torcer para que Luc desistisse, inventasse alguma desculpa ou que simplesmente não desse sinal de vida e desaparecesse. A falta de ânimo para sair havia tomado conta do meu corpo. O telefone tocou, era ele. Naquele momento, ouvindo aquela voz, eu pensei em inventar uma desculpa e dizer que não daria para sair, mas ele me desarmou.

- Você quer sugerir algum lugar perto da sua casa? Tanto tempo fora do Rio que não tenho ideia.

- Tem o rooftop de um hotel com uma vista incrível para a praia. Estou mesmo muito cansada e, assim, vou a pé.

- Ótima escolha, estou habituado com hotel, sinto-me em casa. Às 20h te espero no saguão.

Nos despedimos e eu permaneci deitada tendo como companhia a preguiça que teimava em não me deixar. Faltando 30 minutos para o nosso encontro, reuni forças para sair do sofá e tomar banho. Lavei a cabeça, coloquei uma calça jeans larga, uma blusa branca com manga longa e plissada, calcei meu sapato de camurça abóbora de salto anabela, passei o pente no cabelo, sacudi a cabeça e fui, assim, de cabelo molhado e sem maquiagem.

Passei pela porta de vidro e lá se encontrava ele, de pé, parado, olhando aflito, me esperando chegar. Quando percebeu que era eu, abriu um sorriso enorme, lindo e não fez questão de esconder. Veio em minha direção, espalmou a mão esquerda nas minhas costas na altura da cintura, me deu um beijo estalado na bochecha e disse:

– Como você consegue ser ainda mais bonita? – Acenei com a cabeça, agradecendo o elogio.

Caminhamos em direção ao elevador e ele abriu a porta, dando passagem.

A hostess informou as condições da entrada e eu prontamente retirei meu cartão de crédito da bolsa para pagar, mas fui rapidamente impedida por ele.

– Você é minha convidada.

Ele me olhava como quem apreciava uma joia, um diamante. Seu encantamento por mim era visível. Durante a noite toda pude percebê-lo pasmo, fitando-me.

Sentamos em uma mesa na quina da varanda, com vista para toda a praia de Copacabana, seu mar e sua calçada de ondas brancas e pretas desenhadas pelas pedrinhas portuguesas.

O céu estrelado, a brisa fresca ao som agradável do DJ e o papo incrivelmente sedutor de Luc tornaram aquele momento algo sui generis. A conversa não se esgotava, conseguindo deter cem por cento da minha atenção.

A forma como propalava e descrevia suas viagens pelo mundo despertava em mim a mais avassaladora das curiosidades, provocando uma inquietude que não me possibilitava escapar de suas narrativas, mantendo-me ávida por ouvi-lo ainda mais. Havia nele um mistério que me hipnotizava.

Suas aventuras por lugares exóticos eram cercadas de magia e encantamento. Ouvi-lo discorrer sobre sua vida, por meio de sua retórica ao mesmo tempo eloquente, mas simples; forte, mas suave; me magnetizava. Sua fala clara denunciava um homem despretensioso, simples na alma e na forma como olhava o mundo. Sua educação e cultura eram marcantes.

– Tenho quatro filhos. – Disse ele de modo tão súbito quanto natural que estranhamente não me surpreendeu a ponto de desistir. Ao contrário, quis ficar e continuar a apreciar suas histórias.

Esperei que ele terminasse.

– Desculpe não ter dito antes. Quero te ver de novo, e não poderia fazê-lo sem ser sincero com você.

Antes que eu proferisse qualquer comentário acerca de sua extensa prole, ele notou o escapulário que usava, segurou-o e me perguntou se eu era católica.

– Sou católica, sim, mas não pratico. Não vou à missa nem rezo mais. Costumava rezar todos os dias, mas depois, parei de acreditar, simplesmente não rezo, não converso mais com Deus. Nem mesmo sei se ele existe... – Abaixei meus olhos exprimindo certa tristeza na alma e, ao mesmo tempo, vergonha por ter me aberto, assim tão facilmente, sobre minha falta de fé. Voltei meu escapulário para dentro da blusa.

– As respostas chegam quando a gente reza, é verdade. Eu rezo todos os dias e gosto muito de ir à missa. E, sempre que é possível, me confesso.

– Você realmente me surpreende.

– Gosto da energia, tento ir à missa em todos os lugares por onde passo. Já fui à missa na Índia, no Japão e até na Finlândia. Você sabia que a Finlândia é o país com o menor número de católicos da Europa? Lá só há uma única diocese, de Helsinque, capital do país, e eu tive a sorte de assistir a uma missa na Catedral de Santo Henrique. Como a Finlândia é um país luterano, as missas nessa igreja se destinam às pessoas não originariamente de lá, e são celebradas em diversos idiomas. É uma energia muito vibrante; um dia eu te levo lá.

Sem me dar conta, o foco sobre o tema quatro filhos havia se dissipado. Deixou de ser relevante, abrindo espaço a tópicos mais aprazíveis. Luc discorria sobre assuntos os quais nunca havia ouvido falar.

As horas de conversa acerca dos lugares que havia visitado, seus encantos e magias, e a forma como as missas eram celebradas, me estimularam, cessando meu sono, suprimindo meu cansaço.

Tudo que ele dizia parecia genuíno, sem jogo, às claras. Ele se mostrava por inteiro, sem máscaras, e aos poucos meu desinteresse inicial desapareceu, dando lugar a uma vontade irresistível de continuar ali ouvindo sua narrativa. Ele se mostrava atento a cada detalhe do que eu dizia. Contei-lhe minha vida – que, perto da dele, não tinha muita graça.

E então fui interrompida por sua franqueza, sem rodeios:

– Por que você está sozinha?

– Porque nenhum homem tem me surpreendido ultimamente. – Ele parou, pegou a bebida, deu um gole enquanto me olhava fundo com aqueles olhos negros, um tanto vesgos, e falou:

– Você está me surpreendendo, e estou gostando disso.

Fiquei desconcertada, e mudei de assunto.

– Deve ser incrível a sensação de ter todos os filhos de manhã quando acorda não é?

– Você quer ter filhos? – Respondeu ele com uma nova pergunta.

– Gostaria sim, mas não é a prioridade. O mais importante para mim é ter um relacionamento bacana. Filho é consequência.

– Respondendo à sua pergunta, não sei... Eu não sei como é acordar de manhã e ter todos os meus filhos comigo. Tenho quatro filhos, mas não tenho nenhum. Disse ele com um tom emocionado, beirando a frustração.

– Lamento.

– A única coisa que eu não posso mais ter na minha vida... – Uma pequena pausa, suficiente para eu imaginar a sequência da frase, foi dada. Pensei, "mais um filho". Afinal, querer ter outro contrariaria a lógica dos dias atuais.

– ... é outra ex-mulher. – Completou ele, para minha surpresa.

– Já vivi muitas coisas e agora sei o que devo fazer para ter a minha mulher e não deixá-la partir. Aprendi. Emma, eu sei quão grande e pesado o meu pacote é. Você não tem ideia do quanto.

– São 2h, preciso ir. – Disse, mudando de assunto.

– Você fez o tempo passar muito rápido. Mal percebi as horas e me perdi no tempo, me perdi aqui nos seus olhos coloridos. OC!

– OC? – Indaguei confusa.

– Isso, OC: olhos coloridos. E você ainda tem essa lágrima. – Passou a mão sobre o sinal logo abaixo do meu olho direito, um pouco acima da bochecha.

Andamos em direção ao elevador e descemos. Apesar da hora, a praia de Copacabana ainda tinha movimento.

Copacabana tem seus encantos; é um bairro democrático. Vemos de tudo, de prostitutas a beatas; do playboy aristocrata de família centenária do Edifício Chopin até famílias que vivem amontoadas em uma quitinete. Gosto desse lugar, do contorno do asfalto contrastando com a areia branca da praia, dos postes compondo um colar de luzes por toda orla. Copacabana é linda, nunca dorme e, não fosse a violência e o crescente número de viajantes atraídos pelo turismo sexual, seria ainda melhor viver aqui... Mas, mesmo assim, não perdeu seus encantos. A princesinha do mar se mantém firme em meio às intempéries.

– Vamos dar um pulo na praia?

Não me custaria, o papo era bom, por que não me deixar convencer?

– Estou há muito tempo fora do Brasil, quero sentir essa brisa quente que vem do mar mais de pertinho. E, então? Vamos? – Segurou minha mão já me levando com ele. – Só um pouco. Eu te acompanho até sua casa depois.

Quando ele tocou minha mão, me senti segura. O simples gesto de segurar a mão de alguém quando se atravessa a rua dá a impressão de cuidado, de amor de pai e de mãe. Querendo ou não, nos remete a essa sensação acolhedora da infância. É um resgate gostoso dessa memória afetiva.

Tirei os sapatos e fomos para a areia. Procuramos as Três Marias e o Cruzeiro do Sul no céu; tentamos adivinhar quais eram as constelações de Peixes e Escorpião; rimos com mais histórias. Não havia pausa, a voz não se calava e o assunto não morria.

– Caramba, olha o céu! – Disse a ele, surpresa.

– É... Está ficando vermelho, já é quase dia.

Me pegou pela cintura com firmeza, apertando-a com seus dedos como se fossem duas pinças. Subiu pela minha espinha um arrepio que aos poucos congelava cada uma de minhas vértebras.

Caminhamos até minha casa. Nos despedimos. Ele me deu um beijo na bochecha, escorregando um pouco até meu pescoço, e ficou ali, parado, com a boca encostada, respirando fundo para sentir meu perfume, e disse tchau.

Luc agia com muita naturalidade, fazendo tudo parecer muito instintivo, ou então eu estava totalmente enganada e ele sabia exatamente como agir para seduzir uma mulher.

Ao virar-se para ir embora, vi que se abaixou para pegar um objeto que, de onde eu estava, não conseguia identificar.

– Acho que esse Santo Antônio é seu. – Estendeu a mão, me entregando o escapulário. Fiquei surpresa ao perceber que o havia perdido.

– Nossa, que sorte a minha, se você não pisasse nele eu jamais o encontraria.

– Você não precisa mais procurar, eu estou aqui... Já encontrou.

– Com certeza... Obrigada por ter me avisado. É sempre importante deixar as coisas às claras. Aproveitando o ensejo, vou dar os três pulinhos para retribuir São Longuinho por ajudar o Santo Antônio a encontrar você.

– Você é muito engraçada. – Disse com a boca bem próxima a minha nuca enquanto prendia o escapulário. Era possível sentir sua respiração quente no meu pescoço. Virou-me pelos ombros com firmeza, me alinhou à sua frente e complementou, olhando-me fundo:

– Quero te ver de novo amanhã. – Dei um passo para trás e uma mexidinha nos ombros para tirar suas mãos de cima deles.

– Sábado vai ser a festa do meu aniversário e amanhã umas amigas virão aqui para casa me ajudar a preparar as coisas, por isso não tem mesmo como a gente se encontrar.

– Tudo bem, sem problemas. – Falou decepcionado.

– A festa vai ser na praia, e você está convidado. Passa lá, Posto 12, às 19h, areia, música e pé no chão. – Sua empolgação foi notável, abriu um sorriso, daqueles que os olhos ficam apertados, e respondeu prontamente.

– Estarei lá, pode esperar.

Cheguei em casa me sentindo tão bem, tão leve, que me permiti chutar o pau da barraca e dormir umas três horas pelo menos antes de ir para o trabalho. Acordei com uma mensagem dele.

– Adorei nossa noite. Quero repetir.

O dia foi passando e as mensagens não paravam de chegar. Descobrimos que o irmão dele é amigo do meu e isso inspirou certa segurança. Ele deixara de ser um total desconhecido e se tornou alguém com boas referências. A essa altura, o fato de ter quatro filhos já não era empecilho. Permiti-me desarmar.

* * *

Eis o grande dia! Noite impecável, praia do Leblon, Posto 12, Zona Sul do Rio de Janeiro. Areias saltitantes, música boa, gente bonita e feliz dançando ao som das carrapetas do DJ. Tochas acesas, uma promessa de chuva que não se concretizou e cerca de cem carinhas conhecidas, e mais umas tantas que foram chegando e ficando por ali.

O cenário caía perfeitamente para um luau. Esteiras de palha davam o contorno à pista de dança, tochas indicavam o caminho do mar. A beleza da festa ficou a cargo da energia contagiante dos convidados.

Apreciava aquela cena incrédula. Todos estavam ali por mim. A música cessou. Com o microfone em mãos pedi a atenção dos convidados. Precisava falar, era necessário tirar o nó que há tanto estrangulava minha garganta, deixando o choro engasgado. Dei, então, com os olhos marejados e a garganta flamejante, vida à minha voz embargada.

Era o meu aniversário de 42 anos e finalmente havia encontrado a felicidade dentro de mim mesma. Voltara a ser colorida. Sentia como se eu estivesse na última cena de um filme, aquela na qual o protagonista respira fundo, suspira e brinda com aquele sorrisinho de "Eu consegui"; logo depois os créditos sobem pelo plano preto ao fundo, dando início ao movimento de levantar das poltronas.

Há exatamente dois anos eu tive o pior aniversário da minha vida. Saí de casa para nunca mais voltar depois de um casamento falido. Fui casada com um homem egoísta, autocentrado. Era uma constante negociação em que eu sempre saía perdedora. O esgotamento emocional causado me impossibilitava de mostrar a ele que eu existia.

E como se não bastasse sua ausência, ele, incansavelmente, cuidava para que eu me convencesse de que não era querida, que não tinha amigos. Essa tortura emocional é cruel, é invisível aos olhos dos outros e da justiça. A solidão a dois é a pior forma de relacionamento. Conviver com quem é incapaz de sentir empatia pelo outro é abraçar o sofrimento solitário.

Tentei por anos sustentar a relação. Investi tempo, e demorei a descobrir que ninguém muda a sua essência. Eu nadava e certamente morreria na praia, mas antes que eu morresse, criei coragem e mudei meu destino. E estava feliz com minha escolha.

No meu aniversário decidi colocar um ponto final na história. Saí de casa, levei comigo meus livros e meus perfumes, deixei todo o resto para trás. A partir daquele dia prometi a mim mesma que ninguém, jamais, me violentaria novamente. Senti-me forte, segura, ergui a cabeça e passei pela porta. Não tinha a menor ideia do que aconteceria comigo, onde viveria e como faria para me reencontrar. Não seria fácil me inserir dentro do contexto do, "eu estou sozinha, e não conheço ninguém onde moro", mas estava disposta a enfrentar o desafio. A única certeza que tinha era a de que a vida seria muito melhor sem ele. Dizer que foi fácil, não vou, não foi. Sofri, vivi o luto e tive de descer até o fundo do poço para então encontrar a mola propulsora que me faria sair de dentro dele.

Ele tentou me deter, mas já era tarde, teria sido mais inteligente se ele não tivesse deixado as coisas chegarem àquele ponto. Eu avisei, eu me coloquei, mas ele, sempre ocupado, não deu atenção ao que eu dizia. Asseguro que valeu a pena cada dia de dor e cada despertar sofrido, pois ter redescoberto o colorido que me foi tirado da alma foi sublime.

Era o que eu celebrava naquela noite do meu aniversário. Comemorava minha nova vida e as amizades que fiz ao longo desses dois anos. Descobri que ao contrário do que ele dizia, existiam, sim, muitas pessoas que gostavam de mim e que estavam ali, genuinamente, por mim. A festa era dedicada a elas também..

Enquanto minha alma tomava corpo e se materializava por intermédio da minha voz, meu olhar se deparou com o dele. Ali, parado na areia, de cabelo desarrumado, me olhava fixamente com seus olhos negros, deslocado, ouvindo atentamente as palavras que eu proferia.

Ao fim do meu discurso, a música retornou; som alto. Dirigi-me a ele, senti seu abraço e regressei para a pista.

Quando tudo acabou ele ainda estava lá, parado, me esperando.

– Achei isso jogado na areia e me lembrei de já tê-lo colocado no seu pescoço uma vez. Parece que esse escapulário não gosta muito de mim.

– Ou talvez ele sempre dê um jeito de se colocar no seu caminho para que você o traga de volta para mim. – Dei um beijinho na sua bochecha, e sussurrando, disse ao seu ouvido: – Obrigada, você me salvou de novo.

– Vou torcer para que continue perdendo coisas por aí. Posso? – Colocou meu cabelo para o lado, passou as mãos ao redor do meu pescoço para prendê-lo e, com um suspiro resvalando propositalmente em minha nuca, disse, baixinho:

– Quero te ver de novo.

Capotei na cama.

Pi pi pi...

Meu corpo, mesmo inerte, é capaz de relembrar seu hálito quente e se arrepiar. Apenas oito minutos me separavam de Berta. Mas algo impediu esse encontro.

Ia em direção à Estação de Chueca, mas o frio me arrebatou, nossas mãos se desataram, a visão se transformou em uma aquarela borrada.

6

15 de março. Dia seguinte à minha festa de aniversário.

Acordei às 9h com meu celular apitando. Marquei com os amigos de nos encontrarmos às 10h para irmos à passeata contra a corrupção. Coloquei minha blusa com a bandeira do Brasil e me dirigi à praia. A rua cheia, tomada pela multidão.

A passeata marcada para as 9h30 ocupou toda a orla de Copacabana. Emocionante ter sido uma das milhares de pessoas que lotavam as duas pistas da Avenida Atlântica. Quando a multidão, em uma só voz, cantou o Hino Nacional, as lágrimas escorreram pelo meu rosto. Todos unidos em uma só causa, a fim de colocar na cadeia os políticos corruptos que haviam sucateado nosso país e nosso estado.

Ao término da passeata, nos dirigimos a um café situado na minha rua. Todos eufóricos e repletos de esperança. Enquanto aguardávamos o pedido, meu celular tocou.

– Oi, Emma, vamos fazer alguma coisa? – Era Luc. Sugeri andarmos de stand up paddle. O calor nos convidava a um mergulho no mar.

Deixei o dinheiro da minha parte da conta em cima da mesa, Anna observava minha movimentação sem entender o motivo da pressa. Parti.

Coloquei biquíni, chinelo, short jeans e uma camiseta branca. Amarrei meu cabelo no alto com um nó e desci com a prancha. Pedi que me aguardasse na garagem.

Ele usava uma t-shirt vermelha, o que me parecia estranho no dia em que o Brasil inteiro vestia verde e amarelo. Tinha os cabelos desalinhados, os traços turcos em seu rosto, a pele morena e os olhos ligeiramente vesgos. Essa imagem ficou impressa por muito tempo na minha memória.

Chegamos ao Arpoador. O mar *flat*, azul esverdeado, lembrava o Caribe. Não tivemos muito tempo para apreciar a vista. A saga começou. Tira a mochila do carro, leva para a praia, desenrola a prancha, enche com a bomba elétrica e, por fim, com a bomba manual. O calor avassalador não o desanimava. Ele se mantinha inabalável, inflando a prancha na maior pressão; 16 polegadas, não era fácil.

Entre um saltar e outro de seus tríceps, ele parou, me espreitou e tirou a blusa. Não disfarcei, tampouco desviei os olhos de seu peito nu. Ele era forte na medida certa e seu abdômen definido, sem exagero.

As gotas de suor que brotavam de seu corpo e escorriam por toda sua coluna, passando pelo cóccix, até serem sugadas pela bermuda, eram fitadas por mim. A cena da maneira como ele enxugava o suor do rosto lembrava uma miragem. Desperto com o som de sua voz:

– Pronto, vamos? Eu te ajudo a colocar a prancha no mar e sigo nadando.

Entramos no mar, subi na prancha e remei. Parei e esperei que ele me alcançasse. Sua cor morena contrastava com o azul do mar.

– Oi, cheguei. – Disse ele enquanto tirava os óculos de natação e se debruçava para subir na prancha.

A água do mar escorria por seu corpo, traçando pequenos caminhos por entre seus pelos que, lânguidos, debruçavam sobre suas pernas. O menor esforço de seus braços para subir na prancha era capaz de riscar um novo desenho torneado por seus músculos. Era uma pintura... Sentou-se na prancha, de frente para mim, lançou a mão por entre os cabelos, dando uma bagunçada.

– Não se mexe.

Se jogou para cima de mim na velocidade de um guepardo atrás da sua presa, segurou meu rosto com firmeza e me beijou a boca. Sua língua acariciava a minha, como um vestido de cauda longa a subir pelas escadarias refinadas do Opera de Paris, desfilando-a elegantemente pela parte interna dos meus lábios. Tomou minha boca enquanto seu corpo pressionava o meu. Vergou-me, até que me pusesse deitada, sentindo o peso de seu corpo sobre mim. A água do mar ultrapassava a superfície da prancha refrescando nossos corpos. Seus braços me entrelaçavam fortemente por baixo das minhas costas, me protegendo. Seus olhos fixaram os meus. Ele retirou suavemente o cabelo de trás da minha orelha, e disse:

- Não consigo tirar meus olhos dos seus, eles me sugam.

Nos perdemos no tempo, quando os dias são mais longos. No Verão... Ahhh, o verão!

O sol atravessou o céu seguindo seu trajeto sobre nós como um voyeur. Já era tarde, e o dia dava lugar à noite.

- Nós temos visto sol nascer e sol se pôr com certa frequência esta semana. - Comentou ele.

- O tempo está sendo cruel conosco.

- Emma, eu quero te ver mais tarde.

Sem forças para ir a qualquer lugar, sugeri assistirmos a um filme em casa.

A campainha tocou, abri a porta e ele, com um puxão, envolveu meu tronco com um de seus braços ao redor da minha cintura. Com firmeza, e força, tensionando meu corpo contra o dele, me envergando para trás, ele me beijou. A maneira como ele me tocava parecia ter sido meticulosamente planejada. Era tudo muito intenso em seus gestos. Ele não escondia sua gana por mim, me fazendo sentir desejada. Aquela tara, aquela saudade que eu não entendia de onde vinha, fez meu coração se abrir depois de tanto tempo fechado e despertou em mim o que eu vinha, há tempos, procurando em um homem. Que ele me surpreendesse.

Pousou sobre a mesa o vinho e os acepipes que havia trazido enquanto eu localizava a comédia francesa "Le Prénom" no Netflix.

– Sua casa é linda. Criativa e bacana sua ideia de fazer uma horta na parede.

A parede lateral do meu canto "zen" foi revestida por madeira de caixote. Vasos de tempero pregados sobre as ripas deram o ar de horta vertical, fazendo com que o espaço exalasse um aroma irresistível de campo.

– Tem uma energia boa aqui... Você pratica meditação? – Apontou para meu santuário budista.

– Faço, sim, e yoga também.

Sempre gostei de meditar. Quando comprei meu apartamento, reservei um local especificamente para essa finalidade. Construí um deck de madeira e sobre ele distribuí almofadas indianas, futons e uma manta. Velas e lamparinas dispersadas pela parede, pelo teto e no chão davam o toque acolhedor ao ambiente que era composto por uma pequena mesa indiana de madeira entalhada e algumas imagens de Buda trazidas de minhas viagens. E é claro, uma linda fonte com Ele sentado sobre a flor de lótus. Minha paixão pela meditação se deu com minha primeira ida à Índia, quando me encantei pela filosofia budista. A partir daí, comecei a meditar e não parei mais.

– Fui muitas vezes a Bali e a Tailândia, você conhece? – Disse ele acariciando o velho espelho talhado à mão que ganhei de presente de um cliente da Indonésia. – Fiz que não com a cabeça

– Você fez "fon xuei" na sua casa? – Disse ele Feng Shui, em mandarin.

– Fiz sim, eu mesma. Não sabia que era tão óbvio.

– Não foi difícil perceber, passei uns tempos na China, tenho uma conexão forte com a cultura desse lugar.

– Você é uma caixinha de surpresas. – Disse atônita.

– A parte visível está muito bem alinhada. O Feng Shui é dividido entre a parte visível e a invisível.

– Não sabia... – Respondi desejando morrer enquanto o calor da vergonha subia pelo meu rosto. Definitivamente não queria que existisse o espelho que refletia a minha imagem ruborizada naquele instante.

– Eu consigo perceber, por exemplo, que onde você faz sua meditação, na verdade é o canto do amor. Você tem as imagens de Sita e Rama, que caracterizam o casal ideal, e tudo aqui é em dobro. Duas lamparinas no teto, duas no chão, um casal de gatos, um casal de retirantes, o livro do amor em cima do baú tailandês. É fácil, é só olhar com atenção aos detalhes, Emma.- Ouvia anestesiada. Quanta sensibilidade aquele homem tinha, de onde ele havia surgido? Quanta sorte eu tive em conhecê-lo.

– Parece que realmente acertei no aspecto visível, mas, e quanto ao invisível? Você consegue sentir? – Perguntei ávida pela resposta.

– Não, precisaria de uma bússola, mas o que posso dizer é que a energia da sua casa é muito boa, e isso se deve, provavelmente, aos aspectos invisíveis que devem estar alinhados.

Ele prendia minha atenção com mais intensidade à medida que suas palavras tomavam corpo e eram proferidas por meio de sua alma como uma avalanche de saberes e experiências. Era um homem fora do comum. Seu jeito simples, natural, não passava nem de longe pela arrogância.

– Você havia me prometido uma boa comédia francesa.

– É verdade.

Organizamos os acepipes na mesinha em frente ao sofá, enchemos nossas taças de vinho e sentamos. Não demorou muito para que eu deitasse. Ele se posicionou por trás de mim, passou seu braço por baixo do meu pescoço e adormecemos.

Despertei com ele me levando no colo para a cama. Deitou-me cuidadosamente, colocando-se a meu lado. Endireitou meu cabelo, puxou minha coberta e me cobriu.

Ele ficou lá me olhando como nunca me olharam e me perguntou:

– Emma, você quer namorar comigo?

Como aquele homem tão interessante estava ali na minha cama me pedindo para namorar sem ao menos ter tocado em mim? Não sabia o que responder. Tive um dia tão bom, tão perfeito, que não queria estragar dizendo algo de que me arrependesse depois. O sono me tomava e mal conseguia distinguir o real do imaginário.

– Emma – insistiu ele com sua voz suave, baixinho – amanhã vou viajar por 15 dias para fora do país, tenho negócios no exterior e preciso ficar por perto.

Enquanto falava, me virou suavemente, colocando-se por cima de mim. Olhei para ele apreciando seus cabelos negros que caíam sobre seu rosto, escondendo-o de leve.

– Você tem exatos 15 dias para decidir se quer ou não namorar comigo, e se você aceitar, terá de se acostumar com essa minha cara, assim, em cima de você, para o resto de sua vida.

Que mulher, me digam, que mulher não gostaria de ouvir isso de um homem charmoso, interessante e sedutor como Luc? Senti-me única e me desarmei. Entre tantos homens que tentaram me conquistar, ele foi o único em todo esse tempo capaz de abrir meu coração.

Não respondi nada. Ele me beijou suavemente, colocou seu braço por baixo das minhas costas, me segurou firme e me apertou contra o peito. Como aquele dia tão perfeito conseguia se transformar em algo melhor? Nós dois na minha cama, deitados, ele em cima de mim, me beijava e me abraçava forte. Sentia-me protegida.

Aos poucos o calor tomou conta do nosso corpo. Ele olhou fundo nos meus olhos abaixando discretamente a cabeça como quem pedia permissão para tirar minha blusa. O consentimento era tácito, meu desejo coadunava ao dele. Estávamos conectados. Eu tinha certeza disso.

Ele, lentamente, ergueu minha blusa, passando-a pela minha cabeça, retirou a dele e me abraçou apertado, unindo nosso colo nu. Seu coração batia forte e acelerado junto ao meu peito. Deslizou sua língua sobre a minha boca, escorregando seus lábios pelo meu pescoço, deixando-me arrepiada dos pés à cabeça. Vagarosamente desceu, até encontrar meu mamilo. Pousou sua língua sobre ele, senti sua saliva gelada. Divertiu-se entre um e outro, alternando-os. Não tinha pressa... Lambia-os, dava mordidelas, acariciava-os e depois os sugava com força. Meus mamilos se mantinham rijos. Eu regozijava só de senti-lo ali entre meus seios. Suas mãos me acariciavam o rosto, o cabelo e minha cintura, que ele segurava com força. Sua boca se deleitava em meu seio, ao passo que uma de suas mãos vagava pelo outro, beliscando-o. A sensação era inebriante. Ele não se continha. Minha mente vadiava entre o sonho e a realidade. Era tudo meio errante, nublado. A euforia e o cansaço físico me tomavam o corpo e a mente me deixando ainda mais vulnerável.

Sua língua perpassou meus seios, chegando à curvinha entre as costelas e pôs-se a descer, percorrendo cada pedacinho do meu abdômen.

– Emma, gostei de você. – Disse ele baixinho ao pé do meu ouvido, enquanto transpassava meu short jeans até me encontrar encharcada. Permiti, sem cerimônia, que seus dedos invadissem meu corpo, exercendo sobre mim tamanha pressão que fez minha lombar deslocar-se da cama. Fechei os olhos e elevei o quadril. Não estava disposta a me negar àquele prazer.

Ele prosseguiu desabotoando meu short, livrando-se dele. Puxou para o lado o pequeno e último pedaço de tecido que ainda cobria a minha pele úmida e me beijou. Sua língua macia dançava um balé sincronizado por dentro de mim, desvendando cada pedaço, por mais oculto que fosse, atingindo o que, há pouco, estava recluso. Despertando-o. Sua língua tesa trabalhava em círculos, com leves sucções capazes de fazer com que minha alma se desconectasse de meu corpo.

Ao meu toque era possível notar que ele se encontrava firme, pronto para invadir meu íntimo, mas ao contrário, ele continuava me descobrindo, sem pressa, aguardando meu êxtase.

– Quero que você relaxe, eu estou aqui para você! Não preciso de mais nada além de sentir você assim, entregue. – Disse ele.

Eu não tinha forças; ele me deixara completamente atordoada, sem consciência, extasiada de prazer. Concentrou todos os seus esforços em me proporcionar arrebatamento e júbilo. Permaneceu lá, me beijando, me acariciando sem pressa. Suas mãos, seus dedos não tinham limite e trabalhavam por todo o meu corpo enquanto sua boca permanecia sentindo meu gosto, sugando meu gozo e me alucinando. Ele fazia tudo, não se continha. Eu já não sabia mais diferenciar os prazeres. Era um só. Tudo junto, até que atingi o melhor êxtase que jamais imaginei possível, em sua boca, que sorvia meu arroubo com prazer, com vontade, penetrando sua língua na minha mais delicada intimidade para absorver toda a energia que se desprendia de meu corpo. Morri!

Ele segurou fortemente as minhas mãos, subiu me beijando a barriga, meus seios, minha boca. Por fim, beijou minha testa e deitou-se a meu lado.

Enfraquecida pela embriaguez da paixão, juntei a pouca força que me restava e disse:

- Quando sair, bata a porta. - Dormi de alma leve e amada.

Despertei com o bip de sua mensagem no celular: "Adorei nosso dia ontem. Estou no aeroporto, morto, mas só penso em você. Quinze dias, você tem exatos 15 dias para ser só minha. Um beijo, Luc."

Pi pi pi...

A última lembrança que tenho é a de sua mão se desatando da minha. Que som intermitente seria esse que me hipnotiza?

7

De volta à banheira. 17 de março de 2015

O dia em que ele me mandou flores.

Após recordar cada momento que ficamos juntos, mergulhei a cabeça até que meu fôlego se esgotasse e as borbulhas saíssem pelas minhas narinas. Luc sabia exatamente o que fazia ao ir embora me deixando com a lembrança do êxtase, de sua busca incansável pelo meu prazer, do toque macio de sua boca sobre minha pele. Fez uma pequena degustação do que seria tê-lo por inteiro e partiu, perpetuando sua presença com seu perfume no lençol.

Saí da banheira, e ao guardar o cartão que estava em cima da pia de volta no envelope, percebi que havia, dentro, um trevo de três folhas.

Caminhei imediatamente ao quarto para procurar aquele que Sâmia havia me presenteado quando nos conhecemos. Provavelmente ainda estaria ali, guardado dentro do livro que me resguardava ao lado da cama. Folheei-o e finalmente o encontrei. Eram idênticos, apesar de o de Sâmia já estar queimado pelo tempo. Fiquei atônita. Não havia mais nenhuma dúvida.

A chuva ainda caía forte lá fora, batendo na janela. Era uma daquelas noites para relaxar em casa e assistir a um bom filme, mas, em vez disso, meu desejo era outro.

Um som diferente ecoou, era a chamada de uma ligação por vídeo.

- Oi, tão bom poder te ver depois de um longo dia entre viagem e trabalho - ele aproximou o rosto da câmera do telefone.

- Adorei as flores, foi uma surpresa, Obrigada!

- Tenho que cuidar de você... Estou aqui, longe. Eu não consigo parar de me lembrar de cada momento que passamos juntos. Eu gostei de você. Eu sei o que eu quero. - Sorri encabulada.

- Feliz Saint Patrick's Day para você também. Essa é uma cultura inglesa, não? - Desviei o assunto.

- Vivo na Inglaterra há mais de dez anos, sou inglês, absorvi todos os costumes, inclusive esse. Falei que era muito católico, lembra? Saint Patrick foi um sacerdote, missionário, nascido na Grã-Bretanha. Quando ele tinha 16 anos, foi sequestrado e levado como escravo para a Irlanda, conseguindo fugir depois de seis longos anos. Durante esse período, se aproximou do Deus Católico. Tempos após sua fuga, voltou à Irlanda, já como missionário. Utilizou a inteligência para levar o cristianismo aos povos pagãos ao se tornar íntimo da filosofia druida e introduzir, gradativamente, a fé cristã aos povos celtas na Irlanda, por meio da argumentação. Usava elementos sagrados, como o trevo de três folhas, um símbolo pagão comum naquela ilha em analogia à santíssima trindade (Pai, Filho e Espírito Santo). Ao contrário dos romanos, que impunham a fé cristã com violência e guerra, agia com persuasão. Ele era, do meu ponto de vista, um excelente manipulador, e eu o admiro. Admiro pessoas que utilizam o convencimento a seu favor.

Enxergava a cultura por trás daquele homem. Completamente absorta, ouvia suas teses. Ele não me parecia arrogante; ao contrário, era simples, simples no trato, simples na forma de ser. Apesar de ter tantas histórias, ter vivido em tantos lugares e falar tantas línguas, ele era simples. E isso me atraía mais ainda.

Ele participava de uma convenção em Londres e aproveitaria para visitar as filhas que moravam em Brighton, uma cidadezinha praiana e tranquila no litoral sul da Inglaterra, a uma hora de Londres.

Nossa conversa sobre o nada se estendeu por horas. Dormi com o barulho da chuva.

* * *

O dia amanheceu lindo, a tempestade havia cessado e dado lugar ao sol, e ao céu azul sem nuvens.

– Vamos almoçar? – Perguntei a Lia que, prontamente, pegou sua minúscula bolsa azul, e passou a alça pela cabeça.

Lia e eu éramos inseparáveis no trabalho, confidentes e almoçávamos juntas quase todos os dias. Lia era casada, tinha uma filha linda e uma vida tranquila ao lado do marido. Aliás, uma bela história de amor, costumava dizer isso a ela. Mas, claro, a gente sempre pensa que a grama do vizinho é mais verde que a nossa e a história de Lia já não era assim mais tão linda nem tão tranquila. Só eu sabia disso. A gente se divertia, apesar do clima muitas vezes tenso. Não nos preocupávamos em fazer política, network ou em ser agradáveis com os puxa-sacos do meio da arte. Ligávamos o foda-se e seguíamos em frente. Éramos vistas como ETs no mundo dos marchands. Duas estranhas. Talvez isso tenha nos aproximado; talvez nosso jeito irreverente e nossa audácia tenham feito com que as maiores galerias disputassem nosso passe.

Conversamos no caminho até o restaurante com vista para a Baía de Guanabara. Sentamos em uma mesa na varanda e passamos o resto da tarde apreciando a paisagem, o bondinho e as figuras que transitavam pelo local, tão leves e despreocupadas.

– Quer dizer então, que, juntamente com as flores, ele te enviou um trevo de três folhas idêntico ao que Sâmia, a Vidente, te dera? Será que Rebeca também não o recebeu após a consulta?

– Não, com certeza não!

– E para nos deixar ainda mais intrigadas, vocês se conheceram após Anna ter te dado de presente o escapulário que, por duas vezes, caiu do seu pescoço e ele encontrou. Realmente Emma, concordo com você, é muita coincidência. Mas o que será que Sâmia quis dizer com o trevo? Não vejo correlação entre a cultura turca e esse símbolo cristão fortemente difundido entre Irlanda e Inglaterra. Essa mulher é uma bruxa!

A dúvida pairou no ar durante muito tempo até que eu conseguisse entender o significado que aquele símbolo tinha para Luc.

* * *

No dia seguinte, ao voltar do trabalho, me deparei com outro arranjo de flores. Dessa vez, rosas vermelhas. Meu coração saltou! Pensei: "Não é possível, de novo?" O porteiro me entregou o delicado vaso branco, de louça esmaltada, onde as rosas vermelhas encontravam-se perfeitamente alinhadas. Chamei o elevador, mas, dessa vez, não me precipitei a ler a mensagem, preferi a calma. Cheguei a minha casa, tirei os sapatos, peguei uma limonada na geladeira, sentei no sofá e abri o envelope.

> "Emma, essas rosas mostram a minha intenção. Quanto mais falo com você, mais fico com água na boca. Se prepara porque em breve você estará em meus braços.
>
> Beijos, Luc."

Ele continuava me mandando flores.

Como era previsto, após a convenção, ele se dirigiu a Brighton para visitar as filhas. A diferença de fuso, embora dificultasse a nossa comunicação, nunca fora um empecilho. Ele sempre arrumava um jeito de falar comigo depois de colocar as crianças na cama. Um dia, uma das gêmeas acordou no meio da noite e chegou de surpresa, colocando-se na frente do celular do pai. Muito doce e simpática, disse para mim, com muita segurança: – Meu pai tem muitas namoradas, sabia?

Eu respondi que sim, que no passado ele teve muitas, mas que, agora, ele havia crescido e só brincaria de namorar comigo. Ela deu um sorriso, mandou um beijo e voltou para a cama.

– Emma, tem muitas coisas sobre o meu passado que não te contei e devem ser conversadas pessoalmente. A única coisa de que preciso agora é que você me dê tempo para eu mostrar quem realmente sou. Eu preciso de tempo.

Estava aberta, sentia tanta verdade em suas palavras, na sua voz, que nada me afligia. Estava ali esperando por ele, livre de julgamentos, livre de preconceitos e pronta para ouvir tudo o que ele precisasse me contar.

Até então não havia comentado sobre minha conversa com Sâmia ou qualquer coisa que fizesse menção a ela. Àquela altura, já havia me convencido de que ele era o homem que me traria flores, o tal homem que Sâmia descrevera.

Pi pi pi...

8

De volta a Madrid, 5 de janeiro de 2018

... Pi pi pi

Esse era o barulho que ouvia depois de o mundo se tornar escuro. Percebia muito mal as vozes ao fundo. Meu corpo inerte era capaz de notar que de alguma forma eu me movia, mas não era eu quem estava no comando.

Apesar da dor que queimava minhas entranhas, conseguia ter o mínimo de consciência para deduzir que me colocavam em uma ambulância. Sentia-me só, não sentia sua mão na minha, não sentia nada além da dor. Pela minha cabeça, o medo de morrer. Eu estava feliz minutos atrás, eu estava muito feliz e minha vida não podia ser interrompida daquela maneira, não depois de tudo.

Todas as recordações que vagavam em minha mente se concentravam em Luc; a memória viva dos últimos anos, da nossa história e como tudo isso começou. As lembranças brincavam pela minha mente.

O caminho até o hospital demorava, não sabia se sobreviveria até lá; o único barulho que insistia em me seguir enquanto minha história passava pela minha cabeça como um flashback era o som intermitente da máquina que me mantinha viva. Isso me angustiava, precisava sobreviver, precisava me proteger, mas não conseguia, minha voz se calava e minha cabeça voltava a pensar em Luc.

Pi pi pi...

9

Rio de Janeiro, 30 de março de 2015

Um dia antes da chegada de Luc.

O dia tardou a passar, e a impressão que tinha era a de que a noite estava com preguiça de aparecer. Minha cabeça girava em torno de nosso encontro no dia seguinte. A espera era inquietante. Sua ansiedade era tão perceptível quanto a minha.

Retornei para casa e, como não podia deixar de ser, estava lá o último arranjo de flores me esperando. Dessa vez o cartão dizia:

> "Gostei dessa brincadeira, te mandar flores é uma delícia! Que sua casa fique perfumada e no astral certo para quando estivermos juntos. Hoje fazem 15 dias desde que te senti pela primeira vez, depois disso você não saiu do meu pensamento.
>
> Luc."

A impressão era a de que nos conhecíamos há muito tempo e mal lembrava que ele, na verdade, não passava de um estranho que acabara de conhecer há menos de um mês.

À noite, demos adeus às nossas conversas por vídeo.
– Cansei de viajar sozinho pelo mundo. Tenho inveja quando vejo famílias nos aeroportos ou quando chego de viagem e visualizo a mulher desejosa à espera do marido. Ninguém me espera. Nenhum filho, nenhuma mulher. Não quero mais essa vida. Quero paz e calma. Há muitas coisas sobre mim que gostaria de partilhar com você.

Ele dizia exatamente o que eu queria ouvir. Era difícil decifrar se aquele era um sentimento genuíno ou se ele prestava atenção a tudo o que eu dizia para, então, falar aquilo que me agradaria. Não havia como saber.

Fui para cama cedo com a ilusão de que o tempo passaria mais rápido. Não conseguia dormir, parecia que o tempo havia estacionado e os ponteiros do relógio se recusavam a andar. Tentei não pensar em como seria o amanhã, mas foi difícil. Rolava de um lado para o outro da cama quando fui surpreendida por nova chamada de vídeo.
– Oi, estou com ansiedade no grau máximo. Só queria te dar um oi antes de decolar.
– Faça uma ótima viagem. Liga quando aterrissar. Estarei te esperando.

Logo que nos despedimos meu celular tocou. Era o André, um cara com quem eu havia saído algumas vezes no final do ano anterior, após a viagem à Turquia. Nada além de um jantar e um cinema.
– Oi, Emma. Tudo bem? Vamos tomar um café essa semana?
– Infelizmente estou enrolada essa semana.
– Seu aniversário foi show, acompanhei as fotos pela internet. Vi que tinha um amigo meu de infância na sua festa. O Luc, não sabia que se conheciam. – Antes que eu tecesse qualquer comentário ele desatou a falar. – Ele tem uma história esquisita, cheio de filhos, várias ex-mulheres.
– É, eu sei. Ele me disse.
– Pois é, Emma, esse cara aí...
– Eu estou namorando ele. – O interrompi. Falei mesmo sem ter dado a resposta ao Luc. Era como me sentia.
– Emma, você está brincando? Esse cara é, quer dizer, é boa pessoa, boa família, mas você tem uma vida muito certinha, toda direitinha e

ele, ele não mora aqui, tem uma vida complicada cheia de ex-mulheres e filhos.
– A diferença entre vocês não é apenas quantitativa André, quantidade de ex-mulheres e quantidade de filhos, mas também qualitativa. Você viveu 20 anos com uma mulher e foi infeliz 12; ele preferiu sair de casamentos fracassados e buscar ser feliz. Mas, se você me disser que o cara é explorador, mau caráter, aí a coisa muda de figura. Mas julgar o outro porque corre atrás da felicidade? Eu chamaria isso de coragem.
– Não, Emma, ele não é mau caráter ou explorador, não é nada disso. Eu só achava que você merecia uma pessoa melhor. O problema dele é só esse mesmo; vive enrolado com mulheres.
– Ahhh, uma pessoa melhor? Tipo você? – Silêncio sepulcral do outro lado da linha, até que ele, sem condições de rebater, resolveu dar um fim à conversa.

Obviamente não fiquei imune, deitei na cama e tentei dormir. Esforcei-me para não focar o que André e uma das gêmeas disseram. Não me interessava. Concentrei meus pensamentos em Luc, em suas mãos percorrendo meu corpo, em sua boca me beijando a nuca.

* * *

– Emma, Emma? – Lia sussurrou de sua mesa do trabalho. – Vem cá... – Movimentei minha cadeira discretamente até a dela.
– É hoje, não é? É hoje que ele chega? Você vai buscá-lo no aeroporto?
– Vou sim. O voo chega ao meio-dia. Vou tirar a tarde livre, segura as coisas aqui pra mim, ok? – Ela sorriu e acenou com a mão.

Peguei um táxi e me dirigi ao aeroporto. Entrei pelo desembarque e fiquei à espera dele. A demora perturbava meu coração que já não seguia o compasso. Já havia passado mais de uma hora desde que o voo dele aterrissou. O celular desligado, não havia nenhuma notícia; os seguranças não sabiam informar. Enfim, só me restava esperar. Sentei em uma das cadeiras e fixei meu olhar na direção da saída.

Lá vinha ele. Eu tinha perdido a referência de tamanho, de massa corporal, mas era ele. Cabelos desgrenhados, barba feita, camisa branca, jeans e havaianas pretas. Ao me ver, estampou seu sorriso característico, e acelerou os passos na minha direção. Não disse nada, nem uma palavra. Pegou-me nos braços e me beijou, ali, no meio da passagem, até que um segurança pediu que nos retirássemos do local.

– Como está seu dia? Você pode almoçar comigo?

– Posso sim, tirei a tarde de folga hoje.

– Perfeito, só preciso de um segundo para organizar umas coisas.

Ele enviou uma mensagem para alguém e, enquanto esperava a resposta, foi me conduzindo à saída.

Plim...

– Pronto, tudo resolvido.

Ele abriu a porta do carro que já nos aguardava e pediu ao motorista que se dirigisse ao local combinado.

Passamos a tarde em um restaurante aconchegante, com vista para o mar, conversando sobre política, religião, trabalho, música, filmes. Era uma prosa sem fim, com beijos intermináveis, mas no meio dessa avalanche de assuntos, ele deu uma pequena pausa.

– Emma, eu preciso conversar com você sobre o que a minha filha disse. – Assenti com a cabeça, deixando que ele continuasse. – Eu estou mesmo gostando de você, e não escondo isso. Ao contrário. Eu quero que você me conheça verdadeiramente, sem nenhum segredo.

– Estou pronta para ouvir sua história.

– Eu não fiz bem a muita gente. Eu não agi corretamente com muitas mulheres, e pago por isso. Pago porque sou solitário, porque, como já te disse, tenho quatro filhos, mas não tenho nenhum comigo, aqui. Eu, agora, nessa altura da vida, não quero perder mais nada. Eu quero você, gostei de você e sei exatamente como agir para não deixar você ir embora, mas antes preciso te falar o que aconteceu comigo. O porquê de meus filhos e o porquê de tantas mulheres. Não quero que ninguém conte a você algo que ainda não saiba por mim. Pode ter certeza de que muitas coisas a meu respeito chegarão a seus ouvidos. Quero te proteger, quero que confie em mim.

E de fato, já havia começado a chegar a meus ouvidos. Tudo parecia tão perfeito que eu não queria que aquela sensação tão boa acabasse.

Minha memória buscava alguma informação que Sâmia pudesse ter me dito, alguma entrelinha, alguma dica. Pensei nos sinais, mas não me vinha nada à cabeça. Sâmia não havia me alertado. Enfim, não havia nada que eu pudesse fazer naquele momento a não ser ficar lá sentada esperando que ele me contasse toda a sua história.

Pi pi pi...

Ainda me sentia viva, embora meu sangue não fosse suficiente para manter meu coração batendo.

Antes, meu coração costumava bater tão forte e agora seu ritmo diminui a cada minuto. Esforço-me para colocar ordem nas minhas memórias. Faço força para tentar ouvir sua voz novamente. Mas só ouço o Piiiii...

10

A história de Luc

Assim, ele começou a contar sua vida, abrindo o coração, despindo-se da vergonha e de todas as máscaras.

Angélica

– Vou te contar do início. O nome dela era Angélica, minha primeira namorada, primeiro amor. Sempre fui romântico, escrevia cartas, gostava de mandar flores e levá-la para conhecer lugares exóticos. Como meu pai era linha dura para manter todo esse romantismo, precisei batalhar grana desde muito cedo. Foi assim que montei minha agência de viagens. Nessa época eu costumava ir muito para Bali. Lá, tive uma forte intoxicação alimentar, que me deixou 15 dias internado e, com isso, não pude entrar em contato com ela. Imagina como era difícil ligar, não existia celular, tínhamos de usar cabine de telefone. Quando enfim consegui ligar para casa, meu irmão contou que ela estava namorando com um amigo meu sob o argumento de que eu havia sumido. Fiquei muito mal, liguei para ela diversas vezes em busca de uma explicação ou algo que amenizasse meu sofrimento, mas ela já não atendia mais minhas ligações nem ao menos quis ouvir minha versão da história. Regressei ao Brasil uma semana depois e não a procurei mais. Passei pela dor sozinho. Segui a vida e cerca de um ano depois ela me procurou se dizendo arrependida, e que somente naquele momento era capaz de compreender. Enfim, deu a desculpa dela. E foi então a minha vez de dizer não, eu não quero mais você!

Carla

– Comecei a namorar Carla e continuava nas idas e vindas de Bali. Angélica tentava manter contato e, quanto mais ela me pedia para voltar, quanto mais ela se dizia arrependida, mais eu me fortalecia. Meu orgulho era alimentado pelo seu arrependimento, e sustentava a decisão de não voltar para ela. Até que, em uma dessas viagens, percebi que o que me movia, o que me fazia voltar para o Rio de Janeiro era Angélica e não Carla. Decidi jogar o orgulho para o alto e voltar, enfim, para ela. Retornei certo do que queria, certo de terminar com a Carla para ficar ao lado de Angélica. No entanto, quando cheguei, recebi a notícia de que seria pai. Carla estava grávida e isso jogava por terra todo meu desejo em ficar com Angélica e ao lado dela seguir minha vida. Cumpri meu papel, de homem e pai, e me casei. E foi assim que Guilherme nasceu, colocando um ponto final em minhas expectativas de vida. Foi dessa forma que encarei minha responsabilidade. Mas não consegui levar o casamento por muito tempo e me divorciei quando Guilherme ainda era pequeno. Foi um erro, não era para ter acontecido e, apesar de sermos muito jovens, honrei meus compromissos e cuidei de meu filho até que conheci Valerie em uma de minhas viagens à China. Carla jamais se recuperou...

Valerie

– Já havia se passado quase dez anos desde meu divórcio com Carla quando fui visitar a China, a convite do governo, para desenvolver ações que implementassem o turismo daquele país por brasileiros. Começamos a namorar lá mesmo, em seis meses fui morar com ela na Inglaterra e nos casamos. Havia aprendido a lição, nada de joguinho, nada de orgulho, mergulhei na relação de cabeça. Infelizmente me precipitei. Não a conhecia direito e, somente quando fomos morar juntos, pude perceber quem ela realmente era e quais eram seus problemas. Valerie vinha de uma família problemática, bebia muito e a inconstância dela se agravou muito quando engravidou das gêmeas, se tornando uma pessoa extremamente agressiva, principalmente com meu filho Guilherme, quando ia nos visitar, prejudicando ainda mais minha relação com ele.

– A situação piorou depois que sua irmã, Alice, foi morar conosco. Ela exercia forte influência sobre a mãe das meninas, fazendo intrigas e tentando destruir nosso casamento. Aos poucos, a convivência foi se tornando insustentável. Eu alertava Valerie, mas ela não quis abrir mão de ter a irmã por perto. Até que eu resolvi sair de casa. Coincidentemente, Alice também decidiu seguir um novo rumo, mas infelizmente se suicidara logo depois. Foi um baque muito forte para Valerie que acabou se entregando ainda mais à bebida.

– Me vi preso àquele país. Não podia mais sair da Inglaterra e deixar minhas filhas para trás. Passei então a focar os esforços em manter minha relação com minhas filhas amparada no elo mais forte da segurança, da amizade, do carinho e da proteção.

Um amor em cada porto

– Após o divórcio, passei a me relacionar com várias mulheres ao mesmo tempo. Como viajava muito, era fácil administrar. Seguia quase que diariamente a minha rotina, falando com cada uma delas no Skype antes de dormir, claro, quando o fuso permitia. Como minhas filhas passavam muito tempo comigo, acabaram conhecendo uma ou outra, pelo menos virtualmente, e isso foi um erro. Havia momentos que eu não sabia mais com quem estava, que língua falar, até que um dia, como era de se esperar, a casa caiu. Foi quando eu estava na Tailândia. Eu e um amigo fomos à Full Moon Party – tradicional festa na ilha de Koh Phangan que teve início nos anos 1980, quando os turistas elegeram o local como o que tinha a lua cheia mais bonita do mundo. A festa se dava, naquela época, sob o pretexto de que, como não havia luz no local, seria iluminada pela luz do luar. A partir daí as barraquinhas deram lugar a grandes resorts e o suave toque dos violões foram sendo substituídos, aos poucos, por poderosas caixas de som. Ocorre uma vez ao mês e eu tinha dado a sorte, ou pelo menos era o que eu achava, de estar lá para a convenção durante a lua cheia. Foi uma das festas mais loucas que já fui. Não há censura, as pessoas são livres e rola muita droga, de tudo. Assim que cheguei, me dirigi ao bar para pegar uma bebida. Aproveitei para observar o movimento, havia gente de todo o tipo espalhada pela areia da praia. Fiquei de costas para o balcão, esperando por ela, olhando para o mar. Meus olhos contornaram a orla observando as ondas que chegavam calmas até a beira. Avistei uma luz, por trás da montanha, do outro lado da praia, a curiosidade me tomou, peguei minha bebida e caminhei pela areia, ultrapassando o mar de gente. Ao chegar lá, havia um grupo de pessoas dançando ao redor de uma fogueira grande. Não pareciam se importar muito com o que acontecia na "outra" festa, porque tinham a própria. Fiquei, de longe, contemplando uma mulher quase nua e bastante performática. Vestia uma espécie de biquíni de couro preto que tampava apenas a parte da frente. Algumas faixas também de couro da mesma cor estavam paralelamente dispostas ao redor do seu abdômen, e subiam da virilha circulando seu tórax até o pescoço, deixando os seios à mostra. Calçava botas pretas até o joelho e tinha um rabinho no seu bumbum, completamente nu. Ela me chamou e eu fui, que homem não iria? Ali, deu início ao jogo de sedução mais forte que já havia vivenciado. Ela dançava para mim, me olhando fixamente enquanto mexia seus quadris. Fiquei inebriado, totalmente sugado pela cena. Outra mulher, vestindo saia longa com flores no cabelo, sentada em um tronco bem à minha frente, se levantou e juntou-se a ela em uma dança delicada e sedutora. Quando me dei conta, ela devorava os seios que a outra já deixava à mostra. Havia umas cinquenta pessoas, no máxmo, assistindo à cena. Deu-se uma espécie de ritual em que todos pertenciam a todos. E eu lá, parado, estático, observando as duas na minha frente sem conseguir me mexer. A menina com flores no cabelo teve sua blusa levantada por uma terceira mulher que se cobria apenas por uma miniblusa na altura dos mamilos e um tapa-sexo. Ela a pegou por trás e acariciou seus seios. Deitaram-se na areia e começaram, as três, a embalar seus corpos tão suave quanto intensamente, com muita vontade. Eu apreciava a cena querendo me unir a elas. A esta altura o álcool já subira e fazia seu efeito em mim. Após emanarem, em uníssono, as três, o mais belo grito de prazer enquanto seus corpos se contorciam involuntariamente, se levantaram e foram para o mar de mãos dadas, correndo, nuas, completamente nuas, pela fina areia branca.

– Essa foi a última cena de que me recordo. Fiquei tão bêbado que não tenho ideia de como regressei ao hotel. No dia seguinte, pela manhã, completamente grogue, ouvi o telefone do quarto chamando. Minha ressaca mal me possibilitava abrir os olhos. Lembro-me apenas do recepcionista dizendo que uma pessoa precisava entrar no quarto e eu consenti. Achei que fosse alguém de manutenção, qualquer coisa. Desliguei o telefone e continuei lá deitado, dormindo. Fui acordado aos gritos, com alguém me batendo, vozes berrando, foi um caos. Uma de minhas namoradas tinha ido fazer uma surpresa para mim, entrou no meu quarto e me pegou na cama com duas mulheres nuas dormindo comigo. Eu não tenho a menor ideia do que possa ter acontecido naquela noite, naquele quarto. Provavelmente nada, o meu teor alcóolico teria impossibilitado qualquer ereção. As duas doidas saíram se vestindo pelo corredor do hotel, enquanto uma delas tentava colocar de volta o seu rabinho. Foi quando percebi que saíra da praia com as garotas que tinham transado na fogueira. Foi uma situação vexatória para todo mundo, mas principalmente para mim. Enquanto isso, ela se mantinha inerte, parada, de pé, me olhando com as lágrimas saltando de seus olhos, sem dizer uma só palavra. O silêncio dela, depois de ter expulsado as duas do quarto, me matou. Lembro-me do olhar de desprezo lançado sobre mim. Naquele momento, refleti sobre o que fazia com a minha vida e com a vida das outras pessoas. Nunca mais a vi.

Eu escutava toda a história sem fazer qualquer julgamento. Apenas ouvia, e não me chocava. Ele, depois do ocorrido, ligou para o irmão que morava no Brasil; o que não esperava é que ele se encarregaria de espalhar a história para todos os amigos, que, por sua vez, contariam para outros amigos e assim sua fama se fez.

– Eu não estava casado com ninguém. Minha intenção não é me justificar para você, mas acabei levando uma fama que não corresponde a quem sou de fato. Emma, eu só preciso que você me dê tempo suficiente para mostrar quem eu sou verdadeiramente, e depois poderá tirar suas próprias conclusões. Me dá essa chance, por favor. – Pediu ele olhando fundo nos meus olhos, segurando as minhas mãos, unindo-as e apertando-as contra seu peito. Ele usava uma pulseirinha de pano no punho direito que conferia um certo charme.

Desatei as minhas mãos das dele, disfarcei o olhar, ele continuou sua história.

Selma

– Há uns seis anos, fui acometido, precocemente, por um câncer. Foi muito difícil. Tive de tirar um pedaço grande da próstata e estava convicto de que isso afetaria de vez a minha virilidade. Senti-me um vegetal, não conseguia pensar em sexo, tinha medo de não conseguir mais uma ereção. Durante a licença médica, decidi voltar ao Rio e passar um tempo com meus pais. Ainda debilitado, precisava de cuidado e carinho de pai e mãe. Foi aí que conheci a mãe do Bernardo, Selma, bem mais jovem que eu. Sua idade regulava com a do meu filho Guilherme.

– Estava sozinho na praia quando Guilherme apareceu com sua turma de amigos. Selma era namorada de um deles. O mar, perfeito para o surf, fez com que todos os garotos fossem pegar onda. Eu e ela ficamos na areia. Imagina, eu lá me sentindo um velho impotente quando ela começou a se insinuar. Fiquei inicialmente tenso, não queria colocar meu filho em situação complicada, mas ela não parava. Investiu forte na sedução dizendo que o namorado era imaturo e que sentia atração por homens mais velhos. Senti-me vivo novamente, revigorado. Saímos dali e ficamos juntos, me apaixonei, dei a ela tudo o que eu podia dar para que ela fosse feliz a meu lado. A relação com meu filho, que já era ruim, piorou. Claro que ele não ficou do meu lado e não foi capaz de entender minha situação nem como me sentia depois de ter experimentado o amargo sabor da morte. Tomou partido do amigo. Natural...

– O médico havia me assegurado que eu dificilmente poderia ter filhos novamente, pelo método tradicional, e isso me deixou tranquilo; era perfeito porque não fazia parte da minha lista de prioridades, nem da dela. Tudo caminhava bem.

– Ela cresceu em uma família desestruturada, com pai ausente e mãe deslumbrada, oriunda de uma família falida. Selma seguiu os caminhos de sua mãe, não tinha qualquer formação, não fez faculdade ou se profissionalizou em algo. Ela foi criada para ser linda, jovem e sem conteúdo. Para mim, estava tudo bem, eu gostava dela e pretendia levá-la para Londres e tirá-la daquele contexto insano em que vivia ao dar a ela a chance de se desenvolver intelectualmente fora do país. Acho que ela se apaixonou por mim porque não tinha uma figura paterna bem estabelecida na vida, e eu acabei preenchendo essa lacuna. Comecei a dar entrada nos papéis quando, por azar do destino, ela engravidou. Isso foi um baque para mim, fiquei desnorteado. Selma então desistiu de se mudar para Londres. Mais uma vez, um filho mudaria o meu destino.

A história de sua vida me comovia. Quanto mais ele tentava ser feliz ao lado de alguém, mais se enterrava. Mas ele não desistia do amor; caía e levantava, tentava. Comecei a admirá-lo por isso. O que podia nos afastar acabou nos aproximando.

– Senhor, já decidiram o pedido? – Perguntou o garçom. Esquecemos que havíamos acabado de chegar do aeroporto e precisávamos almoçar.

Ele olhou para mim e acenou com a cabeça, como quem diz: "Posso pedir aqui qualquer coisa?" Dei de ombros, inclinando um pouco a cabeça para a esquerda, dando a entender que estava de acordo, que ele poderia seguir em frente. O almoço havia deixado de ser o principal e se tornara acessório.

– Quando Valerie soube da gravidez, não se conformou, sabia que isso implicaria em eu ficar mais tempo longe das meninas. Sua raiva se tornou insustentável. Ela não mediu esforços para dificultar as visitas às minhas filhas. Foi uma época muito triste e dolorosa para mim. Enfim, o Bê nasceu com problemas e eu tive de me mudar definitivamente para o Brasil e deixar minhas filhas na Inglaterra.

– Estou sendo muito verdadeiro e sei que é complicado entender, mas você pode me perguntar o que quiser que eu vou responder. Não quero que você fique com nenhuma dúvida.

– Depois que o Bê nasceu, Selma entrou em depressão, não quis mais sair de casa, não cuidou dele, não amamentou, nada, era como se a criança não existisse. Isso minou nossa relação. Foi muito ruim. Eu não tinha coragem de me separar dela, não tinha coragem para encarar mais um relacionamento fracassado e, instintivamente, agi para que ela desse fim à nossa situação.

Havia algo de sincero em sua retórica que me comovia, despertando em mim o cuidado com sua dor e a curiosidade em me aprofundar em sua vida. Ele me seduziu com sua ideologia em não se contentar com pouco amor, com sua gana em não se deixar morrer no conformismo, no ostracismo do relacionamento perdido, na solidão a dois, embora seu modus operandi não fosse o mais adequado. Já era tarde demais; me desconectar dele seria inviável. Estava atrelada à sua teia. Quanto mais me mexia, mais presa ficava.

Ele continuava...

– Quando me separei de Selma, tirei férias e fui passar um tempo meditando na Indonésia, pensando sobre a doença, em como a vida me presenteava com mais uma chance, mantendo-me vivo. Tentando entender o porquê de ainda assim continuar agindo por impulso, fazendo escolhas equivocadas que me prejudicavam. Precisava colocar minha cabeça em ordem para tomar as decisões acertadas. Fui ao Templo de Uluwatu que, segundo o hinduísmo, tinha a função de proteger Bali dos maus espíritos, e era isto que procurava: proteção. A sensação que tinha era essa, do mau espírito no meu corpo, me fazendo agir de maneira leviana e até cruel não só com elas, mas, principalmente, comigo mesmo, me levando a atitudes que não eram condizentes com minha filosofia

de vida. Ficar lá, avistando o Mar de Java, debruçado no penhasco em um dos templos mais antigos de Bali, no topo daquela montanha acidentada, me fez refletir muito sobre minha conduta de vida, minhas responsabilidade e sobre tentar encontrar o meio termo para não perder o tempo certo das coisas.
- Esse templo tem uma história bastante interessante. Foi construído por um peregrino que naquele local atingiu o estado de "moska" - união com Deus - enquanto meditava. Era tudo o que eu precisava naquele momento: reconexão e a presença de Deus em meu espírito. Coloquei minha cabeça em ordem e assumi minhas responsabilidades de pai. Não podia deixar meu filho sozinho no Brasil nem as meninas em Londres e, a partir daí, passei a viver entre lá e cá. Tentando me manter presente mesmo que distante. - Finalizou ele.
- Abri meus segredos pra te dizer que minha essência é boa, que eu quero viver ao lado de uma mulher com quem eu me sinta bem e realizado, que me faça sentir frio na espinha mesmo sabendo que esse frio passa com o tempo. Que se não fosse a gravidez da Carla eu teria tido uma vida totalmente diferente. Emma, eu só te peço um tempo. Tempo para mostrar que eu não sou o que dizem por aí. Esse é um personagem que eu sem querer acabei criando.
Rompi o meu silêncio:
- Agradeço a confiança em mim e admiro sua coragem, porque mesmo sabendo que sua atitude poderia afetar a minha decisão, você, ainda assim, assumiu o risco.

Nosso almoço se estendeu até as 17h, com o sol quase se pondo. Da janela do restaurante era possível avistá-lo quase tocando o mar. Passamos a tarde sem nos beijar; parecia não querer dar nenhum passo até que eu decidisse se ficaria ou não com ele, depois de contar toda sua história.
- Emma, não sei o que se passa em sua cabeça, mas com certeza deve estar confusa. Gostaria muito de continuar aqui conversando com você, mas preciso deixar as malas em casa e ver meu filho. Dê uma chance para mim, deixa eu voltar mais tarde e te encontrar de novo. Embora eu esteja cheio de saudades, querendo te tocar, beijar você, não poderia

agir de modo diferente e não te contar. Espero que esse meu gesto de coragem faça você me enxergar de outra forma.

– Você me contou o seu passado, o presente é outra história. É essa nova história que me interessa. Eu quero saber o que você tem para me mostrar.

Foi então que o sorriso mais doce e grato se abriu para mim. Ele, sentado à minha frente, pegou minhas duas mãos, apertou-as com força e as beijou. Pediu a conta ao garçom, me levou para casa e disse que voltaria o mais rápido que pudesse.

Ali minha nova vida era selada ao lado do homem que me mandava flores tal qual Sâmia havia prometido. Não podia mais esperar. Queria aquele homem para mim, com todo seu passado, pronto para escrever um presente diferente a meu lado.

Pi pi pi...

O quarto frio agitava minhas recordações, fazendo-as galoparem pela minha cabeça como cavalo de corrida. Uma lágrima escorreu pelo meu rosto, mas não pude fazer nada a não ser deixá-la percorrer seu curso natural. Queria sentir a presença dele a meu lado, me protegendo. Sinto-me tão só. Não reconhecia as vozes ao meu redor e o barulho das máquinas já me era familiar.

11

– Me espera! Voltarei correndo para te cobrir de beijos.

Borboletas voavam no meu estômago, centenas delas. Meu sorriso não se desarmou até chegar à minha casa.

Enquanto tomava banho, refleti sobre tudo o que ele havia me contado e fiz um balanço bem frio. A conclusão que chegara foi que, apesar de ele ser um homem vivido, com um histórico de relacionamentos bastante atípico, naquele momento ele queria "zerar o hodômetro" e começar algo novo e diferente comigo. Suas histórias não me chocavam, não havia nada nelas que justificasse meu afastamento, e eu não queria me afastar. Ao contrário, queria viver aquilo, estava escrito que eu precisava encontrar aquele homem e não poderia deixá-lo passar. Por que havia ele de ser tão crucificado? Quantas pessoas vivem relacionamentos fracassados e falidos e se mantêm juntas por conveniência? Sem amor, sem respeito, com tantas traições... Qual teria sido o pecado dele? O de tentar ser feliz; o de tentar encontrar a mulher que o desse paz? No fundo, tínhamos mais isso em comum; não nos contentávamos em viver algo em que já não acreditávamos.

A noite chegou mais fresca. Abri a porta da varanda para a brisa do mar entrar, o vento balançava a cortina leve de voil branco. A casa, pronta para recebê-lo novamente, exalava um leve aroma de baunilha oriundo das velas que já ardiam à sua espera.

Antes que terminasse de passar o pente no cabelo, a campainha tocou.

Abri a porta, lá estava ele. Não se controlou, voou para cima de mim sem me deixar fechá-la, me segurou forte pela cintura e repetiu a frase que havia me dito no dia anterior ao seu embarque de volta ao Rio de Janeiro:

– Nunca senti isso por ninguém, Emma. Ontem a esta hora eu imaginava como seria ter você. Não posso mais esperar, preciso agora.

Empurrou a porta com o pé me suspendendo contra a parede do corredor. Pude sentir seus músculos tensionados pela força que fazia para me manter erguida. Minhas pernas, em um ato involuntário, se puseram a seu redor, abraçando-o. Deixei que ele me beijasse. Meu coração saltava.

Ele, abruptamente, empurrou meu colo, afastando-me dele e levantou minha camiseta. A pressão que fazia em mim contra a parede era capaz de me manter suspensa enquanto sua boca percorria minha barriga arrepiada. Eu já não conseguia mais pensar, absorta que estava pelo prazer de suas mãos que ao mesmo tempo em que deslizavam suavemente pelos meus seios, me seguravam com a força de um leão abocanhando a presa. Completamente entregue, permiti que ele conduzisse a cena sem fazer qualquer objeção.

Delicadamente me desencostou da parede, levando-me em seu colo. Atravessou toda a sala e me deitou cuidadosamente sobre as almofadas indianas que se encontravam dispostas sobre o deck de madeira. Pôs-se em cima de mim, empurrando fortemente seu quadril contra o meu. Senti que seu desejo pulsava por mim.

Seus lábios pousaram sobre meus seios, sugando-os lentamente, sem pressa. Seus beijos seguiam vagarosamente em direção a meu pescoço enquanto sua voz mansa sussurrava palavras que eu, naquela altura, já não era capaz de decifrar. Tirou sua blusa. Seu tronco nu debruçou-se suavemente sobre meus mamilos eriçados. O calor tomava conta do meu corpo que, inebriado de amor, movia-se involuntariamente à procura do dele, curvando minhas costas, erguendo-as até sentir seu colo quente, largo e protetor.

Eu, diante da turbação que me cegava, sedenta em propiciar a ele o mesmo prazer que recebia, movimentava meu quadril como quem dança um bolero, entrelaçando meu corpo ao dele, intensificando ainda mais nossa excitação, transbordando-o de desejo.

De súbito, ele me ergueu pelos quadris, desabotoou meu short, passando-o pelas minhas pernas, chegando a meus pés, beijando-os e extirpando finalmente minha calcinha encharcada.

O que ele encontrou por baixo do discreto tecido foi um órgão que exalava o odor da lascívia e da luxúria. Sua boca, que já não se continha, o impulsionou a abrir minhas pernas, colocando-se ávido entre elas. Com o apetite de um glutão, mergulhou sua língua macia dentro daquele oceano de mim, colhendo meu deleite. Incitou sua barba malfeita por ele, e quando eu estava prestes a atingir o êxtase, me penetrou, com paixão, tocando-me ao fundo, me inebriando de tanta exultação que minha voz já não se calava. Minha energia já não cabia em mim e precisava ser expelida de meu corpo. Eu gemia, libertada pela excitação que aquele homem me proporcionava. Ele, incansável, invadia profundamente a minha alma com furor, indo além, muito além da matéria.

À medida que seus movimentos o faziam entrar e sair de meu espaço, que naquele momento já se tornara dele, repetia:

– Emma, eu gostei de você, e eu quero você!

Essa frase ecoava em meus ouvidos como sino. Ele sabia o poder que exercia sobre mim, sabia o peso daquela sentença em meu inconsciente. Eu, absorta pelo desejo, envolta por uma atmosfera voluptuosa, deixei minha alma vagar pelo universo enquanto meu corpo, a minha massa, permitia que ele sentisse o prazer na mais perfeita definição de luxúria.

Meus atos eram inconscientes e eu já não tinha mais domínio sobre minhas mãos, que apertavam a base de seu membro teso, fazendo-o gemer. Quanto mais eu fazia, mais forte ele me penetrava e, já não sendo mais capaz de guardar toda aquela flama, a expulsei, cheguei ao êxtase, expelindo uma onda de energia que escorreu pelas minhas pernas. Ele me olhava fundo, dentro do olho, como se quisesse entrar na minha alma. Não se cansava, continuava sua marcha mantendo o ritmo até que não pôde mais. Seus olhos já não conseguiam me fixar, ele os desviava para a direita e em seguida voltava a me encarar profundamente, balançando a cabeça e pressionando os lábios. Repetia esse gesto como se fosse um ritual, até que sua matéria não foi capaz de conter a explosão, e sua alma, então, encontrou a minha no nirvana. Enfim, o sexo carnal se uniu ao transcendental.

Ele, no entanto, não sucumbiu, não se entregou, abriu minhas pernas e sugou com a boca faminta a pouca energia que ainda permanecia em meu corpo. Obcecado em me satisfazer, voltou a acarinhar meu sexo com sua língua, ao mesmo tempo que seus dedos me penetravam, perdurando assim até meu último suspiro de regozijo.

Quando a energia já se esvaíra, ele me embalou em seus braços e nos rendemos ao esgotamento físico, nos permitindo permanecer ali, plácidos sobre as almofadas, à luz das velas, sentindo o toque suave da brisa que, com ela, trazia a maresia.

A intimidade adquirida no instante em que nos tocamos nos fez despir do medo e da insegurança, permitindo que nos entregássemos um ao outro sem reservas, com mais leveza.

Deitados no deck, absortos pelo cansaço, a noite clara, com a luz da lua entrando pela varanda sem pedir licença, possibilitava notar seu corpo nu ao meu lado. Passamos para o estágio do reconhecimento físico. Seus olhos percorriam cada parte do meu corpo, enquanto seus dedos deslizavam suavemente por ele, mantendo-me ainda em êxtase. Esqueci do mundo no sossego de seu colo. Serenos, nos admirávamos, explorando cada pedacinho nosso.

Foi quando, em um sobressalto, percebi que, na marca branca de sua sunga, havia uma tatuagem na altura do quadril. Era um trevo de três folhas, tal qual o trevo que Sâmia havia me dado e que ele me enviara no envelope junto com o primeiro arranjo de flores no dia de Saint Patrick.

Não era mera coincidência. Havia muito mais por trás daquela história. O trevo tatuado em seu corpo não deixava dúvida de que ele era o homem descrito por Sâmia. Percebi que existia um nexo que unia cada um dos sinais a ele. Um arrepio que se iniciou na espinha, próximo à lombar, foi se resvalando até minha nuca, atingindo por fim, meus braços. Desaninhei minha cabeça que pousava sobre seu peito, ergui meu corpo e me sentei a seu lado, abraçando meus joelhos contra o peito.

– O que foi?

– Esse trevo – apontei para a tatuagem.

– É meu amuleto. É o símbolo de Saint Patrick. Lembra? Eu te enviei um, é o mesmo trevo, o de três folhas.

– Luc, preciso te contar uma coisa. – Me levantei, caminhei por toda a sala, e fui buscar os dois trevos que estavam guardados na mesinha de cabeceira.

Ele me seguiu com os olhos, enquanto me dirigia ao outro cômodo, observando o luar refletido em minhas costas. Trouxe os dois trevos comigo e ele permanecia na mesma posição, me esperando, fitando minha silhueta que era demarcada pela luz que transpunha o voil da varanda, sem entender muito bem o que acontecia. Ajoelhei-me à sua frente, abri sua mão esquerda e pousei sobre ela o segredo que guardava.

Ele se mostrou surpreso. Contei a ele sobre Sâmia. Ele ficou confuso. Pude conceber que, embora achasse a história deveras intrigante e repleta de coincidências, a achou um pouco exagerada e infactível.

– Emma, um homem mandar flores quando está apaixonado é muito comum. E com você, sendo a mulher que é, não deve ser raro acontecer. Se não fosse eu, seria qualquer outro.

– Luc, ela ter me dado o trevo de Saint Patrick, que coincidentemente é o amuleto que você tem tatuado, me parece um pouco demais não? Se ela tivesse me oferecido algo referente a São Jorge, santo guerreiro da Capadócia, tudo bem, mas qual é a relação da Turquia com Saint Patrick e um trevo de três folhas? Se fosse o de quatro folhas, que simboliza a sorte, teria outro sentido, mas não, foi o de três, que é justamente aquele que não queremos, a não ser os devotos desse santo especificamente, que não é o caso da Turquia.

– O que eu posso te afirmar, com certeza, é que essa mulher, sem saber, acabou me ajudando ao convencê-la a não desistir de mim, não é? Foi por conta das flores que você não desistiu de mim?

Ele tinha razão, se não fossem todos os simbolismos que marcam nossa relação, talvez eu não tivesse dado a ele a chance de me conquistar. Teria perdido a sorte de sentir a felicidade que transbordava de meu peito e já não cabia mais em mim.

– Emma, eu realmente acredito que o destino reserve algo para nós, de verdade, e talvez você tenha aparecido na minha vida nesse momento, para me trazer a paz de que eu preciso. A sensação que tenho é a de que procurei você em cada uma das mulheres com quem estive, mas, por algum motivo que eu desconheço, só agora você cruzou meu caminho e em uma coisa eu concordo com ela – ele deu uma pausa proposital para que eu o perguntasse – você não pode me deixar escapar. Agora sinto meu coração quieto e calmo porque minha busca cessou. – Disse ele, seriamente.

Sua ligação com Saint Patrick se deu porque chegara a Londres no dia de sua comemoração. Inicialmente, encarou como um sinal, uma libertação e, a partir daquele momento, no instante em que pôs os pés naquela terra estranha, no dia de Saint Patrick, ele teria a chance da renovação.

A história do apóstolo da Irlanda, o santo que voltou à terra onde sofreu como escravo e usou seu poder da oratória e do convencimento para converter os irlandeses pagãos ao cristianismo, o fascinava. Ele encarava Saint Patrick como um grande manipulador, um homem inteligente que voltou à terra sofredora para salvar o povo do pecado. Esse era o entendimento de Luc, um entendimento só dele. Chegou a citar trechos de um dos textos favoritos escritos pelo santo, chamado "a Confissão".

> "Mas por que me desculpar perto da verdade, especialmente com presunção, de que somente agora me aproximando da minha velhice posso obter o que não consegui na minha

> juventude? Porque meus pecados impediram-me de confirmar o que anteriormente tinha lido superficialmente. Mas quem acreditará em mim ainda que repita o que disse antes? Um jovenzinho, ou melhor, quase um garoto imberbe, capturado antes que soubesse o que deveria buscar ou evitar. Então, consequentemente, hoje me envergonho e ardentemente temo expor minha ignorância, porque eu não sou eloquente, assim verdadeiramente, não consigo expressar como o espírito está ávido por fazer e tanto a alma quanto o entendimento se mostram dispostos."[1]

Meu olhar para ele era de profunda admiração. Nada do que ele me dissera horas antes durante o almoço foi capaz de mudar meu ponto de vista e me fazer recuar. Eu queria viver aquilo, queria explodir e colocar para fora toda a imensidão de sentimentos que era capaz de sentir. Era como se meu corpo fosse pequeno demais para tamanho amor e excitação ao mesmo tempo.

– Eu não estou cabendo em mim de tanta felicidade. – Disse em um rompante, como a rolha de um champanhe expulsa pela pressão do gás.

Na minha cabeça havia apenas uma pergunta. E, como se ele estivesse ouvindo meus pensamentos, respondeu.

– Está tudo muito claro para mim, Emma. Se eu tivesse conhecido você antes, eu não teria sido bom para você, eu não teria feito bem a você e perderia a chance que Deus está me dando de finalmente ser feliz ao lado de uma mulher. – Disse enquanto passava o dedo pelo meu nariz, colocando meu cabelo atrás da orelha.

Dessa vez eu não pedi que batesse a porta quando saísse, pedi para que ficasse e ele não se opôs. Fomos para cama e a última frase que me recordo foi ele dizendo: – É tão bom dormir com você, é tão bom ficar aqui com você. – De bruços, segurava o travesseiro acima da cabeça na altura da testa, com o rosto virado para mim.

---

(1) http://www.confessio.ie/etexts/confessio_portuguese#

No dia seguinte ele voltou depois do trabalho, no outro dia também e no terceiro, eu disse:

– Leva a chave, você vai voltar mais tarde mesmo.

Jamais passou pela minha cabeça entregar a chave de minha casa a um homem, principalmente de forma tão repentina, mas as palavras escorregaram de minha boca e saíram tão naturalmente que ele não contestou: pegou a chave, me deixou na estação do metrô e foi embora.

À noite, quando cheguei em casa e coloquei a chave na fechadura para abri-la, ele se antecipou, me recepcionando com o melhor abraço que já havia recebido. E, logo, o ato de ele abrir a porta para mim se tornou a melhor rotina do dia.

Depois da nossa primeira noite, ele nunca mais voltou para a sua casa, nunca mais dormiu em outro lugar que não fosse a minha cama, a nossa cama.

Pi pi pi...

Tratava-se de uma analogia entre as passagens da vida de Saint Patrick com a sua própria. Mais tarde compreendi o que para Luc significava a volta de Saint Patrick para a Irlanda e sua determinação em catequizar os pagãos. Agora, aqui, deitada sobre este leito frio, sou embalada pela mais cruel sinfonia da vida, o som que me mantém viva. Luto sem forças para sair daqui.

12

Bernardo

O fim de semana se aproximava e Luc passaria com seu filho menor, o Bernardo. Achei que não ficaríamos juntos, no entanto, fui surpreendida ao ser incluída no programa pai e filho. Ele já planejara tudo, me deixando sem saída. Não fiz objeção, encarei o fato e me dispus a ficar ao lado deles.

Lá vinha ele, vestindo uma bermuda duas vezes o seu tamanho, uma fraldinha arrastando no chão, as costelas à mostra e uma chupeta que escondia sua boquinha suja. Era tão pequeno e tinha um ar tão cansado que logo adormeceu no carro com o pescoço torto. Me comovi e me pus no banco traseiro para segurar sua cabeça frágil. Ali, naquele instante, me apaixonei por ele; foi amor à primeira vista.

Passava do meio-dia. A criança, faminta, devorou uma salada de frutas e toda a comida que foi colocada em seu prato. O olhar de Luc era de vergonha e tristeza pela situação que o filho se encontrava.

Durante o almoço, aquele menino, repentinamente, se pôs no meu colo e se aninhou, sem que eu pedisse, sem que eu o chamasse, de tal forma que não havia como não ficar completamente encantada.

O dia deu lugar à noite, e precisávamos providenciar o básico para que aquele menino se sentisse acolhido em casa. Bernardo era uma criança agitada, e precisava de atenção e muito carinho. Dar banho e colocá-lo para dormir não foi uma tarefa fácil. Ele tinha imenso medo de água, mas aos poucos se acalmou, se deixando levar pelas brincadeiras, e o banho fluiu. Na hora de dormir encaramos outro problema, os pesadelos o deixavam inquieto, se debatia, gritava. Meu instinto não permitiu deixá-lo sozinho no outro quarto. Peguei-o no colo e levei para nossa cama. Ele se enroscou em mim, como um animalzinho indefeso. Seus olhinhos repletos de lágrimas me fitavam enquanto sua boquinha fazia aquele barulhinho gostoso de se ouvir da chupetinha, me enchendo o peito de amor.

No momento em que vi nós três juntos, me senti a mulher mais abençoada do mundo. Meu coração saltou e pude perceber um amor sem igual, que não se media. Aquela criança se tornara parte da minha vida e minha meta a partir daquele momento era fazer com que ele se sentisse amado.

* * *

Nosso primeiro fim de semana com Bernardo chegava ao fim repleto de descobertas e sentimentos inusitados. Mas a paz foi interrompida... O telefone tocou.

Levantei da cama com cuidado para não acordar a criança que já dormia pesado e me dirigi à sala. Uma amiga com a voz um tanto quanto aflita disse precisar conversar urgente comigo. Meu coração disparou tão forte que parecia furar meu peito e sair pelas costelas. Minha intuição não falhou. As notícias sobre ele iriam chegar. Ele sabia disso e chegaram. Não pensei que seria tão rápido, estávamos juntos há seis dias apenas.

– Desculpe a hora, mas preciso falar com você sobre o Luc, é o nome dele não é? – Antes que ela terminasse o assunto, me enchi de forças, coloquei o coração no prumo e encarei o que estava por vir. Ele me enchera de poder, me preparou, me contou tudo, não havia nada que eu não soubesse. Estava pronta para enfrentar qualquer comentário e, com suavidade na voz, prossegui com a conversa.

– Não precisa ficar nervosa, pode me contar com tranquilidade porque eu já sei de tudo. Ele mesmo me contou. Não tem ninguém sendo enganado aqui.

– Desculpe, Emma, eu achei que deveria te falar sobre quem é a pessoa com quem está saindo. – Senti um ar de frustração em sua voz.

– Nós não estamos saindo, estamos namorando e ele está aqui agora. – Disse com o peito insuflado de ar, com a empáfia dos que nascem com a razão.

– Emma, eu conheço uma pessoa muito próxima a ele que me disse quão sedutor ele é e o que costuma fazer com as mulheres com quem se relaciona. Se cuida, fica de olho, é só isso. – Ela fez o que deveria fazer e desligou o telefone.

Eu queria viver aquela história, e estava disposta a encarar. Eu me sentia segura e, ainda assim, dava um passo de cada vez, observando sua conduta comigo. Eu não fazia parte do passado dele e não tinha o poder de mudá-lo. As relações são diferentes, cada uma é de um jeito, e ele fazia questão de me mostrar isso. A mim, só restava viver o presente e me permitir ser feliz como nunca havia sido em toda a vida. Era a minha decisão e nada me faria mudar de ideia.

Desliguei o telefone e quando voltei para o quarto o encontrei sentado na cama me esperando. Apesar de todo conhecimento de que ele havia me munido, não consegui ficar completamente imune ao comentário dela, e ele percebeu.

– O que foi? – Perguntou ele baixinho, me puxando para o seu lado pelo quadril, me abraçando.– Alguma notícia ruim ao telefone?

– Você tinha razão, os comentários chegariam mais cedo ou mais tarde – levantei as sobrancelhas franzindo a testa.

– É curioso o modus operandi. Alguém liga para você em um domingo à noite, joga uma bomba no seu colo, desliga o telefone e segue o caminho. Enquanto isso, você, que presumidamente estaria em casa se preparando para dormir sozinha, passaria a noite toda em claro pensando e sofrendo. Será que não passou pela cabeça da pessoa o quanto isso poderia afetar seu sono, sua qualidade de vida para o dia seguinte? Não existe mais consideração, meu amor. Eu teria um cuidado maior e esperaria uma ocasião mais oportuna para contar algo nesse sentido para um amigo. Mas nem todo mundo é assim, e ela infelizmente não teve esse cuidado com você. – Disse ele me dando um beijinho na testa e me puxando ainda para mais perto. – A preocupação dela não era com você, e sim com a própria consciência, que deveria manter tranquila a todo custo, inclusive às custas de sua inquietação. Afinal, você não precisa dormir e descansar para encarar a semana inteira de trabalho duro. Certo?

Seu ponto de vista, não nego, me fez ficar mais atenta à forma como as informações chegariam a mim. Mostrou-me que toda história tem três lados, e não dois, como se costuma dizer. O lado A, o B e o verdadeiro, que nunca saberemos a não ser que a gente ouça os dois lados imparcialmente para analisar com frieza os fatos. E... como em um passe de mágicas, o foco deixara de ser ele e passara a ser o comportamento humano de um modo geral. Quando já nem lembrava mais sobre o telefonema, ele falou:

– Meu amor, aqui está a senha do meu celular. Você pode olhar o que você quiser, ver o que quiser, a hora que você quiser. Não tem confusão, não tem papinho com mulher, não tem conversinha, não tem jogadinha de charme. Eu estou completamente envolvido com você e não tem nenhuma outra mulher do meu passado rondando a nossa porta. Não tem nada que vá fazer você se sentir insegura, nem ex-mulher, nada. Sou totalmente nós dois, estou vivendo para construir com você uma vida de harmonia, parceria e paz; é isso que busco nesse relacionamento. Não vou deixar que ninguém faça você se sentir insegura. Você pode me perguntar o que quiser que eu vou explicar tudo quantas vezes forem necessárias até que você se sinta convicta. Entenda uma coisa, estou vivendo cem por cento para a gente.

* * *

Chegar do trabalho passou a ter outro significado para mim. Todos os dias era recebida por ele abrindo a porta, me abraçando e me beijando infinitamente. Por trás dele surgia aquele bebê de fraldas e chupeta estendendo os bracinhos para que eu o colocasse no colo.

Tudo ocorria a uma velocidade absurdamente precípite. Em um piscar de olhos Bernardo já morava conosco. Seu quarto já se encontrava decorado e o banheiro ocupado por seus brinquedos de banho. Meus cremes e shampoos caros tinham dado espaço a colônias, sabonetes hipoalergênicos e pomadas para assaduras. Havíamos construído um lar, o nosso lar.

Nunca entendi muito bem essa questão do amor por uma criança ir crescendo aos poucos. Achava que esse amor surgia ao se descobrir grávida, mas, como não havia passado por isso, ficava difícil imaginar o contrário, mas foi convivendo que consegui sentir por ele o maior amor que uma pessoa pode sentir por outra, que é o amor de uma mãe por um filho. Aquela criança tomou conta do meu coração por completo e encheu a minha vida de graça. Eu me sentia inteira, em paz, cem por cento realizada como mulher.

Nossa rotina diária se consolidava aos poucos, tomando conta de praticamente todo o meu dia, me levando ao distanciamento severo da minha intensa vida social, para desapontamento de alguns amigos, enquanto outros, se preocupavam com a seriedade tão repentina desse relacionamento. Fui julgada e até condenada por alguns deles, mas ninguém era capaz de enxergar tudo o que Luc me proporcionava e quão feliz eu vivia a minha vida, construindo ao lado dele uma família.

Aquele homem entrou na minha vida e a virou de cabeça para baixo ou, no meu entendimento, de cabeça para cima. Deu um sentido diferente, o de me sentir amada e necessária. Quando percebi isso, me dei conta do tal sentimento que Sâmia disse que ele me faria sentir. Ela havia acertado tudo e minha vida estava repleta de felicidade.

As doces palavras proferidas por ele todas as noites antes de dormir e todas as manhãs quando acordava transbordavam minha alma de calor, conforto e calma. Seus gestos, sua fala mansa e seu olhar fitando o meu profundamente me empoderavam, fazendo-me sentir a mulher mais incrivelmente amada. Embora, ainda que estivesse inebriada pela paixão e me permitisse viver, finalmente, tudo o que sempre desejei, havia algo dentro de mim, no meu âmago, uma certa lucidez que, talvez, me impedisse de gerar expectativas a longo prazo.

Como ele mesmo havia dito, era preciso tempo para me mostrar quem realmente ele era, sem mentiras, fraudes, na pureza de sua alma. Eu precisava disso, mesmo estando certa sobre ser ele o homem que mandava flores. Eu precisava do tempo para consolidar os alicerces de nossa vida a dois, a três a cinco, a sete.

Pi pi pi...

Meus olhos se enchem de lágrimas, sinto saudades do meu pequeno, queria vê- lo pela última vez para sentir seu cheirinho e sua mão macia no meu rosto, mas não me deixaram. Teria de conviver com essa perda para sempre, aqui, jogada neste leito sombrio. Não ter tido a oportunidade de dizer a ele que não o abandonei me causa imensa dor. Temo não o ter assegurado disso... Aquele pequeno menino, tão desamparado, precisava ter essa certeza. E eu preciso de mais tempo, mas minhas forças se esgotam.

13

Rio de Janeiro, 7 de maio de 2015

Era outono, o que não significava muito em se tratando de Rio de Janeiro. As estações nada definidas, o calor intenso, a beleza das praias, a vivacidade e a alegria do povo carioca, aliados à desordem local, tornaram nossa cidade conhecida como Rio 40 graus, a cidade da beleza e do caos. Mas, especificamente naquele tarde, o céu cinza, as árvores dançando ao som da ventania fria que vinha do mar e abarrotavam as calçadas de folhas secas, davam a falsa impressão de que a estação, enfim, perduraria assim.

Eu e Lia havíamos preparado um vernissage com as obras de Wolfgang Beltracchi, pintor alemão e maior falsificador de todos os tempos, que acabara de cumprir quatro anos de pena. Durante o período que passara na cadeia, pintou obsessivamente. Sua arte, autêntica e própria, tinha beleza infinita e traços que obviamente remetiam a Gauguin, Kandinsky e tantos outros. No entanto, sua obra não era muito respeitada pelos críticos, inclusive um galerista da suíça chegou a ser expulso da associação de proprietários de galerias por organizar uma exposição de seus quadros enquanto preso. Mas este foi nosso melhor argumento: fugir do lugar comum e inovar a arte, sem medo, sem amarras. Nossa ousadia atraiu colecionadores do mundo inteiro e finalmente eu e Lia galgávamos rumo ao apogeu. Tudo foi planejado para que a noite fosse perfeita. Cuidamos de todos os detalhes e nada nos fugiu. Seria uma noite importante para o mundo da arte, mas a euforia que tomava conta de mim tinha outro motivo além desse. Eu, enfim, assumiria publicamente nosso relacionamento e, ao mesmo tempo, conheceria seus pais.

A ideia de convidar seus pais partiu de Luc. Seria um ótimo momento para conhecê-los, visto que poderia a qualquer momento usar o trabalho como desculpa e sair caso o assunto fosse desagradável.

– Lia, já fiz double check de tudo. Wolfgang Beltracchi já está ciente da hora que o motorista irá buscá-lo. A mulher dele já conseguiu finalmente se acertar com o vestido, tudo na mais perfeita ordem. Vou passar no salão antes de ir para casa. – Peguei minha bolsa e me despedi dela.

Cheguei em casa e Luc, como sempre, abriu a porta. Dessa vez, antes de me abraçar, disse:

– Meu Deus, que mulher é essa que eu tenho? Meu amor, você está linda! – Eu ainda me surpreendia com isso. Meu sorriso pulou pela boca, escapulindo até a dele, como um beijo. Dei-lhe um forte abraço enquanto ele fechava a porta da cozinha. – Acho que não vou conseguir esperar voltarmos do evento, quero você agora!

Pensei: toda minha produção vai por água abaixo neste momento, ele me levando para o quarto, com certeza não sairia dali ilesa. Mas, ao entrar, pendurado do lado de fora do meu armário, me deparei com um vestido longo com a estampa mais linda que já havia visto. Tinha um fundo nude com desenhos abstratos, pintados à mão, em tons pastéis de marrom, roxo, azul, vermelho e amarelo que lembravam folhas gigantes ou asas de borboleta, que nasciam no ombro e terminavam um pouco acima da barra. O tecido de seda fina levemente transparente, com decote redondo e mangas cavadas na altura do ombro, dava uma conotação de sobriedade que contrastava com a delicadeza do lindo aplique de flores, na mesma estampa e tecido, que permeavam transversalmente do ombro esquerdo até a cintura, bem marcada, do lado direito. A saia evasê do vestido era composta por mais de uma camada e flutuava, era solta e leve como minha personalidade. Muito fino, elegante e de bom gosto.

Não aguentei, não fui capaz de segurar o choro, deixei ele tomar conta de mim, pouco me importando com a maquiagem e toda a produção que levara horas para ficar pronta. A importância daquele ato, o significado daquele gesto de cuidado, era algo que eu jamais vivenciei.

– Você existe mesmo? Às vezes olho para você e me pergunto se é real, se é possível existir alguém como você.

– Meu amor, não chora, você está tão linda. Esse é o seu momento, a sua hora! – Disse enquanto enxugava cuidadosamente as lágrimas do meu rosto. – Eu não faço nada perto do que você faz todos os dias pelo Bê e por mim. Você é o meu alicerce, sem você minha vida desmorona. Experimenta o vestido, vai; estou louco para ver como ficou. – Tirou o vestido da porta do armário pelo cabide e me entregou.

– Perfeito! – Mostrei, colocando-me à sua frente.

O interfone tocou. Desci para pegar o Bernardo enquanto Luc terminava de se arrumar.

Ao sair pela porta do prédio pude ver sua euforia através da janela do ônibus. Ansioso, pulava em cima do banco, louco para que eu o resgatasse. Quando o motorista abriu a porta, ele deu um salto para o meu colo, abraçou meu pescoço e, aos berros, bradava para os amiguinhos:

– Ela é a minha princesa com vestido de princesa, você está linda. – Passava suas pequenas mãos sobre meu rosto, dando beijinhos estalados e molhados. Nesse instante percebi o porquê de algumas mães não conseguirem chegar, muitas vezes, arrumadas aos lugares. No fundo, o mais importante eram esses momentos únicos e inesquecíveis ao lado da cria. Eu já fazia parte desse universo.

Subimos e lá estava ele nos esperando de smoking, encostado com o ombro direito no batente da porta, pernas e os braços cruzados.

– Você está lindo papai, muito lindo.

Chegamos à exposição e tudo corria como mandava o figurino. Enquanto eu e Lia acertávamos os últimos detalhes e recebíamos os convidados, Luc conversava com o marido dela, que coincidentemente era turco.

Em meio à correria, entre uma tela e outra, um convidado e outro, o garçom e o barman, Luc calmamente me virou pela cintura e me apresentou a seus pais. Pessoas muito distintas e amáveis, um casal educado e simples no trato com as pessoas.

Apesar da minha ansiedade, consegui dominar a situação e sair ilesa do meio daquele turbilhão de emoções. Nada podia dar errado. Era nossa grande chance, minha e de Lia; era o momento de todos conhecerem Luc e de eu conhecer seus pais. Tudo junto e ao mesmo tempo. Precisava relaxar. Pedi licença a Luc e a seus pais e fui até o bar pegar uma bebida. Fiquei lá por um tempo, observando aquele momento, cheia de orgulho de mim mesma. Lia veio a mim; ela também precisava de uma bebida. Ficamos lá nós duas, curtindo o nosso trabalho, perfeito. Seríamos também reconhecidas por nossa ousadia.

Senti um toque sutil em meu ombro e uma voz me dizendo algo que em meio a todo aquele barulho mal consegui entender. Virei de costas e me deparei com o pai de Luc atrás de mim.

– Será que eu poderia conversar com essa mocinha? – Perguntou, dirigindo-se à Lia.

Ela nos deixou a sós. De longe percebi que Luc nos fitava com o olhar enquanto comentava algo com seu irmão. Ambos não tiravam os olhos de nós.

– Fiquei muito feliz em conhecer você. Vi que meu filho escolheu bem a namorada. – Disse gentilmente o pai. Eu o agradeci com a cabeça retribuindo com um sorriso de canto de boca.

Era notório que havia ali uma sensação de alívio por eu ser quem eu era. Inevitavelmente me senti em um campo de apostas, como se todos tivessem dado seus palpites e aguardassem ansiosamente o resultado.

– Seu trabalho, com certeza, é muito interessante. A arte é mesmo fascinante. – Continuou ele, tentando desenvolver uma conversa.

Ele era um homem bastante sedutor e Luc se parecia muito com ele. Conversamos sobre arte e exposições durante um tempo, mas logo o pai mostrou a que veio.

– Minha filha. – Disse ele, calmamente, olhando para o lado e se certificando de que Luc não estava por perto. – Não se deixe enganar, você é apenas o grande amor da vida dele deste mês. E será a louca do mês seguinte. É assim que ele se refere a todas as mulheres com quem já se relacionou. Você já percebeu isso?

Aquela frase ecoou em minha mente durante algum tempo, não quis me afastar e continuei ali, parada, sem reagir, ouvindo tudo o que seu pai tinha a me dizer, e muitas vezes com um tom até sarcástico na voz.

– Meu filho é muito enrolado; ele já machucou algumas boas mulheres assim como você e outras tantas que realmente não valiam a pena, mas o fato é que ele brinca e eu me envergonho disso. – Nesse momento eu o interrompi e, docemente, mostrei a ele quem eu realmente era.

– Senhor, eu sei quem é o seu filho e eu não serei a próxima louca da vida dele, isso eu posso lhe assegurar. Mas, posso ser sim, o amor da vida dele, hoje, neste momento. Amanhã eu já não sei. O senhor sabe? Consegue adivinhar o que vai acontecer na minha vida amanhã? – Deixei-o sem graça, era notório. Ele balançou a cabeça, respondendo que não, e continuei. – Então, por que eu deixaria de viver o hoje? Por que me subestima tanto a ponto de achar que eu sou como as outras? A questão aqui não é quem seu filho é, e o que ele fez, mas, sim, quem eu sou e o que eu vou permitir que o seu filho faça comigo. O senhor consegue ver a diferença? – Disse, enfaticamente.

– Olha, não me leve a mal, eu não quis ser grosseiro. Só estou cansado de ver o filme se repetir tantas e tantas vezes.

Eu me tornara ali uma leoa defendendo sua cria. Mal podia acreditar que falava com seu pai daquela forma. Luc me encorajava tanto, todos os dias, me fazia sentir tanta confiança que eu era capaz de encarar qualquer pessoa que chegasse perto de mim para tecer qualquer comentário sobre o passado dele.

– Eu conheço as histórias de seu filho. O senhor conhece?

– Você acha que não?

– Eu me refiro à versão dele, não à dos outros. O senhor sabe o quanto ele já sofreu e quão frustrado ele é por conta de todas as suas histórias fracassadas? O senhor já parou para ouvir todas as outras histórias interessantes que ele tem para contar? Aquelas que nada têm a ver com relacionamentos e mulheres? A história de seu filho vai muito além da de um homem que se relacionou várias vezes. Essa é a história que vocês gostam de falar para denegrir a imagem dele, e o senhor, como pai, não deveria ajudar a valorizar essa característica ruim já que ele tem tantas outras boas.

O pai, que já se encontrava totalmente envergonhado e não esperava que eu fosse reagir daquela forma, com seu derradeiro suspiro lançou a última cartada.

– Ele te contou sobre a indiana?

Eu me segurei e engoli a frase a seco. Ele não havia mencionado nenhuma indiana, eu não sabia do que se tratava, mas continuei de pé e respondi, suavemente, que sim.

– Ele não se orgulha disso. E eu não vou desistir de seu filho. É isso que o senhor quer? Que eu desista de seu filho? – O irmão do Luc se aproximou com um pretexto qualquer para me tirar de perto do pai. Acenei com a cabeça, despedindo-me dele, e segui com o irmão.

– Emma, já estava meu pai falando mal de meu irmão, não é? Ele sempre faz isso; é a maior diversão da vida dele, denegrir a imagem dos próprios filhos. Não é só com o Luc, ele faz isso com todos. Não dê ouvidos a ele. Meu irmão está apaixonado por você e eu nunca o vi desse jeito. Ele merece a chance de viver isso. – Meu coração bateu aliviado. Jamais conheci alguém cujo pai falasse mal do próprio filho. Embora Luc tivesse me avisado, não imaginei que tais comentários pudessem partir dele.

Luc veio logo em seguida, tenso, com olhar preocupado. Já se passavam das duas da manhã o evento chegava ao fim. O homenageado já se despedira e a maioria dos convidados já havia deixado a galeria. Ele me pegou pela mão e seguimos em direção à porta de saída, quando seu pai me segurou pelo outro braço, sussurrando baixo ao meu ouvido:

– Eu não quero que você desista dele, talvez ele precise mesmo de alguém como você. Por favor, não comente com ele a conversa que tivemos. – E eu cumpri.

Entramos no carro e, durante todo o caminho de volta para casa me mantive calada, digerindo o que seu pai havia me dito, mais especificamente sobre a tal indiana, a qual nunca mencionou. Obviamente ele percebeu que eu não estava bem e foi direto ao ponto.

– Você está assim por causa do meu pai, não é? Ele te falou alguma coisa que você não quer me contar...Meu pai sempre faz isso. Ele tem um problema sério com a gente, sente prazer em nos diminuir. Mas comigo o requinte de crueldade é bem maior, desde que eu era pequeno. Já estou acostumado. – Relatou ele, com tristeza no olhar.

Eu conseguia compreender sua angústia, seu sofrimento. Ele sentia mesmo a falta do amor, de uma forma generalizada, de pai e mãe, de amigos, família, enfim, era uma pessoa sozinha. Sua vida se fez viajando e acabou não conseguindo criar um círculo de amizades forte. No fundo, eu sentia pena dele.

– Eu não vou permitir que o meu pai estrague minha vida com você, meu amor. Não permitirei que ninguém tente estragar nossa vida, por isso te contei tudo. – Deslizei minha mão sobre a perna dele, dei um beijo em seu rosto e me preocupei apenas em fazê-lo se sentir amado e importante, e em amenizar a dor que ele sentia pelo desprezo do pai.

Luc chegou em casa triste, deitou-se na cama enroscado em mim, me abraçou forte e o fiz dormir. Mas, ao contrário de quando minha amiga me ligou para contar sobre o passado sombrio de Luc, não consegui relaxar. Passei a noite pensando em tudo que Luc havia dito, pensando no que levaria um pai a tentar destruir o relacionamento do filho, imaginando como faria para que ele se sentisse de fato amado e inserido em nosso contexto familiar. Como um raio certeiro atingindo o lobo temporal de meu cérebro, me veio à cabeça a imagem de seu pai me arguindo sobre a indiana, fazendo com que eu perdesse definitivamente o sono. O que teria acontecido, que história seria aquela?

Isso me levava a crer que, por mais que eu tivesse tentado digerir a conversa que tive com o pai dele durante o vernissage, eu não havia conseguido. De certa forma, aquilo havia me abalado, embora tivesse a mais absoluta certeza de que minha história com ele seria diferente, caso contrário Sâmia não teria dito com tanta clareza para que não o deixasse escapar. Eu precisava enxergar melhor todos os sinais para poder entender qual seria o meu papel na vida dele e o papel dele na minha. O dia começava a dar a sua graça, o sol ainda encoberto pelas nuvens, mais um dia típico de outono estava por começar.

Levantei-me antes de Luc, a angústia tomava conta de mim e precisava desabafar com Lia. Saí de casa sem me despedir dele, fui ao quarto do Bê, dei-lhe um beijo suave para não acordá-lo. Fui para a galeria e, assim que Lia pôs os pés dentro da sala, a convidei para almoçar.

Lia me conhecia muito bem e obviamente pôde perceber minha aflição na voz.

– Claro! É impressão minha ou você não pregou os olhos a noite toda?

Durante o almoço, mal consegui engolir a comida. Contei a ela todos os detalhes sobre a conversa que tive com o pai dele.

– Emma, estava tudo tão perfeito, não é? A gente costuma ter medo das coisas perfeitas, sabe por quê? Não existe perfeição e ele também não é perfeito, ele mesmo te disse que errou muito tentando acertar. O que você vai fazer? Desistir de viver essa história que está te fazendo tão bem?

Eu já não podia. A vida que levávamos já me deixara completamente apaixonada por ela. Minha vida de solteira havia ficado em um passado remoto. Em pouco mais de um mês eu me via totalmente entregue, pertencendo àquele contexto como se ele fizesse parte da minha vida desde sempre.

– Eu não vou desistir Lia, eu nunca desisto!

– Então, minha amiga, tente esquecer o que foi dito e viva sua história com ele, a história da qual você faz parte, a história que você conhece. O passado já foi... E você não poderá mudá-lo. – Segurei sua mão, que estava em cima da mesa do restaurante, apertei forte e sorri, concordando com ela.

Ao chegar em casa, ele, como de costume, abriu a porta e me beijou. Era sempre assim, todos os dias. Nessa noite, no entanto, ele me suspendeu no colo e me carregou até o sofá. Senti falta dos bracinhos do Bê, estendidos, me pedindo colo. Ele não estava em casa, dormiria na mãe.

A casa se encontrava escura, apenas iluminada pelas luzes das velas acesas que exalavam o mesmo aroma doce de baunilha da primeira vez. Ele pegou uma venda e a colocou sobre meus olhos. Eu não enxergava, mas minha imaginação já podia prever o que a noite guardava para mim. Ele me levantou do sofá, me puxando pelas mãos, e me pôs de pé; tirou minha blusa, abriu meu sutiã e deslizou a língua por meu seio, trincando ligeiramente o mamilo. Desceu sua boca escorregando a língua pelas minhas costelas até alcançar meu umbigo, colocando-se de joelhos. Espalmou as mãos pelas minhas pernas, subindo até encontrar minhas coxas por baixo da saia. Levantou-a, arrancou minha calcinha com a boca, penetrou seus dedos em mim com pressão, quase tirando meus pés do chão. Desabotoou minha saia, deixando-a cair. Ergueu-me no colo, nua e vendada, levando-me para outro cômodo.

Pude sentir o calor se aproximado pela parte posterior do meu corpo à medida que ele me abaixava. Minha pele se arrepiou. Ele delicadamente me colocou dentro da banheira. Os dedos dos pés foram a primeira parte do corpo a tocar a água quente na temperatura exata.

Meu corpo submergiu totalmente na banheira, ficando apenas meus seios, na linha dos mamilos, para o lado de fora. Suas mãos massageavam meus ombros, minha nuca, meus seios. Ele também entrou na banheira, do lado oposto ao meu. De frente para mim, segurou meus pés e beijou cada um dos dedos, lentamente, um a um.

– Adoro seu pé branquinho contrastando com as unhas vermelhas. Você não tem ideia de quão sexy é.

Então se jogou por cima de mim, encostando seu membro rijo entre meus seios. Delicadamente, retirou a venda de meus olhos, voltando, em seguida, ao seu lugar. Foi então que me dei conta de que tudo fora minuciosamente pensado para deixar o cenário perfeito. Ele havia preparado o meu banho, separado as toalhas limpas e posto uma garrafa de saquê para aquecer. Ao lado da banheira havia um pote com morangos e uma pequena panela de fondue de chocolate.

– Olhe para você, olhe para esse corpo. Você me desmancha todo. Sou completamente apaixonado por você, Emma. – Falava enquanto deslizava suas mãos sobre mim. – Quanto mais o tempo passa, mais eu sou sugado por esses seus olhos, mais eu me derreto, mais eu amo acordar a seu lado e dormir com você. Ter você todas as noite é a melhor parte do meu dia. Quero dar o meu melhor, você só merece coisas boas. Eu e o Bê só vamos te dar alegrias; você vai ver, meu amor.

Ele dizia isso me olhando de um jeito que parecia estar, mesmo, me engolindo com os olhos. Aqueles olhos negros tão expressivos e ao mesmo tempo tão perdidos, que mal conseguiam decidir para qual parte do meu corpo olhar. Eu me sentia a mulher mais poderosa do mundo, e tudo que seu pai falara para mim na noite anterior havia desaparecido, não fazia mais parte da minha vida. Ele tinha a capacidade de consertar as situações e sempre me deixar segura, fazendo com que as dúvidas e os questionamentos fossem esquecidos, sumissem da cabeça sem que eu ao menos cogitasse mencioná-los. Ele tinha o dom de fazer com que certos pontos perdessem a importância de tal forma que eu os guardava em algum lugar escondido do meu inconsciente para nunca mais lembrar.

– Obrigada por existir. – Disse a ele. – Eu acredito em você. Nada do que me disserem a seu respeito me fará mudar o que tenho em mente e o que quero construir a seu lado.

Enquanto eu falava, ele se pôs de joelhos na banheira, vindo na minha direção, colocando-se por cima de mim. Seus braços estendidos para baixo com as mãos apoiadas no fundo da banheira deixavam sua cabeça posicionada em frente a minha. Segurei seus cabelos e, mostrando o que desejava naquele momento, o afundei, empurrando-o para o meio das minhas pernas. Sua cabeça pressionou meu corpo para fora da banheira até me colocar sentada com as costas na parede deixando apenas as minhas pernas dentro da água.

Foi uma das noites memoráveis de nossas vidas. Estávamos totalmente entregues ao prazer sem limites. A calda de chocolate foi suavemente despejada pelo meu corpo, sua temperatura quente em meus mamilos contrastava com a temperatura amena de sua saliva enquanto deslizava delicadamente sua língua em cada um deles com calma, me enlouquecendo. Ele bebia o saquê na minha boca, deixando que escorresse pelo meu pescoço, ultrapassasse meu umbigo e atingisse meu clitóris. O saquê quente penetrando em mim foi uma das melhores sensações que vivi. O leve toque dos morangos dentro da minha alma os deixavam embebecidos em meu suco. Meu gosto levemente adocicado me enchia de desejo, já não podia mais ficar sem senti-lo. Por fim, ele me penetrou com seu membro faminto de desejo. Virou-me de costas, espalmando minhas mãos contra o azulejo gelado, segurando meu cabelo como um rabo de cavalo, puxando-o para trás, fazendo com que minha cabeça se voltasse para o alto. Ele me dominava aprofundando-se em mim. Minhas pernas tremiam. Ele me segurava com força, posicionando com firmeza seu braço ao redor da minha cintura enquanto meu gozo se esvaía por entre as minhas pernas. Quanto maior a intensidade do meu prazer, maior era a intensidade com que seu corpo se unia ao meu, até não ser mais capaz de segurar o desejo atingindo seu êxtase.

Beijou minhas costas da forma mais doce que já havia sido beijada. Como aquele homem com instinto tão animal durante o sexo conseguia se transformar em alguém tão carinhoso e amável no final? Virou-me de frente e se pôs com a cabeça no meu colo, abraçando-me forte como se fosse um menino amedrontado. Disse:

– Emma, já estamos vivendo juntos, não é? – Balancei a cabeça, consentindo. – Quero oficializar as coisas; não posso viver na sua casa como hóspede, na insegurança. – Falava ele pausadamente. Eu movimentava minha cabeça olhando profundamente para seus negros olhos como quem o encorajasse a continuar seu discurso. – Emma, você quer se casar comigo? – Eu queria, eu aceitei, ele era meu, nós pertencíamos um ao outro e já não havia mais como retroceder. Aquela era a minha realidade e se tornara a minha vida.

E assim, começamos nossa vida juntos, a três: eu, ele e Bernardo. Já não a imaginava diferente da que estava vivendo, naquele momento. Já não podia vislumbrar minha casa sem os carrinhos do Bernardo espalhados pelo chão e sem os bichinhos dele presos no blindex do banheiro. Havia construído uma família, um lar.

Nossa vontade de falar coisas sobre nós e o nada era tão grande que muitas vezes preferíamos ficar em casa. Gastávamos horas no sofá, eu, sentada em cima dele com as pernas entrelaçadas por trás da sua cintura, enquanto ele detinha suas mãos acopladas à minha bunda, como duas ventosas. Essa era a nossa posição preferida. Podíamos permanecer assim por horas, prometendo um ao outro que sempre seríamos desse jeito, apaixonados, e que todas as noites conversaríamos sobre o nosso dia daquela forma, juntos, unidos e coesos.

Não via o tempo passar ao lado dele, mas o tempo passava, era cruel e veloz. Nossa sede da gente, de nós dois coadunados, atados, era tão desmedida que muitos de nossos programas com amigos acabavam indo por água abaixo simplesmente porque não tínhamos pressa de sair de nosso microcosmo, não havia necessidade de transpor o limite de nosso território. Nós nos bastávamos. Esse era um sentimento mútuo.

Pi pi pi...

Quando ficarei livre desta sinfonia sem dó...? Seria essa a musicalidade da morte? Meu corpo já não respondia às necessidades do espírito. Eu, não fosse o som intermitente das máquinas, aguardaria no silêncio dos ausentes pela minha partida.

14

Rio de Janeiro, 17 de julho de 2015

Luc mal conseguiu dormir naquela noite. Aguardava ansioso pela vinda das filhas que passariam as férias escolares conosco. Valerie as trazia. Não nego que a ansiedade rondou minha mente durante a madrugada, afinal, conhecer, de uma só vez, filhas e ex-mulher, não me parecia ser algo muito confortável nem simples, principalmente em se tratando de Valerie que, segundo Luc, não era uma pessoa fácil de lidar.

No entanto, conhecê-las foi outra surpresa. Aquelas duas meninas eram as criaturas mais doces e afáveis que já tive a possibilidade de me relacionar. Eram espertas, falantes e sem nenhuma cerimônia, características com as quais eu me identifico bastante. Eram simplesmente apaixonantes. A euforia tomou conta do Bernardo com a chegada das irmãs contagiando a todos, e não tardou para que seu quarto se transformasse em uma grande tenda, com colchões e travesseiros espalhados pelo chão. O prazer em vivenciar a cena dos três irmãos juntos e felizes, brincando, era inenarrável. Eles, certamente, encheram meu coração de alegria.

À noite, colocamos todos para dormir e cada um deles me pediu que contasse uma história diferente. Passei de cama em cama e, ao final de cada história, era recompensada por um beijo e um afago carinhoso. Pensei, quando me vi diante daquele cenário, quão grata eu devia ser a Deus por ter concebido esse milagre na minha vida de forma tão repentina. Minha relação com as meninas se iniciou ali.

Luc, ao colocá-las para dormir, iniciou a oração. Bernardo prestava atenção ao idioma desconhecido. As meninas só falavam inglês e eu, na minha ignorância, achava que pelo fato de Bê mal compreender português não fossem os três capazes de se perceberem mutuamente. Ilusão a minha, eles se entendiam perfeitamente, em uma linguagem só deles.

Aquele homem exalava felicidade pelos poros à medida que minha casa se transformava em uma Torre de Babel harmoniosa e repleta de amor. Apenas três meses haviam se passado desde que nos beijamos pela primeira vez.

Ao deitarmos, Luc, mais apaixonado que nunca, me prometeu sua vida. Passou seu corpo por cima do meu, acariciou meu rosto, deslizou suas mãos pelos fios de cabelo que cobriam minha testa, beijou minha bochecha deixando seu corpo pesar sobre o meu. Foi, delicadamente, introduzindo seu amor em minha alma, sem pressa, devagar, curtindo cada obstáculo que devia ser transposto, enquanto eu, aos poucos, me sentia preenchida por seu vigor repleto de afago. Dessa vez, diferentemente das outras noites, fizemos amor docemente, calmamente, enquanto dizia ao meu ouvido, quase como o sussurro de um anjo, o quanto me amava e o quanto me desejava. Eu não podia querer nada melhor. Já não conseguia imaginar o que poderia ser melhor.

Na manhã seguinte, acordei e fui surpreendida ao ver todos aninhados em minha cama. Estavam lá, em cima de mim, como se me disputassem. As meninas dormiam uma de cada lado, me abraçando com suas pernas por cima das minhas, e o Bê no meu colo, com a cabeça recostada ao meu peito. Eu era, sem dúvida, a pessoa mais feliz do mundo. Acabara de ganhar mais duas meninas lindas e doces sem fazer nada de especial para que gostassem de mim, foi genuíno, sem explicação. Cheguei a duvidar que fosse merecedora de tamanha felicidade.

Luc havia me dado os melhores presentes da vida.

Minha aproximação de Valerie foi natural, e embora Luc não aceitasse muito bem o relacionamento entre nós duas, insistindo no discurso de que sua personalidade era doentia e letal, foi inevitável nos tornarmos amigas, apesar, confesso, de seu gênio forte. Certo dia compreendi finalmente o que Luc dizia sobre ela, quando, em um jantar oferecido pela mãe dele, ela me segurou pelo braço e disse:

– Por favor, não tenha filhos com ele. Você não merece ser prisioneira dessa relação para sempre.

Ela não sabia, mas ele havia me convencido a fazer o tratamento de fertilização in vitro. Não contei a ela, era a minha vida e nem ela ou qualquer outra pessoa tinha o direito de interferir. Estava segura quanto à minha decisão, na verdade quanto à decisão de Luc. Ter um filho comigo, significava para ele, o recomeço, como se Deus desse a ele a chance de construir dessa vez o correto, de plantar o certo, para colher, enfim sua felicidade plena. Olhei fixamente no fundo de seus olhos e me mantive muda. Ela, então, se dirigiu à sala e abordou o assunto com Luc. Ele, diferentemente do que eu imaginava, não fez nada, não disse uma só palavra. Sua atitude me soou estranha, imaginei que ele a colocaria no lugar dela, de ex-mulher e mãe das filhas dele. Mas não, não fez absolutamente nada, abaixou a cabeça e continuou comendo. Tive a sensação de que algo estranho pairava no ar. Mas logo, ele, mais uma vez, usou seu charme, e sua inteligência emocional, para dissipar a neblina.

Duas semanas após a chegada das meninas, Bernardo foi batizado. Luc insistiu para que eu fosse, embora não me sentisse confortável. Seria constrangedor as duas ex-mulheres, os filhos, as famílias todas e eu, lá, perdida dentro daquele contexto confuso. Apenas Carla, a mãe do filho mais velho, não estaria presente. Aliás, esse era um assunto de que não se falava; a única vez que Luc a mencionara foi no almoço no dia em que voltou de viagem e me contou toda sua história. Mas nunca me disse o que teria acontecido, como ela estaria vivendo hoje, nem o filho, ninguém comentava a vida dela. Isso soava como uma espécie de tabu. Enfim, não era da minha conta e não me interessava, sinceramente, tomar conhecimento de sua vida.

Comprei os sapatos do Bernardo, o arrumei, penteei seu lindo cabelo cacheado e o entreguei ao pai. Minha missão estava finalizada. Chegando à igreja, avistei ao longe aquela mulher de cabelos longos, negros, bastante cacheados e olhos amendoados como os do Bê. Seu corpo escultural era digno de uma menina de vinte e poucos anos. De perto, notava-se o rosto cansado e as olheiras escondidas por baixo da maquiagem pesada. Ela, pisando forte, veio em direção a nós, proferiu algumas palavras de baixo calão para o Luc tomando a criança de seu colo.

Eu me sentia em uma encruzilhada. Tentei fazê-lo entender diversas vezes, mas ele não era capaz de compreender o meu constrangimento diante daquela situação e, tampouco conseguia enxergar o lado da mãe do Bê. Afinal, era o batizado do filho dela e o fato de eu ir, ou não, não mudaria em nada nossa vida, mas poderia, de certa forma, ferir o outro, magoar desnecessariamente. Ao ver de longe aquela situação de ex-mulheres, cada uma com seus filhos, pensei qual seria o meu lugar naquele contexto caótico. Onde terminava a história delas e onde começava a minha?

Ao fim da cerimônia Selma se dirigiu a mim.

– Obrigada por cuidar tão bem do meu filho. – Aquilo soou como uma trégua e me confortou o coração. No entanto, ela me segurou pelo braço incisivamente e continuou:– Eu sei que no início ele é assim, mas depois ele muda, ele vai mudar.

Nunca vi tanto ódio em um olhar, tanta mágoa e sofrimento. Eu me mantive ereta, de cabeça erguida, inabalável, sentindo-me forte. Ele havia me fortalecido. E então percebi que eu representava o presente e que o passado, esquecido, se transformara em fumaça dissipada no ar.

Após o batizado, Bernardo preferiu seguir conosco. Senti pena daquela mulher. Que filho prefere ir com o pai a ficar com os afagos da mãe? Bernardo não preferia a mãe, corroborando o que Luc dizia a respeito da relação que Selma tinha com o filho. Passei as mãos pelo rosto da pobre criança, enxugando-lhe as lágrimas, para acalmá-lo. Sentia-me impotente. Aquela criança queria ficar com o pai.

Luc me deu a mão e disse: – Dessa vez eu tenho certeza de que escolhi a mulher certa. O meu pilar! – Me deu um beijo e voltamos para a nossa casa.

* * *

O primeiro tratamento não prosperou conforme esperávamos. A esta altura Valerie e as meninas já haviam retornado para Brighton, o que, neste momento, diante da situação, permitia que eu ficasse só no meu isolamento.

– Meu amor, eu sou seu, o Bernardo é seu, nós vamos fazer você muito feliz. Você não percebe? Estava escrito. Esta é a nossa história, e ela só está começando.

Somente ele, com aquela voz doce, era capaz de me acalmar. Como se também pressentisse a minha dor, ouvi Bernardo me chamando bem baixinho. Segui o leve sussurro que levava a seu quarto, onde o encontrei de chupeta deitado em sua caminha quente, batendo com o dorso de sua mãozinha gorda no travesseiro.

– Deita aqui deita. Porquinhos... – Pedindo ele que lhe contasse a história dos três porquinhos. Como eu poderia resistir a isso?

Deus finalmente me dava a chance de ter uma família. Por mais estranha e fora dos padrões convencionais, seria a minha família e eu estava disposta a agarrá-la.

No dia seguinte a esse episódio foi difícil levantar e encarar mais um dia de trabalho. Fiquei remanchando, de um lado para o outro, sem ânimo, como se a cama me sugasse. Escutava barulhos na cozinha, mas não me interessava em saber o que acontecia. Coloquei o travesseiro tapando meus olhos para não ver o dia.

A porta se abriu, ouvi os passinhos pesados do Bernardo que logo pulou na cama tirando o travesseiro de cima de mim e montando como se eu fosse um cavalo. Ao abrir meus olhos, me surpreendi com Luc em pé segurando uma bandeja com meu café da manhã.

– Bom dia, meu amor! Estamos aqui, não vamos deixar você cair. Levante, tome seu café da manhã e se arrume para o trabalho. Eu te dou carona. Vou arrumar o Bê enquanto você se alimenta.

Eles não me deixaram cair. Só me restava, naquele momento, viver a vida que me era disponibilizada e ser grata a ela.

A sensibilidade de Luc me comovia. Ele foi capaz de captar a maior lacuna existente em mim e se moldou a ela, inserindo o Bernardo na minha vida para que nada me faltasse.

No final do dia, ainda no escritório, Lia se dirigiu em minha direção trazendo algo consigo.

– Parece que o homem que mandava flores continua mandando... São para você, Emma.

> "Amor da minha vida, dia e noite, chuva e sol, na alegria e na tristeza, somos um só, juntos. Sua dor é a minha dor, seu sofrimento é meu sofrimento. Você não está sozinha e nunca estará. Te amo muito, e temos muito o que aproveitar. Veja o lado bom, levante a cabeça e agradeça por tudo o que temos.
>
> Do seu amor, pra sempre. Luc
>
> P.s.: Adivinhe onde será nossa lua de mel."

Ele já havia programado tudo, sem que eu fosse questionada, e embora essa atitude não tenha me deixado muito confortável, enxerguei a gentileza no gesto. A surpresa para compensar a tristeza. Não foquei a arbitrariedade, valorizei o ato de amor e compaixão.

– Mas, quando vamos? E quanto tempo vamos ficar? Eu preciso resolver algumas questões práticas.

– Meu amor, você agora não precisa resolver nada, eu tenho o controle de tudo, você pode descansar, sua vida vai ser outra daqui para frente, não percebeu isso ainda? – Disse ele, tocando o dedo indicador no meu nariz.

Eu me tornara independente e responsável por cada passo meu e o fato de ter alguém a meu lado para dividir essa responsabilidade e que ainda tomasse as rédeas por mim às vezes fazia eu me sentir segura e aliviada.

– Eu acho isso tudo ótimo, lindo, mas eu preciso ter ideia de quando, meu amor. Não posso simplesmente me ausentar do trabalho sem avisar.

– Por falar nisso, acho que você deveria rever esse seu trabalho. Você se desgasta tanto, se dedica e não tem o reconhecimento que deveria. Você já pensou em abrir sua própria galeria de arte? Com o dinheiro da indenização, nós conseguiríamos um bom espaço e você teria sua carta de alforria, e não teria mais esse tipo de preocupação.

Não era assim que me sentia em relação ao meu trabalho, ao contrário, a minha visão era bem diferente dessa. Portanto, não dava importância ao que ele dizia e nossa conversa acerca desse tema nunca evoluía. Percebia que isso o deixava frustrado, mas ele não se queixava.

Pi pi pi...

Ouço gargalhadas no escuro do quarto, fico confusa, não são reais, não passam de memórias, minha mente divaga e me leva para longe. Recordo-me delas, recordo-me deles. A saudade é cruel e aperta meu peito. Meu quarto continua no silêncio, ao som mortífero na sinfonia do Pi.

15

Setembro de 2015

Era um sábado comum de primavera (pelo menos era o que eu achava). Essa era a estação do ano que eu mais apreciava. Expressava para mim o recomeço, o nascimento da beleza de uma nova vida, como se o outono nos despisse de todo peso, mágoa e tristeza, e o inverno zerasse por completo nossa alma, deixando-a vazia, limpa, na inércia, pronta para o retiro, para que então a primavera chegue nos impregnando de esperança, otimismo e generosidade. Como se o encargo, a função do outono e do inverno fosse esvair nosso espírito da massa de lixo acumulado, proveniente da captação de todo o tipo de energia ao longo do ano, preparando nosso coração, abrindo espaço para o fascínio, o espanto e o sobressalto do inédito. As folhas caídas retratavam de forma alegórica esse cenário, simbolizando o detrito da alma a desapegar de nossos corpos, ficando pelo caminho.

Luc trazia pão quentinho e flores, colocava-as no jarro em cima da mesa e preparava o café. Sentia o aroma gostoso de "sábado de manhã" no quarto, mas a preguiça não me permitia mover um músculo sequer.

Escuto passos pela casa mas finjo dormir; eu sabia que eles viriam me buscar. Sinto-os pularem em cima de mim, fazendo-me cócegas, espalhando beijos por meu corpo. Puxam minhas meias e a bagunça, ao som das gargalhadas inebriantes do Bernardo, toma por completo o quarto, enchendo a casa de alegria e cor.

– Vem Emma, vem ver o café da manhã lindo que eu fiz para você. – Disse Bernardo me puxando para fora da cama com suas mãos pequeninas. Sua voz soava como música aos meus ouvidos. Ele havia preparado tudo junto com Luc. Ele gostava disso, gostava de ter seu lugar certo à mesa, gostava da sua rotina. Tomamos o café.

Luc fora resolver algo na rua, antes de irmos para a casa da minha mãe e levara o Bernardo com ele, quando voltaram, me abraçou por trás, deu um beijo em meu pescoço, me olhou pelo espelho e disse:

– Olha como é linda a minha mulher. Você consegue se ver? Você consegue perceber o que faz comigo? – Com as mãos na minha cintura me virou de frente para ele e me beijou. Senti algo em minhas pernas, olhei para baixo e era o Bê, abraçando a gente com seus bracinhos. Olhou para cima e disse.

– Papai, a Emma é minha princesa e eu sou o príncipe dela, você pode colocar sua roupa de rei e levar a gente para passear?

Meus olhos se encheram de lágrimas, fazendo meu coração transbordar. Como eu poderia ser merecedora de tanto amor? Meus dois homens ali, agarrados a mim, me amando. Essa era a minha vida, e eu não precisava de mais nada, estava completa.

No caminho, ele parou para comprar algo, voltou com um embrulho de papel pardo e seguimos. Ao chegarmos à casa de minha mãe, fui surpreendida ao me deparar com toda a sua família e, óbvio, veio à minha cabeça que Luc planejara algo. Ele abriu o embrulho e tirou de dentro uma garrafa de champanhe já gelada, chamou todos para perto dele, abriu e serviu.

– Atenção, pessoal – disse ele, levantando a taça. – Hoje... – Deu uma pequena pausa e me chamou. – Emma, vem aqui. Fica aqui perto de mim, meu amor. – Esperou que eu chegasse até ele. – Hoje peço a permissão de vocês, pais e irmãos da Emma, com minha família como testemunha, para pedir a mão dela em casamento.

Ele tirou uma caixinha azul do bolso e, seguindo o protocolo mais famoso dos contos de fada e das histórias de amor, proferiu alto e em bom tom a citação mais aguardada pela maioria das pessoas que amam.

– Quero que você, Emma, saiba que minha busca cessou com sua chegada. Você me deixou inteiro, você me dá a paz e a euforia de que preciso. A seu lado vivo o amor mais intenso, mais louco e mais gracioso. Vivo o amor na mais ampla magnitude que essa palavra pode significar. Obrigado, Emma, por ter me aceitado do jeito que sou, por ter acreditado em mim apesar de todas as evidências me arremessarem para longe. Eu prometo que, por toda minha vida, meu único objetivo será fazer você feliz, porque te fazer feliz é a única maneira que tenho de encontrar a felicidade que sempre busquei.

Meu coração apertou o peito e meu sangue parecia não querer mais correr pelas veias. Meu corpo ficou quente e minha alma, inerte.

– Emma amor da minha vida, você quer se casar comigo? – Aceitei com a voz embargada pelo choro.

Ele desatou o laço branco que embalava a pequena caixa quadrada azul-turquesa e retirou a joia mais reluzente que já havia visto. Colocou-a em meu dedo anelar esquerdo. Segurou minha mão e prosseguiu:

– Quero que você, Emma, princesa do Bernardo e minha rainha, possa vivenciar o encontro com o divino, tal qual presenciei. Quero que faça parte da minha história e que conheça os lugares por onde andei a pensar sobre as escolhas que fiz na minha vida. E agora que você já aceitou o meu pedido, me deixando mais tranquilo – lançou um sorrisinho sarcástico aos irmãos – além de pedir sua mão em casamento, informo que estamos partindo em cinco horas para Bali. Vamos nos casar lá. Será uma cerimônia só nossa, no local onde eu encontrei a paz.

Ele me pegou de surpresa; aliás, todos nós fomos pegos de surpresa. Ele decidiu tudo, sozinho. Planejou a viagem e eu não suspeitei de absolutamente nada. Embora já tivesse me dito no dia posterior ao resultado dos exames quando me enviou as flores que já havia escolhido nossa lua de mel, não achei que tivesse, de fato, concretizado a ideia.

Seria absurdo eu achar aquilo estranho? Seria fora do normal eu não ter gostado da forma como ele planejou as coisas? De ter tomado as atitudes sem me consultar? Estaria eu sendo mal agradecida ou fria diante de tanto amor e carinho que ele expressava por mim? Algo ali não me soou bem... E, de fato, não me senti confortável com a decisão dele sobre o nosso casamento.

– Sei que não dei escolha e não a consultei. Espero que me perdoe por isso, mas minha vontade em proporcionar algo inesperado a você foi tão maior que eu que assumi o risco tomando essa atitude até, um tanto quanto desrespeitosa com você. – Ele abriu um sorriso, me olhou com aquela carinha de cachorro magro, virou para minha mãe que estava ao lado dele e continuou. – Eu conheço a mulher que tenho, sei que nesse momento estou correndo um risco bastante grande.

Esse era o Luc, sempre me desarmando. Pensei comigo mesma quão arrogante e prepotente seria eu se criasse caso ou censurasse um ato tão carinhoso e gentil.

Logo após o brinde, almoçamos e voltamos para casa. Tínhamos apenas duas horas para chegarmos ao aeroporto.

– Amor, não se preocupe com roupa. Está calor. Pense que é praia e caminhada, coloca o básico na mala, o resto a gente compra lá. Estamos atrasados.

– Às vezes acho que você não é real.

– Mas eu não sou real, Emma, eu não existo, isso é apenas uma invenção da sua cabeça, foi você quem me inventou – disse ele.

Ao ouvi-lo proferir aquelas palavras um frio pungente percorreu toda a espinha chegando ao meu estômago como um soco. Mas logo percebi o que queria dizer.

Se já é impossível não planejar uma viagem, imagine não planejar o próprio casamento! Não ter vestido, nada... Pois, então, confiei nele e o deixei conduzir as coisas. Fui para Bali me casar como quem atravessa a rua para ir à praia.

Em Bali fomos direto para Uluwatu, que fica a uns 40 minutos de carro do aeroporto internacional de Ngurah Rai. Quando cheguei ao hotel que Luc reservara, fiquei atônita, era perfeito como tudo o que ele fazia. Nosso chalé nos aguardava com flores, uma bandeja repleta de comidas típicas, champanhe e uma massagista a postos para me fazer relaxar. Tomei um banho, deitei na cama e me deleitei com a massagem revigorante que me foi ofertada. Luc avisou que iria à recepção checar alguns pontos para o casamento. Tudo ia acontecendo, eu não precisava resolver absolutamente nada, ele havia planejado cada detalhe.

Dois dias depois, ao acordar, havia um vestido branco simples, pendurado na porta em frente à cama. Era longo, com um decote em V na frente e nas costas que chegava até o final da minha espinha dorsal. Em cima do criado-mudo havia uma grinalda de flores coloridas e, no chão, abaixo do vestido, um par de havaianas brancas com alguns brilhos discretos.

– Hoje é o dia do nosso casamento. Eu planejei tudo para você, tudo está do jeito que você gostaria, tenho certeza disso. – Deu um beijo no meu rosto e saiu do quarto, dizendo: – Agora a gente só vai se ver no altar. Estarei lá esperando você. Um carro virá buscá-la às 17h em ponto.

Dito e feito. Às 17h o carro chegou. Eu estava pronta, nervosa, e não sabia o que me esperava.

Nos casamos no Templo de Uluwatu, somente nós dois e um padre amigo, que ele havia conhecido em Londres. Foi uma cerimônia católica, embora fora dos padrões. Quando cheguei ao templo, lá estava ele, todo de branco, vestindo um sarongue, havaianas e uma blusa social de manga longa com o punho desabotoado. Seu farto cabelo, penteado para trás e fixado com gel, dava o charme. Ao pôr meus pés ali, pude entender exatamente o que ele havia descrito: a paz e o encontro com o divino. O altar foi a paisagem da parte mais alta do templo, de frente para o penhasco que "beijava" o mar. Havia uma pequena mesa de madeira para servir de apoio e mais nada. Fomos recebidos por inúmeros macacos que observavam atentamente a cerimônia. Eles são considerados sagrados em Bali; são vistos como protetores do templo. O sermão do padre se dava ao passo que o sol se punha, era o pôr do sol mais admirado da ilha, tornando o espetáculo perfeito e mágico. As testemunhas foram as pessoas que por ali visitavam o templo a turismo e paravam para assistir à missa. Foi uma cerimônia impactante, simples e profunda. E ele tinha razão. Exatamente como eu imaginava. Quando chegou ao fim, um grupo de dança típica balinesa apresentou o kecak como era de costume todas as tardes, promovendo um espetáculo à parte. Luc sabia de tudo, havia passado momentos de grande introspecção e conhecimento interior sentado sobre o desfiladeiro apreciando o mais bonito de todos os pores do sol. Ele pensou em tudo, em todos os detalhes, para que eu pudesse vivenciar um pouco de tudo o que aquele lugar significava para ele.

Ao voltarmos para o hotel, fomos recebidos com toda a pompa de um casamento típico balinês. Havia colares de flores, comida e música. Era uma festa nossa: minha e dele. No fim do dia, quando entramos no quarto, havia duas mulheres nos aguardando. Elas tinham acendido as velas e os incensos. Tiraram minha roupa cuidadosamente enquanto Luc assistia inebriado a tudo aquilo. Conduziram-me até a banheira, na qual um banho de rosas me aguardava. Enquanto uma delas esfregava meu corpo com uma esponja esfoliante, a outra se encarregava de lavar meu cabelo, massageando minha nuca e ombros. Aquele ritual enchia meu corpo de desejo. É como se elas estivessem preparando a noiva para a consumação do casamento. Suas mãos suaves encostavam despretensiosamente em meu sexo, meus seios e nádegas com a finalidade de me deixar limpa. Era o suficiente para que eu me sentisse pronta para tê-lo. Ao fim, me suspenderam pelo braço e deslizaram suavemente uma espécie de toalha de algodão branca, virgem, em meu corpo. Ele, incólume, assistia a tudo. Deitaram-me na cama com meu abdômen voltado para cima, pousando minha cabeça sobre uma pequena almofada retangular branca, e despejaram sobre mim um óleo quente perfumado de jasmim.

Uma delas se levantou e dirigiu-se a Luc, que permanecia sentado em uma poltrona de palha no canto oposto à cama, de onde tinha uma visão geral do que acontecia. Ela desabotoou sua camisa, colocou seus pés dentro de uma bacia com água morna e sais, os esfregou e depois os secou com uma toalha branca. Pediu que se levantasse, desamarrou o sarongue, deixando que o tecido escorresse por suas pernas e tocasse o chão, e o levou até a cama. A outra mulher continuava vertendo o óleo sobre meus seios, meu umbigo, minhas pernas. Ele então foi levado por elas a pousar as mãos sobre meu corpo, as conduzindo, cuidadosamente, por cada centímetro dele. As mulheres estavam no comando como se ensinassem a ele como deveria fazer para que eu ficasse pronta. Passaram os dedos de Luc por minha virilha e, ao perceberem que eles se encontravam úmidos, saíram do quarto, nos deixando a sós. Luc estava pronto para consumar o ato e fazer amor com sua, agora, esposa.

Enquanto estivemos em Bali, Luc me levou a todos os locais por onde passara, entre eles o Blue Point, preferido dos surfistas. Chegamos a assistir a um campeonato de surf de um dos diversos bares da região localizado sobre o mar, fincado na montanha. Bali não me surpreendeu por suas praias, mas, sim, pela atmosfera leve e energizante, pela cultura e religiosidade. Seus templos eram repletos de misticismo e beleza.

Em Uluwatu um aviso descrito em uma placa dizia que mulheres menstruadas poderiam apenas chegar até as escadas, mas eram proibidas de entrar no templo. Isso porque, na religião hindu, as mulheres são consideradas impuras quando estão no período menstrual. Minha dúvida, no entanto, orbitava no monitoramento desse aspecto. De fato, era um anúncio curioso e que nos rendeu horas de conversa e muitas gargalhadas.

Esse convívio mais próximo, essa cumplicidade, nos fazia falta. Precisávamos de um tempo só nosso, sem crianças, sem ex-mulheres e interferências externas. Nesse momento que ficamos juntos, pudemos viver nosso amor mais intensamente, sem reservas. Fizemos nosso pacto de vida, traçamos planos, sentíamos como se o tempo estivesse a nosso favor. Estávamos cem por cento integrados um ao outro.

Aproveitamos Bali por mais uma semana e, quando chegamos no aeroporto para voltarmos ao Rio de Janeiro, no balcão do check-in, Luc me surpreendeu mais uma vez. Não voltaríamos para casa, mas, sim, seguiríamos para a Turquia.

Dessa vez contestei, mesmo que docemente, a atitude dele. Por mais que estivesse certa sobre suas boas intenções, ele precisava entender que as decisões deveriam ser tomadas em conjunto.

– O que é isso, Luc? Você não compartilha suas vontades, não conversa comigo. E se eu tivesse um compromisso importante de trabalho? Não posso me ausentar assim, e você não pode decidir as coisas por mim, à minha revelia.

Apesar de ter ficado muito brava, e me sentindo uma marionete, como se minhas necessidades não fossem relevantes, mantive o meu ar meigo e afável a fim de não gerar desconforto ou mal-estar no balcão da companhia aérea.

– Desculpe-me, Emma. Minha intenção não foi passar por cima de suas necessidades, mas, sim, mostrar quão grato me sinto a Sâmia por ter posto você no meu caminho. Se preferir, podemos voltar para casa sem problema nenhum. É com você, meu amor. Você escolhe agora o destino de nossa viagem.

Senti-me péssima e percebi quão egoísta fui. Enquanto eu estava absorta em me impor e mostrar que tenho voz, mesmo que ternamente, ele apenas queria me mostrar quão importante minha vida era para ele.

– Desculpe. Estou cansada, só isso. Claro, quero muito que conheça Sâmia. Você pensa em tudo!

Pi pi pi...

É preciso cautela em nossas avaliações. Nem sempre o que parece ser realmente é. Às vezes a ânsia para que nosso sonho se concretize é tão grande que aceitamos o que chega a nós sem contestar. Precisamos ficar mais atentos aos sinais, como Sâmia havia dito. Lembrar a Capadócia me deixava aflita.

O quarto permanece escuro. Nem uma nesga de luz se abre para mim...

16

Capadócia, setembro de 2015

Um ano depois, estava eu regressando ao local onde meu futuro havia sido profetizado.

A Capadócia tinha um colorido mais vibrante vista da garupa de Luc. Fiz questão de voltar à casa de Sâmia de Vespa como da primeira vez para que ele também fosse capaz de vivenciar minhas sensações. Percorremos o deserto tal qual havia percorrido com Rebeca na minha na garupa. As lembranças daquela viagem marejaram meus olhos.

Dessa vez o percurso levou bem menos tempo; não havia mais a sede em registrar todas as paisagens. Meu interesse versava em sentir a magia daquele lugar ao lado dele, meu marido, e registrá-la na minha memória, guardando-a em uma caixa que se manteve vazia por muito tempo até ele chegar e deixá-la repleta de amor. Passear na sua garupa, podendo abraçá-lo, deslizando minhas mãos livremente sobre seu peito, seu abdômen seco e encostar meu rosto nas suas costas significava para mim, naquele momento, a mais pura sensação de plenitude. Ele, por sua vez, enquanto pilotava a Vespa, pousava uma de suas mãos sobre as minhas, que se entrelaçavam ao redor de sua cintura com força, fazendo com que eu me sentisse ainda mais protegida.

O calor era devastador. A estrada deserta permitia que meu vestido voasse livremente, deixando o vento quente invadir meu corpo por entre as minhas pernas molhadas de suor, enquanto Luc as acariciava. Ele pousou minha mão sobre seu colo, mostrando quão excitado aquilo o deixara, virou a cabeça levemente para o lado e aos berros me perguntou:

– Eu amo você Emma! Como és capaz de me tirar do sério!? – Senti meu coração pular. Passei minhas pernas por cima das dele e cruzei-as sobre sua cintura forçando meu quadril para frente, roçando-me nele. Com meus braços para trás, agarrei o alicerce de metal preso à garupa, friccionando-me ainda mais contra seu corpo. Eu sabia que pararíamos em algum lugar e rápido.

Imediatamente, voltou seu braço para trás tocando em mim enquanto o outro tentava pilotar a Vespa, que naquele momento já tinha a velocidade reduzida.

Passávamos exatamente em frente a um dos pontos de interesse turístico bastante conhecido, as Twin Fairy Chimneys, que se localizava à beira da estrada. Luc parou a Vespa e, sem dizer nada, me pegou no colo para me ajudar a descer. Ficou observando, mudo. Eram duas esculturas no formato das chaminés de fada, uma ao lado da outra, e por isso eram chamadas de gêmeas. O local apinhado de turistas que se contentavam em admirá-las de longe.

Ao lado da estrada havia um declive que levava a uma pequena cidade abandonada, construída dentro das rochas, mas dificilmente algum turista se aventurava a descer até lá. A predominância de calcário na Capadócia favorecia esse tipo de construção. Ainda hoje, muita gente vive dentro de grutas e, caso queira vivenciar essa rotina, o turista pode optar por se hospedar em um dos diversos hotéis caverna. A vegetação rasteira, árida, permitia acesso seguro pelo caminho já traçado, mas o calor se tornara fator limitante e desmotivador para seguir a trilha, que não tinha árvores nem sombras. O sol maltratava. Diferentemente dos demais, esses não foram fatores impeditivos para nós. Luc me puxou pelas mãos e descemos correndo pela trilha de terra batida. A poeira fina se levantava a cada passo que dávamos, deixando um rastro de nevoeiro para trás, fazendo com que nossos corpos velozes não fossem mais vistos.

O desejo tomava nosso corpo. Precisávamos nos tocar, nos sentir. Luc, sedento, procurava por algum local que nos permitisse matar a sede e aquietar nosso apetite voraz. Entramos em uma das cavernas onde havia uma espécie de mesa. Luc ficou de pé, me deitou de costas sobre a mesa com meus joelhos dobrados para cima abrindo violentamente minhas pernas, apartando-as completamente para os lados. Levantou meu vestido até que ele cobrisse meu rosto, deixando meu corpo totalmente nu, abocanhou meu seio, enquanto afastava minha calcinha. Penetrou-me com rapidez e força. Ouvimos barulhos; não percebemos que ao descermos a trilha encorajamos outras pessoas a nos seguirem. Fiquei apreensiva, levantando-me rapidamente.

Minha energia se desvencilhou da matéria, passei a assistir a tudo sob outro ângulo.

Luc espalmou sua mão sobre meu colo, forçando-me a me manter deitada. Cobriu novamente meu rosto e continuou com seus movimentos acelerados dentro de mim. As vozes chegavam mais perto, eles se aproximavam. Eu não conseguia ver nada.

Escutei um murmúrio vindo da mulher. Luc então, calmamente, saiu de dentro de mim.

Juntos éramos insaciáveis; o sexo entre nós não tinha fronteiras. Seu carinho me deixava à vontade para que eu pudesse viver por completo a plenitude do amor por meio do sexo. Eu confiava nele, me dar prazer era seu combustível, não importava a forma.

Minha cabeça permanecia coberta pelo vestido, e a ideia do desconhecido e do inesperado inflamava meu corpo, despertando ainda mais meus desejos. Sentia-me como se estivesse em uma montanha-russa antes de começar a andar. Eu sabia que o final seria maravilhoso, mas o início é sempre uma surpresa, uma inquietação.

Pude ver através do tecido a sombra prestes a me dominar. Luc não saiu de perto de mim, mas deixou minhas pernas livres, dando espaço para que o vulto, então, pudesse se deleitar entre elas, e se deteve a meus seios, lançando a língua sobre eles. Tudo fora orquestrado por ele para que o prazer fosse concentrado em mim, os três em mim.

Um corpo suave se deitou por cima do meu com sua cabeça voltada para dentro das minhas pernas, lançando seu órgão úmido sobre minha boca, deixando-me tenra enquanto a sombra me penetrava. A sensação de prazer e mistério me mantinha fora do corpo, eu via a cena de cima, sublime e linda. A busca do prazer pela pureza do sexo é divina, não há temor, culpa ou violação. Não me sentia invadida, ao contrário, me sentia amada e desejada. Luc estava a meu lado, me amando, eu sentia. De cima, assistindo a meu bel prazer, a imagem era de sedução, carinho. A sensibilidade do toque no meu íntimo, a delicadeza com que segurava meus quadris ao me penetrar enquanto Luc, aos poucos, me fazia sentir uma das melhores e mais plenas sensações de prazer já vividas aprofundando-se também em mim, selavam o ato.

Subitamente, fui puxada de volta para meu corpo, deparando-me com a realidade. Luc deu um salto para trás, abotoando as calças rapidamente enquanto, ao mesmo tempo, tentava me compor.

– Amor, levante-se! Tem gente chegando perto demais. – Disse ele, aflito para que não fôssemos pegos na caverna cometendo atos libidinosos. Foi então que percebi que tudo não passara de uma fantasia. Meu íntimo pedia mais. Com ele, minha mente vagava sem limites. Recuperei-me e quando finalmente o casal entrou, encontrou nós dois discretos e sentados à mesa, relaxados, absortos depois de termos deixado nossa energia emanar por toda a câmara.

Luc me suspendeu no colo para que eu pudesse sair de cima da mesa. Nos dirigimos ao lado exterior da caverna para dar continuidade ao caminho rumo a nosso destino. A claridade ofuscou meus olhos; estava seca, ávida por água, minhas pernas tremiam, não as sentia muito bem. Aquela alucinação toda enquanto nos amávamos, somada ao calor, me deixou exaurida.

Voltamos para a estrada onde havíamos deixado nossa Vespa, montamos nela e continuamos em direção à casa de Sâmia.

Enfim chegamos e tudo continuava como antes: as flores nas janelas, o tapete preso à parede e o mesmo aroma de kebab exalando da cozinha.

Chamei por Sâmia e Llayda surgiu. Sua aparição através da cortina era mágica, um efeito especial. Ela parecia vir de um conto de fadas como da primeira vez que a vi. Naquele segundo momento, seus longos cabelos estavam por baixo de um lindo véu amarelo de voal com leves bordados em azul turquesa. Percebia que estavam mais longos porque as pontas teimavam em fugir, saindo por baixo do lenço, como se buscassem a liberdade, o contato com o vento. Aquelas combinações de cores me encantavam, combinavam com o vermelho terracota das montanhas da Capadócia. Ela caminhou em nossa direção, me olhou com certa interrogação, mas logo me abraçou com entusiasmo.

– Emma, é você, como está? – Disse, sorrindo. Deu um beijo em meu rosto, passando suavemente suas mãos pelos meus cabelos. Havia uma sintonia, uma reciprocidade genuína naquele encontro que eu não entendia o motivo. Fiquei feliz e surpresa; não imaginei que se recordaria de mim tão rapidamente. Eu a apresentei a Luc e ela nos indicou o caminho da porta de entrada, pedindo que esperássemos enquanto terminava uma sessão. Ao entrarmos, Luc mudou a feição. Parecia incomodado com o lugar, ficou inquieto, pensativo, não falou muito. Eu não sabia ao certo quanto tempo teríamos que ficar ali esperando, e a angústia de Luc começava a perturbá-lo.

– Não estou me sentindo bem aqui, não sei, a energia desse lugar não está me fazendo bem.

– Deve ser o calor, amor. Quer um pouco de água? – Apontei para uma jarra de cristal transparente tampada por um paninho de seda branco com pequenos cristais nas pontas.

– Amor, é sério, eu quero ir embora desse lugar, estou arrependido de ter vindo aqui. – Levantou-se vindo em minha direção, segurando, com sua mão gelada e molhada, a minha. Olhou para mim e disse enquanto praticamente me arrastava para fora da sala:

– Vamos embora agora desse lugar, não tenho bons sentimentos daqui.

A frase me soou estranha, mas não a levei em consideração. Puxei minha mão, desprendendo-a da dele, e disse que não iríamos embora. Que ele havia me levado ali por vontade própria, portanto, ficaríamos até o final, e que, além disso ele não teria condições de pilotar a Vespa agitado daquela forma. Ele não se convenceu, puxou-me novamente pela mão suplicando que fôssemos embora enquanto eu tentava impedi-lo. No momento exato em que atravessávamos a cortina em direção à saída, Llayda nos interrompeu a tempo de impedir nossa partida.

– Emma, vocês podem entrar agora. – Proferiu com sua voz suave.

Olhei para Luc, como quem diz "agora não tem jeito; vai ter de encarar", e falei baixinho a seu ouvido: – Está tudo bem, meu amor. Confie em mim – tentando transmitir segurança e acalmá-lo. Não havia hipótese de conversarmos naquele instante sobre o que se passava com ele; teríamos de enfrentar e deixar para depois a conversa. Ele, visivelmente angustiado, tinha pequenas gotas de suor no rosto que acabavam por escorrer, atingindo a gola da camisa. Algo sério, sem dúvida, se passava com ele.

Ela nos indicou o caminho até chegarmos ao local onde conhecera Sâmia. A mão de Luc fortemente atada à minha me causava dormência.

Sentei-me na mesma cadeira, em frente a mesma mesinha de madeira. O incenso exalava um aroma de almíscar. Luc sentou-se a meu lado, segurando cada vez mais forte a minha mão. Parecia um animal acuado e indefeso enquanto eu tentava, sem sucesso, tranquilizá-lo.

Por trás da cortina surgiu uma mulher mais jovem que Sâmia, porém muito parecida, com o mesmo tom de pele, o mesmo colorido. Seu rosto era menos castigado pelo sol. Levantamos para cumprimentá-la.

A mulher, totalmente estranha para mim, me deu um longo e forte abraço ao me ver, acarinhou meu rosto, passando a mão pelo meu sinal:

– Emma, que enorme surpresa revê-la tão cedo, disse a mulher em inglês precário.

– Onde está Sâmia? – Perguntei à Llayda.

– Emma, não está reconhecendo minha mãe? – Disse ela se referindo à tal mulher.

Eu não compreendia o que se passava, um mal-estar começou a tomar meu corpo, meu estômago começou a se embrulhar. Talvez Luc estivesse certo, talvez devêssemos ter ido embora dali.

– Que brincadeira é essa, Llayda? Onde está ela? Onde está sua avó?

As duas mulheres ficaram boquiabertas. Um silêncio pairou no ar, uma lágrima escorreu pelo rosto de sua mãe e os olhos de Llayda marejaram.

– Emma, vovó faleceu há muitos anos. Você nunca a viu...

Meus pés perderam o chão, fiquei zonza, confusa, desequilibrei-me. O papel se inverteu, era Luc agora quem me segurava para não me deixar cair.

– Como não? Eu estive aqui, falei com você! Você foi nossa tradutora, você esteve conosco o tempo todo. – Falava alterada.

– Emma – disse Llayda enquanto me oferecia um copo com água –, acho que o calor não está fazendo bem a você. Não era minha avó, era minha mãe, ambas têm o mesmo nome, você se confundiu.

– Você deve estar confusa, Emma. Foi comigo que você falou; não havia mais ninguém aqui conosco! – Continuou sua mãe.

– Não, não estou! – Coloquei as mãos na cabeça passando os dedos pelos cabelos enquanto andava de um lado para o outro. – Sua avó me disse que eu o conheceria, disse que ele me traria flores.

– Fui eu quem alertou sobre o homem que mandaria flores. Emma, minha querida, o calor está te deixando estafada. Deite-se aqui. – Disse, indicando uma velha espreguiçadeira. Luc me ajudou a deitar, posicionando uma almofada de seda sob minha cabeça. Ela esforçava-se para me tranquilizar. – Não é raro isso acontecer, algumas pessoas ficam assim por conta da alta temperatura nessa época do ano. Você está confusa, só isso. – Complementou.

Luc se aproximou do meu ouvido: – Emma, pode me explicar o que se passa aqui? Agora sou em quem está preocupado com você! – Virou-se para as duas mulheres no quarto e perguntou: – Alguém pode me explicar o que está acontecendo aqui?

O caos havia se instalado na sala. Eu, desorientada, não compreendia o porquê daquela situação. Onde estaria Sâmia, a verdadeira, a minha?

– Vocês não estão entendendo. Foi real, ela estava sentada aqui na minha frente, fez todo o ritual da borra do café, lembro-me quão inquieta ela ficou quando me viu; repetia a mesma frase enquanto Llayda traduzia o que dizia.

Sentia-me só, desamparada. Toda aquela história me deixara transtornada e tudo em que eu havia acreditado agora estava sendo colocado em jogo. O medo de ter perdido a sanidade me assombrava.

Emma, quando entrei na sala você ficou muito inquieta, nervosa, tal qual está agora. Chorou muito, não dizia nada. De repente, você ficou muda, com o olhar fixo como se estivesse em transe, quieta. Falava coisas que nós não entendíamos; estava no seu idioma. Demos um tempo e aguardamos aqui, paradas, até que voltasse a seu estado normal. O tempo passava e nada, você parecia não querer voltar para este plano. Decidimos chamar sua amiga que a aguardava na outra sala para que ela nos ajudasse, pelo menos, a decifrar o que você dizia.

– Por favor, acreditem em mim! Eu não falei com você – disse, referindo-me à mãe. – Eu nunca a vi. – Segurei as mãos de Llayda e prossegui: – Sua avó me contou o que seu avô fez com ela e o modo como morreu. Eu vi seu olho furado e seu rosto marcado! Você esteve aqui o tempo todo, Llayda.

Ao ouvirem a descrição que havia feito, mãe e filha ficaram atônitas enquanto Luc olhava aflito toda aquela situação sem compreender o que ocorria. Ambas se sentaram e se entreolharam. Percorri a pequena câmara com os olhos, à procura de algo que me remetesse à velha senhora com quem havia falado há um ano, mas não encontrei nada, nenhuma evidência que comprovasse o que havia vivido naquela sala.

– Emma, por favor, repita o que disse sobre minha mãe.

– Ela me contou tudo sobre a vida com seu pai, o afogamento e o dia em que ele morreu: 7 de novembro de 1968. Não sei bem por que essa data ficou na minha cabeça, mas recordei-a quando Luc me disse a data de seu nascimento: três dias após a morte de Egemen. Falou ainda como ele furou seu olho e a queimou. Estive com sua mãe, ela leu a borra do café e disse que um homem que me ofereceria flores seria colocado em meu caminho e eu não poderia deixá-lo escapar. Foi real, não foi um sonho! Meses depois conheci o Luc.

Ele assistia a tudo petrificado, parecia tentar traçar um raciocínio lógico que fizesse aquela história fazer sentido, mas não havia como. Era minha palavra contra a delas.

– Emma, minha mãe lia a borra do café para você e eu fazia as traduções porque seu inglês não é bom para interpretações. Você estava quieta, mas parecia bem. Não imaginamos que estivesse em transe durante toda a consulta.

Luc, diante daquele turbilhão de informações, perguntou:

– O que aconteceu depois que vocês chamaram a amiga dela para ajudá-las a decifrar o que Emma dizia?

– Nada. Quando retornamos, Emma estava melhor, mais calma. Demos então prosseguimento à consulta e sua amiga voltou para a sala.

– Então sua amiga não sabe o que se passou aqui dentro? – Perguntou Luc.

– Eu contei a ela, eu contei tudo a ela. Ela sabe absolutamente tudo. – Parei e me dei conta de que Rebeca sabia a minha versão da história, e não o que, de fato, ocorrera aqui dentro.

Tudo parecia uma brincadeira de mau gosto. Cheguei a pensar que poderia ser mais uma surpresa de Luc, para me pregar uma peça, mas não era, eu podia sentir a aflição no olhar das duas mulheres. Elas, estarrecidas com a riqueza de detalhes com que narrei os fatos acerca da vida da velha senhora, ainda se mantinham céticas àquilo tudo até que:

– Eu saí daqui segurando um trevo. Luc, eu mostrei, você viu. Não foi um sonho.

Ele a esta altura parecia mais confuso que eu, não sabia mais no que acreditar e passou a achar toda essa história inverossímil. Podia ver isso em seus olhos. Pela primeira vez me senti só ao seu lado.

– É isso! – Falei com precisão. – Dentro da terceira gaveta tem uma caixinha colorida em tons de azul, verde, algo assim. Ela retirou um trevo de três folhas e pediu que eu o usasse a meu favor. E eu o guardei, até que Luc me enviou uma carta contendo o mesmo trevo.

A mãe de Llayda se levantou, se dirigiu aflita ao criado-mudo para pegar a pequena caixa, e, quando se deparou com ela, virou-se para a filha e, com as mãos trêmulas, mostrou a caixa vazia.

– Emma, querida, precisamos conversar com você a sós! – Era visível a aflição no rosto das duas, mãe e filha.

– Desculpem-me, mas ninguém vai falar com minha mulher sem que eu esteja presente. Vocês estão querendo enlouquecê-la!

Luc já não suportava mais me ver naquela situação. Virou-se para mim e, com as mãos espalmadas acariciando meu rosto, disse:

– Vamos embora daqui, meu amor, não senti uma vibração boa neste lugar desde que cheguei. Vamos para casa, já chega de tortura, essas mulheres estão querendo enlouquecê-la e eu não sei o motivo.

Ele não permitiu que elas falassem mais nada, não permitiu que continuassem com o jogo que faziam e, antes que elas pronunciassem qualquer palavra a respeito do trevo, Luc as interrompeu:

– Chega, vocês estão brincando com ela! – Gritou Luc. – Acabou. Vou levar minha mulher para casa agora. – Luc se transtornou ao me ver naquela situação. Por mais que eu tentasse, não conseguia entender o que se passava e o que se passou naquele lugar um ano atrás.

Entrei em colapso com toda aquela discussão. Luc me pressionava para irmos embora, ao passo que as duas mulheres tentavam me dizer algo que não conseguiam. Fiquei atordoada, já não conseguia acreditar no porquê daquela situação. Na minha cabeça só restava uma única pergunta: onde estaria a mulher com quem eu estive? A resposta parecia não ser a mais contundente para mim. Havia algo ali naquela história que não fazia sentido, mas Luc tinha razão. Eu precisava sair daquele lugar e respirar. Aquilo tudo me fez perder a lucidez. Permiti então que ele tomasse as rédeas da situação e me levasse embora. Deixamos a casa com as duas mulheres me olhando profundamente nos olhos. Senti-me atemorizada e então parti, sem dizer mais nenhuma palavra. O sol continuava ardendo, subimos na Vespa e seguimos de volta, rumo ao hotel.

O silêncio sepulcral que calava nossa voz contrastava com o crocitar dos corvos que sobrevoavam o céu pintado em tons de dégradé rosa e abóbora.

Não suportava mais o calor, a pressão. O abalo que acabara de vivenciar e a sensação de falta de lucidez me deixaram petrificada a ponto de meus músculos se tornarem tão rígidos que minha cabeça começou a latejar incessantemente. A única coisa capaz de me acalmar foi o olhar protetor de Luc. Sua preocupação comigo era visível. Durante todo o percurso manteve sua mão atrelada à minha, acalentando minha alma. Depois da tormenta, percorremos incólumes o caminho de volta sem que precisássemos dizer nada um ao outro, até o momento que Luc, ao perceber a gelidez de minha pele, disse:

– Amor, você está se sentindo bem? Está gelada! – Gritou ele contra o vento para que eu pudesse ouvi-lo.

Eu não tinha forças para reagir; na verdade, minha mente vagava, ultrapassara os limites do capacete e voltara a 2015, há exato um ano, quando estive lá pela primeira vez.

– Vou levar você ao hospital Emma. Agora. – Mudou a rota para o centro de Gorëme.

Ao chegarmos ao hospital, Luc providenciou meu atendimento enquanto eu permanecia estática, muda, liberando meu inconsciente para que vagasse à procura de respostas.

Luc veio em minha direção trazendo consigo um homem calvo, de barba escura, muito bem alinhado, vestindo um jaleco branco finamente cortado e gravata. Devia ter a idade de meu pai.

– Emma, meu nome é Ahmed. – Disse o senhor estendendo a mão para me cumprimentar. – Sou médico e seu marido já me contou o que se passou com você. Por favor, me acompanhem. – Indicou o caminho.

Fomos até seu consultório. Ele pediu que eu me deitasse em uma maca e fez alguns exames neurológicos. Até então, ele não havia ouvido o som da minha voz, nada.

– Estou com muita dor de cabeça. – Foi o que consegui pronunciar.

– Doutor, ela não é assim. Ela é falante, alegre. Desde que voltamos da casa de uma dessas videntes impostoras ela está assim. Estou mesmo muito preocupado. – Disse Luc aflito, ao tempo que andava de um lado para o outro dentro da pequena sala.

– Ela deve ter tido uma espécie de exaustão térmica que pode ocasionar fadiga, fraqueza e ansiedade crescentes. É comum principalmente em turistas que não estão acostumados com o calor ou que não venham se hidratando adequadamente. Você fez muito bem em trazê-la aqui quando percebeu sua pele fria. Esclareceu o médico, pousando sua mão sobre os ombros de Luc.

– Doutor – chamou Luc, afastando o médico de mim –, ela está pálida, tem a pele úmida e se encontra mentalmente desorientada. Será que este pode ser o processo inicial de algum tipo de doença psiquiátrica que desconheça? Ela viu coisas, disse que havia estado com uma pessoa com quem nunca esteve. – Eu ouvia tudo isso imóvel, sem condições de me expressar para esclarecer os fatos.

– Eu falei com ela, Luc. Acredite em mim. – Balbuciei, com meu último sopro de energia.

– Emma, vou medicar você para que a sua dor de cabeça melhore e darei um relaxante para que possa descansar. Amanhã voltará a ser a pessoa falante que seu marido diz ser, ok?

O médico então acenou com a cabeça para Luc, como se estivesse dando razão a ele, entregou-lhe alguns papéis e nos deixou sair.

* * *

Na manhã seguinte, acordei com a campainha tocando. Era o serviço de quarto trazendo nosso café da manhã. Minha cabeça já não doía mais e uma leve sensação de torpor anestesiava meu corpo.

O café foi colocado em cima da mesa pelos empregados do hotel. Ele agradeceu, ofereceu-lhes uma gorjeta, fechou a porta e correu para a cama. Deu um beijo na minha testa e um abraço cheio de afago.

– Que bom que acordou, meu amor. Está melhor? – Disse colocando o braço a meu redor, puxando-me contra seu peito.

– Estou um pouco tonta, talvez. Não lembro como cheguei aqui.

– Não se preocupe, querida. Você consegue se levantar? O que acha de conversarmos enquanto tomamos o café? Tomei a liberdade de pedir para que entregassem no quarto porque o médico disse que provavelmente acordaria um pouco tonta.

Passei as mãos pelo rosto, esfreguei meus olhos e tentei me levantar.

Luc me levou até o banheiro e se manteve encostado na porta enquanto me observava escovar os dentes. Seu olhar lançado sobre mim era tão doce, afetuoso e genuíno que ainda me custava crer na veracidade dos momentos e na vida que construíamos juntos.

Durante o café, evitamos falar sobre o episódio do dia anterior. O assunto girou em torno de como me sentia e o que deveria fazer para não ter um dia exaustivo.

– Podemos passar o dia no hotel, aproveitando a piscina, relaxando, o que acha? – Sugeriu Luc.

O hotel ficava no alto de uma colina de onde era possível avistar toda a região de Gorëme. A piscina tinha um mosaico desenhado no fundo e, ao redor dela, havia uma varanda cercada por arcos de pedra. Era uma construção muito atrativa aos olhos. A ideia de ficarmos lá desfrutando não só o hotel, mas a nossa companhia, me atraía. Ficar tomada pelos mimos de Luc e tê-lo o dia inteiro só para mim era algo que me provocava imenso desejo. Mas não podia deixar aquele lugar sem antes voltar à casa de Sâmia. Havia uma necessidade intrínseca que me motivava a voltar àquele lugar.

– Luc, é sua primeira vez na Turquia e o passeio de hoje para Ihlara Valley foi um dos que mais gostei. Vou ficar bem aqui, eu prometo, se me sentir mal, venho para o quarto e me deito um pouco.

Eu estava decidida a voltar à casa de Sâmia e sabia que Luc não concordaria com isso. Teria de convencê-lo a me deixar no hotel. Seria minha única chance e faria o que fosse preciso para persuadi-lo, o que acabou, para minha surpresa, não sendo nada difícil.

Levantei e me dirigi para o outro lado da mesa. Sentei-me em seu colo, dei-lhe um abraço e um beijo em seu pescoço e, com o som mais doce que poderia proferir da minha boca, disse: – Amor, não vou me perdoar em privar você. Se quer mesmo que eu fique bem, então, por favor, vá fazer seu passeio. Eu vou me cuidar, confie em mim.

Terminamos o café e voltei para a cama. Luc ficou sentado, na poltrona que havia de frente a ela, enquanto eu, deitada, o assistia inquieta a decidir qual decisão tomar.

Dobrei meus joelhos sobre a cama, retirando o lençol que me cobria. Abri delicadamente minhas pernas como se o convidasse a entrar.

– Emma...

Retirei a calcinha e joguei em cima dele com os pés. Ele me olhava, de longe, com ar aristocrático, sentado em seu trono. Eu sabia exatamente como persuadi-lo. Usar o sexo para fazê-lo mudar de ideia, jogando com a sedução, me dava poder, a ingênua impressão de que era eu quem estava no comando.

Ele se jogou na cama, como um furacão, enterrando sua cabeça por entre minhas pernas, deslizando sua língua fortemente em mim.

Nossa química era inigualável. Nossa pele, quando se tocava, explodia. Ele sabia o que fazer e como fazer para que eu gozasse a alma.

A sensação dele me dominando, misturada aos efeitos do remédio, me deixava mais leve, tonta e ainda mais inebriada.

– Meu amor, você vai se sentir melhor agora. – Sussurrou ao meu ouvido. Me cobriu com seu peso, me segurando firme pelas costas, comprimindo seu peito ao meu. Me beijava a boca, me acariciava a alma, ao passo que invadia meu espaço preenchendo-o de êxtase. Virou-me de costas, erguendo meus quadris enquanto permanecia dentro do meu corpo quente, latejante e úmido.

Éramos cúmplices, amigos, nos amávamos. Todo nosso sexo era a expressão do amor. Respeito e carinho andavam lado a lado, inclusive quando nos despíamos dos pudores e íamos em direção ao prazer.

– Meu amor, eu estou bem. Por favor, vá aproveitar seu dia, não me faça ser o motivo pelo qual você deixará de visitar Ihlara Valley. É tão lindo...

Sabia o tempo que o passeio levaria, e era suficiente o bastante para que eu fosse até Sâmia e voltasse em segurança. Confesso que arquitetar todo um plano mirabolante pelas costas de Luc depois desse lindo momento de prazer começava a embrulhar meu estômago. Não me reconhecia naquela situação; era como se o estivesse traindo e ele não merecia aquilo. Em contrapartida, eu tinha o direito de saber o que realmente aconteceu dentro daquela sala. Estava decidido, por mim, eu faria aquilo por mim.

– Se você me assegura que ficará bem, então eu vou. Qualquer coisa me liga que eu venho correndo para socorrer minha desmemoriada. Desmemoriada para algumas coisas; para outras, nem tanto. – Disse ele em tom irônico, tentando dar um ar de leveza ao ocorrido.

– Vou dormir mais um pouco. Te amo.

Aguardei uns vinte minutos para sair do quarto, desci e, para me assegurar de que tudo corria bem, perguntei ao concierge se a excursão já havia partido.

Eu mesma peguei um taxi evitando qualquer possível comentário entre a recepção e Luc. Entrei no carro e parti em direção à casa de Sâmia.

À medida que me distanciava do hotel, mais angustiada ficava. Os efeitos das drogas que o médico me receitara ainda não haviam passado por completo, me deixando enjoada durante o trajeto.

Meu tempo era curto, teria que ser direta e ainda contar com a sorte de Sâmia estar desocupada. Falar o nome de Sâmia passara a ser enigmático, já não sabia mais a qual das duas me referia. Depois de toda a confusão, já não sabia com quem havia, de fato, falado.

Essa viagem foi diferente das outras duas. Não teve emoção, cumplicidade, conversa, fotos. Era apenas eu, comigo mesma, tentando frear meu coração para que não saltasse boca afora.

Llayda novamente apareceu no portão, olhou para os dois lados da rua aflita e me mandou entrar, apressada.

– Mamãe, corre aqui, Emma está de volta.

Surgiu Sâmia, a mãe, afobada, retirando o avental por cima da cabeça. Arrumou os cabelos com as mãos e, com voz doce, me perguntou:

– Você está sozinha?

– Sim, estou. Vim só. Preciso saber o que aconteceu quando estive aqui da primeira vez. Preciso de uma explicação.

– Emma, minha querida, o mais sensato a lhe dizer seria que você teve um momento de confusão mental causado por calor, desidratação, qualquer coisa do gênero para convencê-la de que não esteve com minha mãe. Mas depois de tudo o que disse acerca de meu pai e sobre o trevo, não há como eu me enganar. Esse fato isolado que ocorreu com você agora tem a ver comigo também.

– Então vocês acreditam que eu estive com ela?

– Sim, nós tivemos essa certeza quando eu abri a caixa que guardava o trevo e ela estava vazia.

– Por que então não me falaram isso ontem? – Indaguei com angústia na voz.

– Emma, preste atenção, essa caixa tem um segredo que somente eu e minha mãe conhecíamos. A caixa estava guardada fechada e vazia, ou seja, de alguma forma alguém abriu a caixa, tirou o trevo de dentro dela, deu para você e fechou novamente. Consegue captar a magnitude disso?

– Meu Deus! – Proferi atônita, levando a mão à boca. Imediatamente subiu um calafrio pelo meu corpo que arrepiou meus cabelos da nuca. – Vocês acreditam em mim. Eu não estou louca. – Disse aliviada, embora ainda confusa sem entender como o trevo veio parar na minha mão.

– Emma, o que posso lhe assegurar é que fui eu quem li a borra do café para você; eu disse que você encontraria o homem que mandaria flores e eu mesma lhe disse que se afastasse dele.

Fiquei estupefata. Tal revelação era contrária ao que eu acreditara durante todo esse tempo.

– Não, não foi isso que Sâmia me disse. Pelo amor de Deus... Vocês continuam sem entender o que vivi aqui dentro. Em nenhum momento me foi dito para me afastar de Luc; ao contrário, Sâmia disse que eu não o deixasse escapar. Por favor, escutem minha história. – Supliquei exaltada.

– Fique tranquila, Emma! – Implorou Llayda, oferecendo-me um copo de água.– Conte-nos com calma tudo o que você vivenciou aqui nesta sala.

Elas, então, ouviram com atenção meu relato, interpolando quando viam necessidade. Contei todos os detalhes da leitura que "minha Sâmia" fez para mim, falei sobre a violência vivida por ela e a morte de seu marido. Não deixei escapar nenhum pormenor.

– Sâmia estava aqui, bem na minha frente, sentada. Pude ver seu olho furado e sua cicatriz do lado direito do rosto. Ela, por sua vez, acariciou meu sinal e se abalou quando percebeu as cores diferentes dos meus olhos. – E assim finalizei a minha história.
– Querida, só mais uma coisa. – A mãe de Llayda se levantou e voltou com um álbum antigo, com a capa amarelada e desenhos tracejados pelas traças. Abriu em uma página e continuou – você é capaz de reconhecer minha mãe nesta fotografia?
– Sim! – Para minha surpresa, seu rosto não estava marcado. Era uma foto anterior à violência. Na foto em preto e branco, já apagada pelo tempo, havia quatro mulheres sentadas sobre uma pedra, e todas usavam véu. Mas não foi difícil encontrá-la. Seu rosto me era muito familiar. Apontei, certeiramente.
– Obrigada, Emma. – Agradeceu Sâmia filha, deixando uma lágrima escapulir de seus olhos e escorrer por seu rosto. – Sinto tantas saudades de minha mãe. Como eu gostaria de tê-la visto aquele dia ou, ao menos, ter sentido sua presença. Ela esteve todo o tempo a meu lado e eu não a vi. – Ela, muito emocionada, abaixou o rosto, protegendo-o com as duas mãos. Llayda inclinou-se para abraçar sua mãe.
– Não compreendo como o trevo foi parar com Emma, mamãe. – Disse Llayda, com sua cabeça repleta de questionamentos e dúvidas.
– Sua avó levantou-se, caminhou em direção à cômoda e o pegou. Foi o que aconteceu. Ela pediu que eu usasse o trevo a meu favor ou algo desse tipo. Já não me recordo mais.
– Emma, a vovó estava morta, como pôde o espírito dela ser capaz de fazer isso?
– Não sei, Llayda. – Respondi enquanto acarinhava sua mão. – Como você acha que esse trevo pararia na minha mão? Como eu saberia da existência dessa caixa? Vocês ficaram aqui o tempo todo comigo.
– Não, Emma, lembra? Deixamos você alguns instantes sozinha na sala enquanto fomos pedir ajuda à sua amiga. Você pode ter aberto a gaveta e tirado o trevo lá de dentro. – Disse Llayda, esforçando-se para encontrar uma solução para o caso.

– Não querida, infelizmente não lembro. – Disse com desânimo, circulando o olhar vago pela sala à procura de alguma lembrança que me remetesse a algo diferente do que conhecia. – Nas minhas recordações, eu fiquei todo o tempo com Sâmia. Em nenhum momento ela me deixou só.
– Llayda, estamos todas perplexas com essa história. Mas Emma não teria como ter feito isso. Havia um segredo na caixa, um código, só eu o conhecia. Além disso, como ela teria o conhecimento sobre a caixa? Por favor, vamos aceitar o fato de que sua avó esteve aqui.
– Sim, exatamente isso. Você nunca existiu para mim. Era como se eu visualizasse sua mãe através de sua persona. Isso tudo é insano para mim. Coloquem-se no meu lugar. Imaginem como estou me sentindo.
– Desculpe, Emma. – Disse Llayda. – Estamos todas tentando entender o que se passou aqui naquele dia.
– Existem três verdades nessa história. – Disse pensativa. – A minha, a de vocês e a real. Sinto-me como se tivesse vivido em um universo paralelo enquanto estive aqui.
– É possível, Emma, que você tenha passado por uma "realidade alternativa". – disse Sâmia.
– O que é isso?
– É uma espécie de variação de nosso universo causada, por exemplo, quando voltamos no tempo e modificamos o passado. Essa pequena alteração implica um futuro completamente distinto.
– Mas quem teria voltado ao passado?
– Você, Emma... – Disse Sâmia com reticência no olhar.

Nada mais fazia sentido, e quanto mais tentávamos encontrar uma razão plausível, mais me distanciava da realidade. Estava farta, já era o suficiente para mim. Havia tido uma experiência sobrenatural. OK e ponto final. Não tinha a intenção de fazer daquilo um *big deal*, além do que, o tempo urgia e precisava voltar para o hotel.
– Minha mãe se suicidou em 1973, Emma.
– Não é possível... Por quê? Por que ela teria feito isso?
– Por maior que tenha sido a dor que meu pai causara nela, por mais sofrida que tenha sido a vida dela com meu pai, ela não conseguiu

superar o fato de tê-lo deixado morrer afogado, o fato de não tê-lo ajudado. Parece que sua liberdade custou um valor alto demais e o sofrimento foi ainda maior.

– Emma, talvez ela tenha visto em você a chance de tentar mudar o destino de alguém com um passado cheio de características nebulosas e, por seu intermédio, tentar se redimir de alguma forma do que fizera no passado e assim mudar o próprio destino, onde quer que esteja. Ela se arrependeu, por conta disso, vocês se conheceram, ocasionando uma cascata de mudanças que podem refletir na vida de pessoas que muitas vezes não estejam diretamente ligadas a você. Talvez seja isso.

O nó que já existia na minha cabeça se atou ainda mais, não me permitindo pensar em nada.

– Pode ser, pode não ser. Preciso ir embora. Luc pode chegar a qualquer instante no hotel e não quero que saiba que estive aqui. Ele ficou muito preocupado com meu estado. – Falava enquanto me levantava e pegava minha bolsa para sair.

– Entendo, minha querida, mas precisamos conversar sobre Luc. Agora que sei que você não ouviu o que disse, preciso lhe contar.

– O que tem ele? – Perguntei apreensiva, pondo minha bolsa novamente sobre a mesa.

– Emma, o que vi na borra do café foi um destino confuso, com muita dor, não entendo por que durante o seu encontro com minha mãe ela te disse para não deixá-lo escapar. É exatamente o oposto do que eu falava para você.

– Talvez você esteja certa em relação ao que disse acerca de Sâmia querer mudar o destino de alguém com uma vida nebulosa para se redimir. O discurso de vocês duas é muito contraditório. Durante todo esse tempo eu esperei Luc chegar, ele me trouxe flores como sua mãe dizia, ou você dizia... Sei lá... – Eu não queria ouvi-la, eu não queria enxergar.

– Sim, talvez fosse isso o que minha mãe desejava, mas o que vi foi que, por trás das flores, havia um mistério, algo que não seria bom para você. Algo muito obscuro.

– Você tem razão, o passado dele é confuso. Ele me contou tudo e nos casamos. Estamos em lua de mel e foi ele quem me fez a surpresa e me

trouxe aqui. Ele mesmo diz que Sâmia foi minha grande influenciadora e que se não fosse por ela eu certamente teria desistido dele.
– Oh! – Exclamou ela, tentando disfarçar a inquietação.
– Se não fosse por sua mãe, eu certamente teria deixado Luc passar por mim, mas, graças a ela, estamos juntos. Nunca fui tão feliz. Ele me deu uma vida repleta de amor, de carinho.

Podia perceber certa estranheza em seu olhar. Havia algo nela deixando transparecer um misto de temor e angústia, embora tentasse esconder isso por trás do doce sorriso.
– Bom, fico feliz por você, Emma. E, se ainda me permite dizer... – Perguntou, sem esperar pela minha resposta. – Cuide de seu coração e perceba os sinais. – Concluiu ela, com um ar angustiado.
– Estou atenta a todos eles. – Frisei com o intuito de mostrá-la quão enganada estava. – Mesmo que tentasse, Sâmia, eu não teria palavras para expressar todo o vulcão de sentimentos que esse homem é capaz de me fazer sentir. Se existe uma única mulher feliz no mundo, hoje, essa mulher sou eu! Ele me deu sua família, que agora é minha também; seus filhos e o Bê. – Com meus olhos cheios de lágrimas, saquei da bolsa uma foto dele agarrado a meu pescoço, me beijando, e mostrei a ela. – Ele não é lindo?
– Que amor, ele é lindo sim, Emma. Que Allah te proteja. In shā Allā! Fico feliz que esteja, de fato, tão realizada. Talvez a borra tenha se enganado... Talvez por isso minha mãe tenha aparecido para você, talvez não.
– A verdade é que nunca saberemos o que de fato aconteceu aqui dentro aquela manhã. – Concluí.
– Sim, minha querida. – Segurou minha mão, esboçando um sorriso forçado – E que isso nos sirva de lição; não há verdade absoluta na vida.

Finalmente pude sentir um enorme alívio por termos desfeito todo o mal-entendido. E ali, naquele instante, coloquei uma pedra no assunto e segui com minha vida ao lado do homem que amava.
– Você com certeza é uma pessoa especial, Emma, ou minha mãe não teria escolhido você.
– Obrigada, Sâmia.

Abracei mãe e filha, dei-lhes um longo beijo e entrei no carro. Abri a janela para dar uma última olhada nas duas e, quando o carro começou a andar, escutei Sâmia me chamar correndo atrás de nós. Pedi que o motorista parasse. Ela pousou suas mãos na janela sobre as minhas e fez sua última pergunta.

– Quando Luc nasceu?

– Nasceu três dias após a morte de Egemen.

– Corra, Emma, e tente mudar essa história. Esse carma é seu. – Suspendeu minhas mãos, levando-as até sua boca, e as beijou demoradamente. Colocou seu corpo por dentro da janela e me abraçou já com lágrimas nos olhos. – Vai, segue seu caminho.

Assim, segui de volta ao hotel. Por mais inconsistente que pudesse parecer essa história, não havia outra explicação. Eu tinha plena consciência do que vivi e das coisas que A Velha Senhora me dissera. Não havia outra hipótese que não fosse a de ter estado com ela, não importando em qual dimensão isso tenha ocorrido. Mas ainda precisava conversar com Rebeca. Percebi que jamais tocara no assunto sobre as características físicas de Sâmia. Ela poderia me dizer com qual das duas, de fato, ela esteve, e isso já me daria alguma certeza. Mas não seria naquele momento. A exaustão me tomara conta física e mentalmente.

Saí de lá com sensação de leveza na alma e com a certeza de que nunca mais voltaria.

No caminho, recebi uma mensagem de Luc perguntando se eu estava bem e dizendo que logo estaríamos juntos. Pedi ao motorista que se apressasse um pouco, pois precisava chegar ao hotel antes que ele voltasse. Estava decidida a não comentar com ele a minha visita à Urgup.

Chegando ao hotel, tomei banho, coloquei o biquíni e o aguardei na piscina, desfrutando o cenário que tinha como pano de fundo o colorido do céu em tons que variavam entre o rosa, o roxo e o abóbora refletindo sobre a cidade de Göreme, suas cavernas e chaminés de fadas.

Minha capacidade de abstração era quase que um reflexo de defesa. Estava feliz como nunca estive e continuaria acreditando no que "minha Sâmia" havia dito sobre Luc. Esse seria o meu livre arbítrio.

O cansaço emocional me tomara tão avassaladoramente que cochilei na espreguiçadeira ao som das andorinhas que bailavam sobre minha cabeça.

– Oi, minha princesa adormecida. – Escutei ao longe uma voz familiar.

Espreguicei-me como uma gata manhosa na cama de seu dono, abri os olhos de mansinho, me deparando com a mais bela paisagem. O meu homem, moreno, cara de turco, barba por fazer, esfregando seu rosto no meu, envolvendo minha cintura com seus braços, me puxando contra seu corpo.

– Para você! – Disse ele, me presenteando com um lindo buquê de tulipas amarelas, roxas e vermelhas, tal qual o céu da Capadócia.

As tulipas são flores típicas da Turquia e não da Holanda, como se pensa. O nome de origem é tülbend por conta do formato de sua flor, que parece um turbante de cabeça para baixo. Como poderia eu deixar escapar essa vida, esse amor e tudo o que ele me proporcionava? Segura, mais que nunca, de que eu havia escutado a Sâmia correta, abracei meu amor e permiti que a paixão tomasse conta de mim ali, sob o céu da Capadócia, onde tudo começou.

Pi pi pi...

O som da máquina se acelera, o espaçamento entre um "pi" e outro diminui; sinto uma movimentação maior ao meu redor. Por que meu corpo inerte não obedece aos meus comandos?

Volto à minha viagem, minha mente insiste em divagar pelas lembranças mais doces da alma, mas o temor das revelações que podem vir a seguir dificultam meu voo.

Poente

17

Rio de Janeiro, outubro de 2015

A primeira coisa que fiz quando chegamos de viagem foi ligar para Rebeca e esclarecer a última questão sobre o episódio Capadócia.

– Ei, você voltou! – Exclamou Rebeca, louca pelas novidades. – Estou tão feliz por você, Emma. Quem diria, não é mesmo?

– Verdade parece um sonho.

– Como foi o casamento? Eu vi as fotos. Que espetáculo!

– Rebeca, depois falamos sobre isso, agora preciso ser direta com você. Como era Sâmia?

– Que pergunta é essa? Enlouqueceu? Estivemos juntas na casa dela, nós duas a conhecemos.

– Rebeca, nós não a vimos juntas em nenhum momento, lembra? Eu entrei primeiro, você só entrou depois.

– Emma, não... – Enfatizou ela. – Você passou mal, elas me chamaram na sala e eu entrei para ver o que acontecia com você. Tão logo entrei, você parecia ter melhorado e eu saí novamente. Você não se lembra disso?

– Não, nunca soube disso, nós nunca conversamos sobre isso. Curioso, não?

– Verdade, focamos o que ela havia dito. Quando saí da consulta, eu perguntei e você disse que estava bem, achei que soubesse o que havia acontecido. Que estranho isso, Emma.

– Voltei à casa de Sâmia com Luc. Ele queria conhecê-la, por isso me levou à Turquia. Mas, ao chegar lá, na casa do vilarejo, não reconheci Sâmia. Você acredita nisso? Eu não sabia quem era aquela mulher.

– É surreal isso, Emma. Estou apavorada.

– Então, preciso que me diga como era a Sâmia que esteve comigo dentro da sala.

Rebeca a descreveu tal qual a mãe de Llayda e não como a avó, me convencendo por completo de que nunca estive, de fato, com a avó de Llayda e que tudo não passara de uma visão. Debatemos essa história durante um tempo considerável até que decidi colocar de uma vez por todas uma pedra sobre o assunto.

– Enfim, caso encerrado. – Finalizei.

Não havia mais nada que pudesse fazer. Por que ficar pensando em algo que não tem resposta? Ademais, não queria que as palavras de Sâmia filha influenciassem negativamente minha cabeça e meus pensamentos em relação a meu marido.

–Emma – Fez uma pequena pausa –, eu encontrei com a mãe do Bê em um café aqui ao lado de casa, a ouvi dizer que sabia que vocês iam se casar. Estava possessa.

– Que estranho... Por que ele contaria isso a ela? Não vejo sentido algum nessa história, mas se ele fez isso é porque algum motivo deve ter tido. Com certeza.

– Também não sei, querida, só sei que ela estava completamente transtornada conversando com a amiga. Dizia que ia esperar vocês voltarem para jogar toda a merda no ventilador.

Desliguei o telefone indo direto ao ponto e, sem rodeios, perguntei por que ele havia contado sobre nosso casamento a Selma. Ele não esperava, ficou surpreso, mas, sempre com a calma que lhe era peculiar, respondeu:

– Ela me ameaçou te proibir de ter contato com o Bernardo. Por isso. – Disse ele firmemente.

Costumava ter uma intuição que não falhava e naquele instante o que intuía não era bom. Segundo ele, Selma não gostara de saber que eu havia participado de um dos eventos da Escola do Bernardo. Eu sabia que esse não era um motivo plausível para causar tanto transtorno assim a ela, ao contrário. Tinha algo por trás de toda essa exasperação e cólera.

– Luc, tem certeza que foi isso? Essa atitude é um tanto incoerente, não acha? Mas, enfim, você escolheu, você que resolva!

– Eu não posso permitir que ela tente lhe fazer mal. Eu quis te proteger e acabei deixando escapar que íamos nos casar e assim ela não teria como impedir você de participar da vida dele. Ela é uma doente e quantas vezes vou ter que repetir que não existe qualquer lógica ou coerência nas atitudes dela?

Meu amor por Bê era genuíno, e por ser genuíno eu queria seu bem, seu bem verdadeiro, e isso só seria possível mantendo e incentivando a relação dele com sua mãe. Mesmo contrariando, muitas vezes, Luc, que me provava diariamente o quanto Selma não se importava com seu próprio filho.

De vez em quando vinha à minha cabeça o episódio de Sâmia. Minha vida havia tomado um rumo tão inesperadamente perfeito que já não me prendia aos acontecimentos da Turquia. Voltava-me totalmente para nossa vida e nossa família.

No entanto, no final de outubro, apenas duas semanas após chegarmos de lua de mel, Luc me ligou descontrolado e aflito, pedindo que fosse imediatamente para casa e fizesse as malas. Disse que iríamos aquela noite para Londres. Valerie corria perigo e precisava de ajuda.

– Amor, não tenho tempo agora para responder, faça o que eu estou te pedindo... Minhas filhas estão correndo perigo também.

Desliguei o telefone, em estado de inquietude anormal e sem a menor ideia do que ocorria. Não sabia como fazer para me ausentar novamente do trabalho assim, em cima da hora. Não podia me prejudicar. Encontrava-me na situação em que teria de escolher entre o trabalho, minha vida profissional, e a minha vida pessoal. Perdida, desliguei o celular e fiquei parada, atônita, olhando para frente.

– Emma, o que aconteceu?

– Lia, não sei, não faço a menor ideia. Preciso viajar. A única coisa que Luc me disse foi que as meninas e Valerie correm perigo.

– Mas correm perigo como, Emma?

– Eu não sei, Lia... Eu preciso ir, não posso deixá-lo sozinho, ele precisa de mim.

– Mas Emma, assim? Você acabou de voltar de viagem. Não tem nem um mês... Eu entendo que seja uma situação complicada, mas você não está se expondo muito aqui no trabalho?

– Eu sei, Lia, você acha que não estou preocupada? Mas é a minha vida, é a minha prioridade, eu amo esse homem e vou mostrá-lo que pode contar comigo sempre.

– Querida – Lia segurou a minha mão olhando fundo em meus olhos – você sabe que eu seguro as coisas aqui, conta comigo, mas me desculpe a franqueza, essa não é a sua vida, é a vida dele. Na verdade, nem deveria ser a vida dele, é a da ex-mulher dele, Emma. Essa aqui é a sua vida. Estamos crescendo na galeria, não deixa essa chance escapar. E mais, ele já conta com você, Emma. Ele passou todas as responsabilidades do Bê para você... Já percebeu isso?

Não quis encarar os fatos que Lia narrava tão bem, com tanta nitidez. Peguei minha bolsa, arrumei as minhas coisas e parti.

Deixei a galeria com a frase de Lia na cabeça. Por mais que ela dissesse que aquela não era a minha vida, eu não sentia isso. Estávamos juntos e qualquer coisa que dissesse respeito à vida dele fazia parte da minha. Eu não tinha tempo para refletir, precisava agir, e rápido.

Cheguei em casa, fiz as malas e Luc chegou logo em seguida, completamente transtornado. Andava pela casa, organizava os documento mas não falava nada. Mal se dirigiu a mim.

– Luc, me explica, o que aconteceu?

– Emma, não tenho tempo agora, por favor, já te expliquei, faça o que eu estou mandando.

Ele nunca havia falado daquela maneira comigo. Mandando? O sangue ferveu e subiu à cabeça. Não me controlei e acabei explodindo. Era a nossa primeira briga.

- Mandando, não, Luc! Preciso saber o que está acontecendo agora!

- Emma, minhas filhas correm perigo e você quer discutir comigo? Você é sempre o centro das atenções, você quer ser sempre paparicada. Eu faço tudo por você e quando eu preciso a única coisa que você faz é pedir explicações no meio do tiroteio, Emma? Explicações que eu não tenho para dar? Pelo amor de Deus. Cresce! Deixe de agir como uma garotinha mimada e faça logo as malas, inclusive as do Bê.

- Mas o Bê vai com a gente? A mãe dele sabe disso?

- Mãe dele? Aquela inconsequente não vai nem perceber que ele não está aqui.

- Você não pode fazer isso, Luc. Ela é a mãe dele, você não tem como mudar essa situação!

-Você está louca? Aquela imprestável não serve para nada. Eu pedi a ela que buscasse o Bê na escola para levá-lo ao médico e ela disse que não podia porque ia à academia. Você tem noção do que está falando? Você esqueceu que hoje, justo hoje, ele tinha pediatra marcado?

- Não, não esqueci, você disse que o levaria. - Dei uma pequena pausa apontando com a cabeça para a criança que assistia a tudo, nervosa - Luc, está tudo bem, tente se acalmar um pouco. Não precisamos deixar as coisas chegarem a esse ponto. Ok?!

- Está certo, não posso contar com ninguém mesmo. Você não tem nada com isso... Me deixe em paz que eu vou sozinho salvar as minhas filhas.

Engoli a seco e fiz o que ele pediu. Nunca o vi daquele jeito e achei melhor deixar a poeira baixar.

Excluindo a forma como falou comigo, no restante ele tinha razão. Eu não tive a maturidade de esperá-lo se acalmar para perguntar o que ocorria. Agi por ímpeto, em um momento inoportuno. Deveria apenas ter confiado nele e ter feito o que pediu. Aquele homem fazia tudo por mim e eu o retribuíra da pior maneira justo no momento que mais precisava.

Saímos de casa, nós três, e fomos para o aeroporto. No caminho, ele me passou o celular e pediu que eu abrisse o e-mail dele e lesse a mensagem de Valerie. "Se algo acontecer comigo, a única pessoa a quem confio deixar as minhas filhas é a Emma." Estava escrito.

A declaração de Valerie me pegou de surpresa me afligindo, ao mesmo tempo que me envaidecia.

– Se alguma coisa acontecer com elas, não sei o que sou capaz de fazer. Valerie é uma louca inconsequente. Ela se envolveu com um homem casado. Ele é pai de umas amiguinhas de minhas filhas. Conheço o casal, éramos amigos. A mulher traída descobriu e espalhou fotos bastante comprometedoras para o grupo de pais no WhatsApp, a expondo para toda a comunidade da escola das meninas. Valerie foi até a casa deles e quebrou tudo. Está com uma ordem judicial restringindo o contato com ambos e descumpriu. Ou seja, pode ser presa a qualquer momento e minhas filhas podem ficar sob a custódia do Estado.

Finalmente chegamos ao aeroporto, em cima da hora. Uma coisa de que não se podia reclamar em nossa vida juntos era rotina. Não havia isso. Nossa vida era sujeita a mudanças de planos constantes e a novas sensações a todo instante. O Bê, que já não era uma criança fácil, exausto, começou a dar alterações no embarque. Tinha pena daquela criança, o sono, aliado à fome, o deixou ainda mais irritado.

Nos acomodamos na classe executiva, pelo menos essa benesse Luc nos proporcionou. Bê, depois de todos os mimos feitos pelas comissárias, depois de brincar com todos os botões do controle remoto da TV, comer e assistir desenhos animados, se acalmou e pulou para o meu colo, se aninhou e ali dormiu pesado enquanto mexia nos meus cabelos. Ele era um menino encantador, não havia quem não se apaixonasse. Eu podia estar exausta, preocupada, ansiosa, mas aquela sensação era capaz de curar qualquer exaustão. Era o meu momento de plenitude. Deitamos ele na poltrona e Bê dormiu o sono dos justos.

Segundo Luc, essa não fora a primeira vez que Valerie se envolvia com uma pessoa casada. Ela era uma mulher muito sedutora, forte e decidida, que tinha por hábito não medir esforços para atingir seus objetivos. No entanto, sua autoconfiança se extinguiu ao se ver exposta no grupo dos pais da escola, com as meninas sofrendo constrangimento. Ficou sem chão, cega. Foi até a casa deles, perdeu a cabeça.

Não houve escolha a não ser fazer queixa à polícia. Foi assim que Valerie teve a ordem judicial de restrição. O casal, não se deu por satisfeito e, passou a persegui-la de carro, na Escola por todos os lugares, a fim de forçar a quebra da ordem. Foi quando novamente foram até a delegacia e a denunciaram. A polícia chegou a bater na porta dela para prendê-la. Valerie então resolveu, em um ato de desespero, se esconder com as meninas no porão da casa durante um dia e uma noite inteira. Sua única saída era pedir ajuda a Luc.

Depois de uma longa viagem com escala em Paris, finalmente aterrissamos em nosso destino. Pegamos as malas e nos dirigimos ao portão de desembarque do aeroporto de Heathrow. Era um típico dia londrino de outubro.

Londres é conhecida por seu nevoeiro, mas um especificamente foi capaz de matar milhares de pessoas em dezembro de 1952. Durante décadas, foi um mistério o que teria deixado o céu de Londres colorido de verde e o ar com cheiro de ovo podre. Apenas em 2016 pesquisadores descobriram o que ocasionou "O Grande Nevoeiro de Londres". Atribuíram como causadora da contaminação e de seus efeitos tóxicos catastróficos a liberação de dois produtos químicos por meio da queima do carvão. Graças a esse episódio surgiram as primeiras leis de purificação do ar.

Chovia, a temperatura começava a baixar e, em meio ao nevoeiro característico da cidade britânica, lá estava ela, dentro de seu carro imponente, nos aguardando, vestindo um casaco colorido de lã que contrastava com o céu cinza. Nunca me esquecerei seu rosto, seu olhar, os olhos inchados e vermelhos, o rosto abatido. O choro não se calava. Senti enorme empatia por aquela mulher, não a julgava. A humilhação que sofria, a perversidade como vinha sendo tratada, ia muito além de seu caso com um homem casado. Por que somente ela sofria tamanha represália? Por que somente ela era execrada e banida de sua comunidade? E quanto ao homem casado que cometera adultério? Contra ele ninguém se volta? Nem mesmo a própria mulher traída se virou de costas a ele? Ao contrário, se uniram contra o mais fraco, a mulher, a amante, enquanto ele saiu ileso, vangloriado. Esse mundo machista e falso moralista destruía uma mulher que teve como único erro se deixar seduzir por um homem casado que provavelmente a prometeu amor, fidelidade e, óbvio, a separação da esposa para que pudessem assumir o romance.

Luc pegou a direção e Valerie foi para o banco do carona. Eu? Bom, eu fiquei no banco de trás, como mera espectadora da obra de Eugene O`Neill ou de uma peça de Nelson Rodrigues (embora o figurino de Valerie me lembrasse Almodóvar), aguardando ansiosa pelo espetáculo, no caminho para Brighton.

Ela não pronunciou uma palavra sequer durante todo o trajeto até sua casa. Enquanto Luc tentava travar uma conversa com ela, em vão, do banco de trás, mais uma vez, eu assistia passivamente à mesma cena, mais uma, em que de longe vejo ele e sua ex-mulher lado a lado, tal qual no batizado do Bernardo. Mudaram coadjuvantes e locais, mas o protagonista é o mesmo, continua sendo Luc.

Valerie tirava os lenços de papel de dentro da caixa com as mãos trêmulas, visivelmente abalada. Assoava o nariz, enxugava os olhos repetindo o movimento inúmeras vezes, como um balé. O vai e vem de seu braço coberto pela trama colorida do casaco em busca da caixa de lenço de papel lembrava um arco-íris. Aquela sinfonia sem voz dilacerava meu coração. Não havia nada que eu pudesse fazer. Pelo menos naquele instante. Recolhi-me e continuei de longe observando a cena.

Ao chegarmos em casa, Valerie, ainda muda, tomou um comprimido e se dirigiu ao quarto. Luc foi com ela. Permaneceram lá dentro os dois trancados durante uns trinta minutos. E eu? Aguardava inquieta do lado de fora. Não pelo fato de estarem sozinhos, não era isso o que me agoniava. Para mim, a relação dos dois era como a de irmãos. É difícil para quem não vive essa situação compreender minha atitude ou meu comportamento. O importante é que, de fato, não me incomodava com a relação deles.

A casa, em frente à praia, na altura do píer, tinha uma vista deslumbrante. Ficava na esquina da rua da praia com a New Steine, uma rua bastante interessante, dividida por uma bela praça em tributo à Aids, chamada de Parque Memorial. Luc havia alugado a casa para que elas morassem com conforto, visto que Valerie havia sido demitida de seu emprego e já não trabalhava há dois anos.

A casa, mal cuidada, tinha tudo fora do lugar. Havia restos de comida espalhados por todo canto. No quarto das meninas havia tanta roupa que não era possível enxergar a cama. Valerie, não tinha, naquela altura, condições de cuidar de si, da casa nem das meninas. Compreensível!

– Ela dormiu, vou aproveitar para comprar comida, produtos de limpeza, artigos de primeira necessidade. Você dá uma atenção para as crianças? Valerie não deve acordar tão cedo.

O que me restava? Não tinha escolha, Luc estaria de mãos atadas sem poder organizar as coisas se não fosse por mim. Ele sabia disso. Comecei a me sentir útil em meio a todo aquele caos. Dei um jeito na casa, arrumei os quartos, lavei a louça e não percebi o tempo passar. Luc voltou horas depois com apenas uma sacola na mão, me deu um beijo e foi preparar o almoço das crianças.

– Amor, você demorou tanto. Foi tudo bem?

– Fui até a delegacia pagar a fiança da Valerie e assinar o documento me responsabilizando por ela durante esses 15 dias que ficaremos aqui.

– Quinze dias? Amor, eu não posso ficar tanto tempo aqui; pensei que pegaríamos as crianças e Valerie e voltaríamos para o Brasil.

– Não é assim tão simples. Preciso resolver as coisas, as meninas não podem simplesmente largar a escola, a vida delas.

– Mas e o meu trabalho, Luc? Você não pensa em mim, nos meus compromissos? – Falei demonstrando insatisfação e discordância. – Você não pode decidir as coisas sem me perguntar, sem ouvir minha opinião, Luc. Eu entendo seu nervosismo e o caos que você precisa resolver. Eu estou aqui para ajudar, somos parceiros, lembra? Parceiros, e você precisa compartilhar as coisas comigo para podermos decidir juntos. Não é uma decisão unilateral.

– Você tem razão, meu amor, me desculpe, eu não tenho sido bom para você, fui egoísta, eu sei... – Disse ele se aproximando de mim, abaixando a cabeça até a altura do meu pescoço, roçando sua barba mal feita, me dando leves mordidas enquanto meu corpo reagia com arrepios. – Isso é falta de sexo, meu amor, estamos estressados. – Empurrou-me com seu corpo, abrindo a porta da cozinha que nos conduzia à garagem.

– Luc, as crianças estão na sala e a comida no fogo.

– Shiii, fica quieta, meu amor. – Sussurrou ele ao meu ouvido enquanto me virava de costas, erguendo-me para cima da máquina de lavar roupa.

Espalmou suas mãos em minha bunda, uma em cada banda, apertou com força deixando suas impressões digitais em cada uma delas. Deslizou-as vagarosamente pela parte interna da minha coxa lisa e alva, afastando-as, enquanto sua língua percorria minhas costas, pela espinha dorsal da nuca até o cóccix. Fizemos sexo ali, torrencialmente, em cima da máquina de lavar ligada com meu quadril sendo pressionado por ele para que a vibração do aparelho me proporcionasse ainda mais prazer. O sexo era sua arma; ele sabia disso, ele sabia exatamente o que fazer para me persuadir. E eu amava a liberdade do nosso amor.

Nossa brincadeira na garagem não se prolongou muito, logo fomos interrompidos pela panela chiando no fogão.

Almoçamos e levamos as crianças até o píer para andar na roda gigante e se distraírem enquanto Valerie continuava dormindo. Na manhã seguinte, arrumamos as meninas, Luc fez o café da manhã e as levamos para a escola. Valerie ainda não havia acordado. Sentimos o ar de hostilidade dos pais em relação às crianças e até mesmo a nós. Me compadeci com a dor daquela família. Minha vontade era me transformar em um escudo e protegê-las dos olhares famigerados que lhes eram lançados.

Os dias se passaram e Valerie só saiu do quarto para pegar mais garrafas de vinho e comer algo, voltando ao seu casulo. A cada aparição ela parecia piorar. De vez em quando Luc entrava em seu quarto e conversavam durante alguns minutos, mas isso era raro. As meninas sentiam a falta da mãe, e eu fazia o que podia para que elas se sentissem acolhidas. Luc tinha razão, não podíamos ir embora e deixar Valerie assim, sozinha, indefesa.

Uma vez ou outra ela pedia para Luc comprar cigarros, vinho ou seus antidepressivos. Ele tomava o cuidado de sempre esconder a caixa dos remédios e a entregava de um em um, para evitar qualquer ato inconsequente de sua parte. Luc ainda trabalhou duro para apagar a pichação que havia sido feita na parede da casa: "Fora Vagabunda." Ele se mostrava um bom e fiel amigo.

Passei a admirar ainda mais aquele homem, que cuidava tão bem de sua ex-mulher, mesmo depois de tudo o que ela havia feito a ele.

Após três dias de clausura, finalmente Valerie acordou e saiu do quarto de banho tomado. Fiz um café quente, umas panquecas e a alimentei. Aquela mulher estava destruída, destruída pela profunda tristeza na alma, destruída pelo álcool, pelos ansiolíticos e antidepressivos.

Enquanto ela comia as panquecas, eu lavava a louça e organizava toda a bagunça que as crianças deixaram antes de irem para a escola. Fechei a torneira e escutei uma voz, fraca, dizendo algo. Virei-me e era Valerie balbuciando com os olhos cheios de água:

– Vamos dar uma caminhada na praia? – Disse ela praticamente implorando, como se fosse um cachorrinho molhado em dia frio.

– Claro, querida, vou buscar seu casaco.

O sol não era suficiente para aquecer o ar gelado que vinha do mar. Sentamos em um pequeno café para nos proteger do frio e não tardou para que Valerie fosse direta e um pouco cruel também.

– Emma, você é uma pessoa boa, está aqui me ajudando. Você não merece esse homem. – Disse ela olhando profundamente em meus olhos.

– Por que você diz isso? – Perguntei perplexa com a falta de consideração dela por ele, e continuei – Não percebe como ele está sendo seu amigo? Ele poderia não ter vindo.

– Não, ele não faz isso por mim, ele faz por ele e pelas crianças. Entenda apenas uma coisa, Emma: ele não faz nada por ninguém, apenas por si mesmo.

– Você está sendo injusta com ele. Se fosse assim, ele não cuidaria de você, Valerie. Eu estou aqui todos esses dias e vejo como ele se preocupa. Se não, ele apenas pegaria as meninas e as levaria para o Brasil deixando você aqui sozinha.

Não entendia como ela era capaz de ser tão seca e fria quando se tratava de Luc. Eu estava lá e via quão dedicado ele era com ela e o quanto tentava ajudá-la. Ela, munida de uma ingratidão sem fim, não media esforços para denegrir sua imagem.

– Emma, você está completamente cega. Eu já fui cega assim também. O que ele dá para você em troca de tudo o que faz por ele? O que ele tem a oferecer?

Demorei para responder; nunca havia pensado dessa forma tão fria, mas logo me lembrei de todas as coisas boas que ele me proporcionou e as enumerei para mim mesma.

– Valerie, me desculpe, mas isso não lhe diz respeito. Vocês têm uma relação de ex-marido e sei que existem questões entre vocês que eu não quero fazer parte e assim espero que você também não interfira na minha relação com ele. O que existe entre nós diz respeito apenas a nós dois. Assim como a relação que tenho com você, não diz respeito a ele. Compreende?

– Emma, minha querida, eu só não quero que você se deixe enganar. Abra o olho e preste atenção ao comportamento dele. Estou falando como amiga.

– Você está sendo tão injusta, Valerie... Ele se preocupa com você de verdade!

– Não se deixe iludir. Não existe entre nós qualquer afetividade ou consideração genuína, Emma. Não gostaria que você descobrisse essa face do Luc. Lembre-se de que ele não faz nada sem qualquer interesse por trás.

– Ele limpou a parede da sua casa, ele pintou, lixou para que você não visse o que escreveram nela. Qual seria o interesse por trás disso, Valerie? Não gosto que se refira a Luc dessa forma. – Disse a ela, exaltada. - Ele é um homem bom, eu estou vendo isso, ninguém está me contando! – Finalizei, já me levantando da mesa para ir embora.

– Por favor, fique. – Disse ela, segurando minha mão. – Desculpe-me, por favor. Eu gosto de você e não quero que se machuque como eu me machuquei. Só isso... – Assenti com a cabeça e voltei a sentar-me.

– Você não quer me contar o que está acontecendo? Se abrir um pouco?

– É a velha história de sempre: um homem casado seduz uma mulher solitária e depois a joga fora. O que eu não imaginava é que chegaria a esse ponto, a toda essa exposição. Um e-mail para Alan, este é o nome dele, foi disparado da minha caixa, com fotos e vídeos comprometedores, todos meus, ele não aparecia em nenhuma imagem. Ao que parece, ela, sem querer, pegou a mensagem no computador dele e, como frequentávamos o mesmo grupo, abriu supondo ser algo referente à escola. – Deu uma pausa, e enxugou a lágrima que escorreu pelo rosto ao encontro de sua boca. Eu, então, dei prosseguimento ao que já se tornara óbvio.

– Bom, certamente ela não deve ter ficado muito feliz com o que viu e presumiu que você agia com o intuito de seduzi-lo. E a partir daí ela não pensou duas vezes antes de expor você e as meninas para toda a comunidade.

– Em resumo, foi isso... Em meu computador havia centenas de fotos nossas, de nós dois juntos, e vídeos, de diversos tipos e fantasias, Emma. Se é que me entende... Mas nenhuma delas foi enviada a ele, pelo menos na minha caixa de mensagens só aparecem os e-mails com as minhas imagens. – Ela retirou um lenço de papel do bolso e enxugou o nariz. – Você entende o que eu quero dizer? Tudo foi planejado para que eu fosse humilhada e culpada por tentar destruir um lar. Ele, claro, negou que tínhamos um caso.

– E por que você não o desmascarou? Não mostrou para a mulher dele que estavam mesmo se relacionando, já que você vinha sendo execrada por toda a comunidade? Por que deixá-lo sair como a vítima; o pobre homem casado seduzido pela mulher? Estou farta disso, a culpa sempre é da mulher. Sempre. – Esbravejei.

– Eu disse a todos, mas foi em vão, Emma, todas as fotos e vídeos que eu tinha dele sumiram do meu computador, estranhamente. Mais uma prova de que algum hacker entrou nele.

– Não teria sido o próprio Alan?

– Não, ele não tem a senha do meu computador. – Deu uma pausa continuando por outra vertente. – Ele permitiu que a mulher fizesse o que fez comigo porque é um covarde ou...

– Ou o quê? – Era difícil acreditar no que ela dizia, parecia tudo tão surreal que só me vinham à cabeça as palavras de Luc me dizendo para que eu não a levasse a sério, mas minha curiosidade não me deixou parar por aí. Fui em frente. Queria ver onde essa história chegaria.

– Ou ele está sendo ameaçado. Havia fotos e vídeos dele em meu computador. A pessoa que enviou o e-mail tem esses vídeos nas mãos e provavelmente está fazendo chantagens. Alan não é o tipo de homem adepto ao sexo convencional. Ele é entusiasta de práticas digamos, diferentes do que sua imagem social prega...– Disse ela enquanto olhava para os lados. – Ele gostava de ter relações com outras pessoas, a três, a quatro, e sentia prazer em ser filmado. – Levei a mão à boca sem ter o que falar e deixei que ela terminasse sua história. – Passamos então a frequentar a mesma casa de swing, na Bristol Gardens, bem perto daqui, a cerca de uma milha de distância. Mas o curioso é que ele sempre procurava a mesma pessoa e, embora ele me estimulasse a transar com outros homens, apenas ele poderia ter relações com Marc. A tal pessoa era um homem! É isso, ele gostava de ter relações homossexuais. Sua tara era me ver transando com outro homem enquanto Marc o penetrava. Mas Marc, passou a querer mais e mais e nossas idas a esse local foram se tornando cada vez mais frequentes. – Meu queixo caiu, fiquei deprimida, atônita!

À medida que detalhava as cenas, minha cabeça se enchia de dúvidas e perguntas. Queria fazê-las todas ao mesmo tempo. Seria verdade ou estaria ela inventando toda essa história? Ou, de fato, sua concepção da realidade era distorcida, conforme Luc sempre falara? Naquela altura, minha intuição já não era clara, não sendo mais capaz de compreender minhas percepções. Estavam todas confusas. A mim não havia nada a fazer a não ser ouvir aquela pobre mulher destruída, envergonhada e exposta perante toda uma comunidade retrógrada e julgadora. Não só ela, mas principalmente as filhas que tiveram acesso a todo o conteúdo vazado. Deixei que continuasse falando, me despi de julgamentos e decidi somente ouvi-la. Mentira ou verdade, tendo ela fantasiado ou não todo esse romance, a dor existia, era real.

– Nossos encontros passaram a ocorrer sempre nesse mesmo local, sempre com Marc nos acompanhando. No início era divertido, mas depois acabou se tornando uma espécie de obsessão. Eu amava Alan, queria ele para mim e acabei cedendo aos seus impulsos mais escabrosos. Era mais forte do que eu, eu não conseguia negar. Agora sinto os efeitos da abstinência.
– Valerie, e esse tal de Marc? Será que não foi ele quem enviou suas fotos para tentar destruir o casamento dele e eles ficarem juntos?
– Não. Ainda tem mais coisa nessa história. Marc também está no grupo de pais. Ele é casado e faz parte do conselho de moral e ética da escola, portanto jamais se exporia, colocando em risco sua posição e o status que tem hoje perante toda a comunidade tradicional de Brighton. Ele morre de medo de ser descoberto.
– Morre de medo e frequenta casa de swing? Faz sexo com outro homem enquanto outra mulher filma e morre de medo? Desculpe, mas não consigo entender.
– Emma, existe um código de ética dos frequentadores de casas de swing. Se esse código for quebrado, você dificilmente conseguirá participar de outras casas ou de outras festas.
– Mas e as filmagens? Eram feitas lá?
– Não. Quando Alan queria ficar mais reservado, íamos para Horsham, ao norte de Brighton, em Lower Beeding, Condado de West Sussex, a cerca de quarenta minutos daqui. As filmagens eram feitas em um hotel fazenda com estilo vitoriano muito charmoso, e lindos jardins. Marc sempre chegava antes e nos aguardava no mesmo quarto. Às vezes eram três homens, às vezes eram dois e mais uma mulher além de mim, mas eu nunca transava com Marc. Apenas Alan transava com ele. Nem mesmo as outras mulheres podiam ter sexo com Marc, apenas Alan.
– Você não achava estranho essa fixação dele por Marc?
– Então, comecei a desconfiar que eles tinham um caso porque durante as festas escolares eles ficavam sempre juntos, conversando, deixando-me de lado. Os dois casais se tornaram muito próximos, viajavam juntos, os filhos eram amigos, e eu, aos poucos, fui sendo colocada de lado. Não tinha mais serventia. Até que descobri que os dois passaram

a se encontrar sem mim. Sofri porque gostava dele e acreditei que ele gostasse de mim também. Mas eu fui usada, mais uma vez usada.

Se era ou não verdade, eu não sei, mas embarquei na conversa envolvente de Valerie. Luc havia me alertado. Quantas vezes me pediu que tomasse cuidado com o poder de sedução dela. O fato é que era praticamente impossível me manter distante e imparcial em meio a tantos detalhes.

– Então Valerie, no seu ponto de vista, alguém "hackeou" seu computador e está ameaçando Alan com o intuito de prejudicar você?

– Sim, exatamente isso... Falei com o Luc há uns meses que desconfiava de que alguém havia invadido meu computador, mas ele não achou nada suspeito. Dessa vez, não tenho dúvidas, é claro que isso aconteceu.

– Mas por que um hacker teria interesse em rastrear seu computador? O que poderia ter de tão interessante fora alguns arquivos particulares?

– Emma, pelo visto Luc não te contou tudo a meu respeito.

Não fazia ideia do que mais poderia vir e, sinceramente, já não conseguia distinguir o real da fantasia em sua cabeça. Ela já havia bebido uma garrafa inteira de vinho somente nesse tempo em que conversávamos. E sobre o alcoolismo, Luc havia me falado bastante.

– Acho que tem razão, Luc não me falou muito sobre você – Dei um sorriso e continuei – talvez tenha deixado para você mesma me contar.

– Meu pai faleceu há pouco e ele era dono de uma pequena fortuna. Como brigamos quando ele se separou de minha mãe para ir atrás de aventura, não pensei que deixaria alguma coisa para mim. Ele nunca me ajudou nem mesmo conheceu as netas. Eu não esperava receber todo este dinheiro. – Disse dando uma pequena pausa, olhando para os lados. Continuou falando, diminuindo o tom de voz. – Essa cidade é pequena e sabe-se de tudo o que acontece aqui. Acho que o hacker entrou no meu computador para descobrir senhas do banco e se deparou com o meu arquivo de fotos, mas o principal motivo seria descobrir minhas senhas e roubar meu dinheiro. – Seus olhos se encheram de lágrimas. – Quem poderia ter feito isso comigo? Por que me destruir dessa forma?

Não sabia mais o que fazer para confortá-la. Aquela mulher que costumava ser dura, seca, inabalável, na minha frente, parecia uma criança indefesa, morta.

A tarde voou, fiz o que pude para tentar confortá-la, e desviar o foco de sua tristeza, mas, no momento, o que ela precisava era fazer uma catarse e colocar para fora toda angústia, tormento e vergonha. Sentia enorme empatia por aquela mulher, imaginava quão difícil devia ser a vida dela tomando conta sozinha das filhas, com o ex-marido morando em outro país, sem ninguém que zelasse por ela e, ainda, para piorar a situação, esse envolvimento com um homem inescrupuloso. Sozinha em meus devaneios, cheguei a arquitetar diversas maneiras para que Alan e sua mulher pagassem pelo que fizeram. Talvez processá-los pela divulgação das fotos, principalmente porque as filhas, menores de idade, foram diretamente afetadas. Mas ela não queria nada disso, apenas aspirava enfiar a cabeça em um buraco e esperar a tormenta passar. A todo tempo enfatizava seu desejo de sumir, desaparecer e fugir, alegando a imensa dor que era capaz de matá-la. Comecei a ficar, de fato, preocupada com seu comportamento depressivo.

– O que acha de dar um tempo, sair desta cidade e começar uma vida nova onde ninguém te conhece, em outro lugar, uma cidade maior talvez? – Perguntei.

– Tenho pensado nisso, sim. Luc vem tentando me convencer de irmos para Londres, todos nós juntos.

– O quê? Todos nós quem? – Fiz a pergunta temendo a resposta.

– Nós, Emma. Achei que você soubesse. Ele me disse que você concordava com essa decisão.

– Ele não me comunicou absolutamente nada, não sei do que você está falando.

– Sinceramente essa atitude da parte dele não me surpreende. Desculpe-me, não devia ter falado nada. Conhecendo Luc como conheço, o mais sensato teria sido ter ficado quieta... – Disse ela, talvez com o intuito de me deixar com a pulga atrás da orelha.

– É tudo muito confuso, Valerie. Você acabou de me dizer que é para eu tomar cuidado com ele, e, em seguida, me diz que todos vamos morar juntos? Existe uma incongruência na sua fala que é incompreensível.

– Para mim, sendo Luc o que for, é muito melhor que ele fique por perto, principalmente depois que ele conheceu você. As meninas te adoram, e bem ou mal, Luc parece mais centrado desta vez. E isso é bom para mim. Ele ficar com você é muito bom para mim e para as crianças, mas, sinceramente, não sei até que ponto isso é bom para você.

De fato, Luc ultimamente vinha tomando decisões sem me comunicar; decidia nossa vida de forma unilateral e essa conduta havia se tornado uma constante nos últimos meses. Esse comportamento me deixava de certa forma incomodada. Ele planejou nosso casamento, nossa lua de mel e agora decidia pelas minhas costas, em conluio com sua ex-mulher, onde iríamos morar. O que mais poderia vir a seguir? Quais ouras decisões que influenciariam diretamente a minha vida ele seria capaz de tomar sem sequer pedir minha opinião?

Pagamos a conta, buscamos as meninas na escola e voltamos para casa. Ao chegarmos, subi direto para o nosso quarto, furiosa, pronta para explodir. Sentia-me sufocada por toda aquela pressão, pela enxurrada de informações e, principalmente, pela falta de companheirismo de Luc ao decidir por mim o que faríamos. Ao entrar no quarto, me deparei com ele e Bê dentro da banheira, brincando tão harmoniosamente que, por um segundo, me esqueci de todo o turbilhão pelo qual passávamos. Respirei fundo e me deixei levar pela paz daquela cena. Deitei na cama e adormeci.

– Amor, apesar de toda essa confusão causada pela inconsequente da Valerie, estou muito feliz de estarmos todos aqui juntos – disse ele se juntando a mim, na cama, me abraçando pelas costas – nem posso acreditar nisso.

Não tinha capacidade física nem emocional para tecer, naquele momento, qualquer comentário que colocasse em risco o meu descanso. Apenas fingi dormir, mas ele, não convencido, deu início às investidas, esfregando seu membro teso pelas minhas nádegas, comprimindo-o contra mim, suas mãos por dentro de minha camisola acariciavam minha barriga, e foram subindo, até encontrar meus seios, deslizando seus dedos levemente sobre eles. Fechei os olhos.

Acordei com Bê em nossa cama, virei para o lado e percebi que Luc já havia se levantado. Desci e apenas Valerie se encontrava em casa. Luc fora levar as meninas na escola e ainda não retornara. Em cima da pia, estrategicamente posicionada, sua garrafinha de whisky já a aguardava.

Já passava das 10h, as meninas entravam às 7h e Luc ainda não havia voltado nem enviara qualquer mensagem ou bilhete colocando-me a par da programação de seu dia. Fiquei lá me sentindo como se eu fosse a dama de companhia da Valerie. Cada minuto que passava era um misto de consternação e preocupação. Eu precisava conversar com Luc sobre meu papel naquela família e sobre o que Valerie havia comentado. Ao mesmo tempo, eu me preocupava com ele, visto que não sabia o real perigo ao qual ela havia se metido. Não foi fácil administrar toda a situação. Precisava agir com inteligência emocional e não queria deixar transparecer para Valerie que Luc tomava as decisões sem partilhar comigo.

– Esta noite Luc ouviu um barulho na porta da frente, desceu correndo, me acordou e colocou as meninas no quarto de cima. Ligamos para a polícia, mas aparentemente não foi nada. Você e Bê dormiam como mortos, nem se mexeram. Eu, na verdade, também não ouvi qualquer barulho, você sabe, com os remédios, eu fico um pouco desligada. Luc acordou e foi comprar umas câmeras para instalar o sistema de segurança na casa.

– Nossa! Não ouvi nada, dormi feito uma pedra. Inacreditável que eu não tenha percebido toda essa confusão.

Fiquei aliviada em saber qual era o motivo de sua demora, mas, ao mesmo tempo, aterrorizada com tudo o que acontecia. Não podia mais esperar, precisava falar com Luc e colocar todas as cartas na mesa. Cada minuto era um fardo para mim. Dividia-me entre administrar as vontades de Bernardo, que, coitado, acabou ficando preso em casa a manhã inteira, e ouvindo Valerie me alertar sobre Luc e como não valia a pena todo o meu investimento em ficar ao lado dele. Estava em um campo de tortura psíquica, mas, calmamente, conseguia dar conta de tudo, tentando focar minhas atividades no Bê muito mais que em Valerie. Luc voltou para casa apenas depois das 14h.

– Olá, amor, dormiu bem? – Perguntou, como se nada tivesse acontecido.
– Dormi. – Respondi calmamente olhando para ele, indicando discretamente o segundo andar da casa, onde ficava nosso quarto. Tudo o que eu menos queria era que Valerie percebesse qualquer insatisfação minha em relação a Luc. – Ele percebeu prontamente e disse:
– Amor, você se incomoda de levar isso lá para cima, comprei algumas coisas para o Bê.

Dirigi-me até o nosso quarto. Luc demorou ainda alguns minutos, provavelmente foi colocar as compras no lugar e falar com Bê, que esperava ansioso pelo pai.
– Luc, o que você tem a me dizer sobre irmos morar em Londres? – Perguntei, tranquilamente.
– Amor, calma, você está muito nervosa, acho que esse convívio com a Valerie está te deixando muito abalada.

Em nenhum momento me exaltara; ao contrário, mantive a racionalidade em todo instante.
– Nervosa? Mais uma vez você decide as coisas sem me comunicar e, pior, decide minha vida em conjunto com sua ex-mulher e diz que eu estou nervosa?
– Eu sabia que essa relação entre vocês duas não seria saudável.
– Luc, do que você está falando? Não desvirtua o assunto.
– Amor, não vou conversar com você assim, alterada, porque não vai adiantar nada e a gente vai acabar brigando. Quando você voltar ao normal, eu darei todas as explicações que você quiser.

Em nenhum momento alterara meu tom de voz ou me mostrara nervosa, agitada ou algo do gênero. O discurso dele em tentar me convencer do meu, digamos, fictício nervosismo não fazia nenhum sentido.
– Preciso que você me esclareça tudo isso agora, Luc.
– Eu não vou falar com você assim, você está muito nervosa. Quando se acalmar a gente conversa com calma. Lembre-se de uma coisa, Emma, a gente vai ficar junto para sempre, por isso precisamos nos resguardar para que nossas brigas não afetem nosso relacionamento.
– Luc, eu não estou brigando, você não percebe que eu preciso de explicações? Que essa situação está me desestruturando?

Nesse momento escutamos um grito vindo lá de baixo, descemos correndo e encontramos Bernardo parado segurando as mãozinhas e arrastando um pezinho no outro em frente ao corpo de Valerie caído no chão. Chamamos o serviço de emergência e, enquanto Luc verificava se ela respirava e se tinha pulsação, peguei Bernardo no colo. Percebi que sua garrafinha de inox, onde ela costumava colocar sua bebida, se encontrava jogada no chão a seu lado. Luc rapidamente cheirou a boca do Bê com medo que ele tivesse ingerido a bebida e jogou o restante do conteúdo fora, para evitar algum acidente. Luc me fez tirar Bernardo do local enquanto ele ficou ao lado de Valerie tentando fazê-la acordar.

Quando o serviço de emergência chegou, Valerie foi prontamente socorrida enquanto eu permanecia com Bernardo no colo no segundo andar da casa, espiando atentamente toda a movimentação lá embaixo. Ao observar a cena com mais calma, percebi algo que não havia reparado anteriormente. Ao seu redor e em suas mãos havia alguns comprimidos. Foi quando realizei... Meu Deus, ela tentara se matar! Foi a primeira coisa que me ocorreu. Aquela mulher vinha sofrendo uma pressão psicológica tamanha que mal conseguia ter forças para se manter viva. Ela precisava de cuidados. Senti-me mal ao pensar em deixá-la sozinha e culpada por ter sido egoísta enquanto Luc só tentava organizar as coisas para que Valerie se fortalecesse e pudéssemos voltar a ter nossa vida como antes.

Luc a acompanhou ao hospital enquanto eu fui buscar as gêmeas na escola. Fiquei em casa tomando conta das crianças aguardando ansiosamente por notícias. O tempo passava e Luc não entrava em contato, seu celular estava fora de área. A angústia me dominava e não havia nada que pudesse fazer a não ser entreter aquelas três crianças sem saber o que dizer para as meninas que brincavam com o irmão.

Lá pelas 21h ainda não tinha notícia de Luc, e já se passavam quase seis horas desde que Valerie fora levada de ambulância para o hospital. Nada, nenhum telefonema sequer. Meu nível de ansiedade, angústia e temor pelo pior já tomava cem por cento da minha mente, fragilizando meu corpo, adormecendo minha alma, me levando à exaustão. Coloquei os pequenos para dormir no meu quarto, rezamos e desci as escadas para assistir TV enquanto aguardava notícias de Luc. O telefone finalmente tocou. Sem dar muitas explicações, perguntou se as crianças já dormiam e disse estar no caminho de casa, que Valerie não corria mais risco e passaria a noite no hospital. Não falou mais nada, desligou o telefone. Minha alma aflita relaxou. Permaneci em frente à TV agradecendo a Deus por Valerie estar viva e peguei no sono.

Ouvi um barulho. A janela havia se quebrado e o medo tomou conta de mim. Agachei-me no intuito de me proteger e avistei uma pedra debaixo da mesinha. Perdera a noção do tempo, já não lembrava quando tinha falado com Luc. Alvejaram uma pedra dentro da casa, quebrando a janela. A corrente de ar fria entrava pelo buraco, transformando o cenário em um filme de terror. Ainda de joelhos, com a cabeça encostada ao chão, passava a mão em cima da mesinha de centro tentando encontrar meu celular. Minhas mãos tremiam, o medo da invasão, o medo de alguma vingança contra Valerie era avassalador. Pensava nas crianças lá em cima sozinhas. A essa altura, minha mente era capaz de imaginar as piores atrocidades vindas de um ser humano. Onde estaria Luc que não havia chegado ainda? As luzes acesas da casa me deixavam vulnerável em relação à escuridão da rua. Cada passo que eu desse seria visto pela pessoa que arremessou a pedra. As janelas eram de vidro e as cortinas abertas facilitavam a visão de praticamente todo o primeiro andar da casa. Encontrei finalmente meu telefone. Ainda tremendo, liguei para o Luc enquanto me dirigia agachada ao andar de cima para ficar com as crianças. Ele atendeu.

– Arremessaram uma pedra na janela, estou apavorada!

– O que está acontecendo, Emma? – Perguntou ele, aflito.

– Volte para casa urgente, estou com medo, onde você está? – Sussurrava, nervosa.

– Onde estão as crianças? Você está bem?

– Estão comigo aqui em cima, amor, pelo amor de Deus volte logo para casa.

– Estou chegando amor, eu avisei que estava a caminho. Tranque a porta do quarto e não saia daí. Vou ligar para a polícia.

Vivia uma noite de pânico. O que estaria acontecendo na minha vida? Um turbilhão de pensamentos passaram pela minha cabeça e obviamente Sâmia ressurgiu. Ouvi a porta abrir, meu coração saltou, tentava olhar pela fresta da janela, mas a visibilidade não era suficiente. As crianças por sorte dormiam tão pesado que não acordaram. Dez minutos passaram-se desde que falara com Luc. Parecia uma eternidade. Ouvi a voz de Luc me chamando. Abri a porta do quarto, desci as escadas correndo com as pernas balançando como um bambu e me abracei a ele com força. Desatei a chorar. O dia não tinha sido fácil, nada daquilo pertencia a minha vida e só pensava em voltar para casa e sair dali.

– Vamos, querida; pegue o Bê e eu vou acordar as meninas; vamos sair daqui.

– Eu preciso que você me explique o que está acontecendo aqui agora!

– Vamos embora e eu te explico no caminho.

Novamente fiz o que ele pedia, peguei algumas mudas de roupa para as crianças e para mim, coloquei em uma mochila e fomos para um hotel. Ele, visivelmente nervoso, tentava transparecer calma para as meninas que reclamavam obviamente de ter que sair de casa àquela hora da noite. Perguntavam sobre a mãe a todo instante, choravam, queriam vê-la, pobres meninas. Bê pelo menos não acordou, dormia pesado no meu colo. Menos um para gerenciar. Sentia-me uma fugitiva, uma refugiada.

– Querida, me desculpe, não tinha o direito de te colocar nisso arriscando sua integridade. O que essa louca fez com a nossa vida e a vida das meninas? – Sussurrava ele em português para que as gêmeas não entendessem.

Valerie já se encontrava fora de perigo. Pelo menos ela teria um pouco de paz no hospital. Era o que eu esperava, mas diante dos últimos acontecimentos tinha dúvidas de que estivesse segura lá sozinha. E se a pessoa que jogou a pedra fosse até o hospital?

– Não se preocupe. Proibi qualquer visita. Ela procurou por isso quando enviou aquelas malditas fotos para Alan.

– Por que alguém atiraria uma pedra na janela dela?

– As pessoas querem amedrontá-la. Não a querem mais aqui. Estão indo longe demais, colocando a saúde física e mental das minhas filhas em jogo.

– E ontem, hein? Ela me contou que vocês ouviram barulhos ontem. Quando você iria me contar?

– Não achei que fosse necessário; devia ser apenas um gato derrubando a lata de lixo. Não queria te preocupar. Mas agora percebo que, de fato, estão correndo risco.

– Como você, sabendo disso, me deixa em casa sozinha, expondo a mim e as crianças? Como você foi capaz de fazer isso comigo, Luc? Ficou horas sem dar um telefonema, entrar em contato, nada. Seis horas me deixando sozinha, aflita, em casa, Luc!

Não tinha justificativa, por pior que ela estivesse, por mais difícil que fosse, sempre há uma maneira de entrar em contato quando essa é a intenção. Mas ele me deixou sozinha com três crianças à mercê de vizinhos loucos que apedrejam casas por causa de adultério. Isso não é normal. Estávamos na Inglaterra do século XXI e não nos séculos XVII e XVIII no auge das caça às bruxas, em que milhares de pessoas foram terrivelmente torturadas e mortas.

– Foi a correria, Valerie desmaiada, ambulância... A bateria do meu celular acabou e só recarreguei quando entrei no carro. Desculpe-me, amor, esqueci completamente. Por favor, me perdoe, eu nunca quis colocar vocês nessa situação.

Sua história não me convenceu, ninguém desaparece por seis horas sem dar notícias dentro de um contexto estapafúrdio como o que estávamos inseridos.

– Você podia ter dado um jeito de me avisar. Você tem a obrigação de me avisar. Você age como se eu não existisse!

Ele se manteve calado, não sabia o que se passava por sua cabeça. Ora achava que se sentia culpado por nos expor àquela situação, ora percebia que se sentia fragilizado e vítima de todos os atos impensados de Valerie.

Chegamos ao hotel como se fôssemos uma família de retirantes. As três crianças com pijamas e cobertas arrastando pelo chão. Ficamos no saguão enquanto Luc realizava o check-in e dava os documentos. O hotel situado em frente à praia, do outro lado do píer, era capaz de nos trazer de volta à calma. Ficamos em um quarto com duas camas king size, aninhamos todos os três em uma delas e, na outra, ficamos nós dois. Bê dormia tão pesado que não acordou. Luc conversou com as meninas e explicou que a mãe tinha passado mal e não corria riscos, mas precisaria passar a noite no hospital para descansar. Pedimos serviço de quarto para elas, um bom chocolate quente com brioches, que confortaram-lhes a alma, fazendo-as adormecerem rapidamente.

– Amor, podemos conversar? – Perguntou ele.

Antes que dissesse qualquer coisa, iniciei minha catarse, deixando minha alma atordoada ser expelida de meu corpo por meio da minha voz, que não podia mais se calar.

– Luc, você tem ideia do que Valerie vem me falando desde ontem?

– Você está se deixando influenciar por ela. Eu avisei que você não devia se aproximar dela. Está totalmente desequilibrada. Não acredite em nada do que fale. Tenha cuidado ou ela irá te seduzir e, quando menos esperar, estará te manipulando. Ela é assim, manipuladora, foi assim que fez comigo. Todo manipulador age com interesse.

Prestava atenção ao que ele dizia e de fato ela era sedutora, mesmo triste, desamparada. Tal qual Luc, sua conversa também me intrigava e me chamava para perto. Prometi a mim mesma que ficaria atenta e que seu poder de sedução não seria capaz de me colocar contra ele, isso caso ele partilhasse as decisões comigo em vez de decidir tudo pelas minhas costas.

– Eu avisei que ela era maluca, meu amor. Você agora entende? Nunca houve caso nenhum, ela se insinuou para Alan e depois tentou denegrir a imagem dele, inventando essa loucura. Eu conheço Marc; é um homem respeitável. Ela age por impulso, sem pensar nas consequências. Quando essa história "vazou", ela pediu que eu olhasse seu computador. Se tivesse alguma coisa, eu teria achado. Mas ao contrário, nenhum sinal de hacker, nada! O e-mail saiu da máquina dela, em um horário em que ela normalmente se encontra em casa. Ela foi a culpada por toda a confusão, colocando minhas filhas em risco, e agora tenta se fazer de vítima. E você está caindo na dela! Ela sabia que eu não havia falado com você sobre nos mudarmos para Londres. Eu avisei que antes eu teria de conversar com você. Ela fez isso para me prejudicar, amor. Você não consegue enxergar isso? Ela está tentado te manipular e está conseguindo. Ela é uma doente e precisa de tratamento.

– Eu estou exausta Luc, nada disso me pertence.

– Desculpe-me, amor, não ter contado sobre Londres. Foi a única maneira que encontrei de tirar minhas filhas do meio desse conflito. Precisava convencer Valerie a deixar este lugar e minha moeda de troca seria virmos todos para cá.

– E minha vida? E o Bê? Passou pela sua cabeça que eu possa não querer isso? Que eu não esteja disposta a começar do zero novamente?

– O Bê vem com a gente.

– Simples assim? Como você acha que vai convencer a mãe dele a deixá-lo vir? Eu estou perplexa com você, com suas certezas. E quanto a mim, Luc? Minhas vontades e necessidades não contam?

– Contam meu amor, claro que contam. Mas aqui será muito melhor para você, principalmente profissionalmente. Aqui você poderá abrir sua própria galeria de arte. A arte está na Europa, meu amor! Você dá um duro danado e não é reconhecida. Seu emprego te suga. Você receberá uma boa indenização e, com esse dinheiro, podemos alugar um espaço aqui.

Não era a primeira vez que ele demonstrava quão desvalorizada profissionalmente, na galeria, eu era. Não me sentia assim, ao contrário, mas ele acabava de alguma forma usando os argumentos certos que muitas vezes chegavam a me convencer. Ele já tinha pensado em tudo, já havia decidido toda minha vida sem ao menos dividir os pensamentos comigo. Já havia me despedido de meu emprego e investido todo o meu dinheiro em um negócio nosso.

– Seria muito conveniente para você, o mundo perfeito. Mas até agora você não me respondeu à pergunta. E eu?

– Meu amor, veja bem, aqui nossa vida será...

– Chega, Luc! – Interrompi não permitindo que ele finalizasse a frase.

– Você não está entendendo. Onde eu estou inserida? Qual é o meu papel nesta família? Quanto vale minha opinião e meus desejos? Eu não sou um boneco, Luc.

– Emma, vamos dormir, essa conversa não vai nos levar a lugar nenhum, pelo menos agora. – Encerrou ele secamente, com a voz ríspida. – Você está totalmente equivocada desde que chegou aqui, ou melhor, desde que saímos de casa. Está sendo imatura, sem espírito de família e parceria. Mas tudo bem, amanhã retomamos o assunto se você quiser.

Como? Comecei a me dar conta que Luc vinha tendo um tipo de comportamento que não me deixava muito à vontade. O modo como agia comigo, tentando me fazer enxergar os fatos sob uma ótica um tanto equivocada e distorcida, sob o meu preceito, não me agradava. Ele tentava, sutilmente, inverter a situação, colocando-me sempre no papel da egoísta e imatura, enquanto ele ocupava confortavelmente o papel da vítima injustiçada. Mas esse discurso não funcionava comigo. Era lúcida o bastante para não permitir ser manipulada. Pelo menos era o que eu achava.

Nessa noite, pela primeira vez, ele se deitou de costas para mim, sem me tocar. Apesar da discussão, senti a falta do carinho dele, de suas mãos deslizando em meu corpo e da fala quente em meu pescoço. Então eu deitei e o abracei pelas costas, mas ele, delicadamente, retirou meus braços de cima de seu tronco, deixando-me sozinha. De fato foi como me senti, sozinha, excluída de todo seu contexto.

* * *

No CTI só era possível entrar dois a dois. Luc foi com uma das gêmeas e depois, com a outra. Fiquei do lado de fora. Valerie pediu que eu entrasse. Luc foi comigo.

Valerie, embora fraca, parecia melhor, um tanto atordoada por causa da quantidade excessiva de antidepressivos que havia ingerido, mas, com certeza, melhor do que a última vez que a encontrara, jogada no chão com sua garrafa de bebida ao lado. Um pouco constrangida, coloquei-me de pé ao lado de sua cama. Valerie agarrou meu braço e me puxou para perto dela. Muito angustiada, precisava me dizer algo. Fazendo um esforço sobre-humano, sussurrou ao meu ouvido:

– Eu não tentei me matar.

Aquela revelação me aterrorizou, me deixou petrificada. Apesar de sua dor, não conseguia acreditar que aquela mulher tinha tentado se matar, mas o que poderia ter acontecido? Virou-se para Luc e disse:

– Eu não tentei me matar Luc, você sabe disso.

Luc lançou sobre mim seu olhar incrédulo. Levantando as sobrancelhas, segurou as mãos dela e pediu que se acalmasse.

Era visível a confiança que ela tinha nele e o cuidado que ele tinha por ela, o que era contraditório aos avisos que costumavam me fazer sobre o outro. Talvez isso ocorresse, ou se devesse ao fato de Valerie ter uma percepção dos fatos dissociada da realidade, fazendo com que enxergasse ou ouvisse coisas que na realidade não existiam.

Luc acenou a cabeça para ela, ficamos mais um tempo até que adormecesse e saímos.

– Ela disse que não tentou se matar, e se realmente ela estiver falando a verdade?

Luc parou, se virou para mim segurando meus ombros e disse, olhando fundo em meus olhos.

– Ninguém tentou matá-la, Emma. Nós dois estávamos na casa, você passou o dia todo com ela enquanto eu estava fora. Quando eu cheguei, nós subimos e logo ouvimos o grito. Valerie fantasia as coisas, ela precisa chamar atenção. Se ela continuar morando aqui, ela só vai piorar e as meninas ficarão cada vez mais expostas. Não posso permitir isso. – Deu uma pausa olhou para as meninas enquanto corriam pelo corredor do hospital atrás do Bernardo. Seguiu, finalizando: – Amanhã vou procurar uma casa em um bairro tranquilo em Londres, ver escola para as meninas e elas se mudam. Não tenho condições de administrar isso de longe. O que ela fez com a minha vida?

Tinha alguma coisa que não se encaixava. Se não havia ninguém perseguindo Valerie, quem teria jogado a pedra, quebrando a vidraça da casa, quem teria pichado o muro? Alguém tentava aterrorizá-la, motivando-a a sair da cidade.

Os sucessivos ataques da esposa, do amante e mesmo do tal de Marc, pressionando Valerie a sair da cidade, levaram-na ao limite. Ela não deu conta de tanta tensão e, em um ato de desespero, tentou dar fim à própria vida. Tendo seu plano naufragado, vestida sob mais um véu do fracasso, não consegue assumir seu ato.

– Emma, sem você eu não consigo, você é o meu alicerce, você é o alicerce dessa família, por favor, meu amor, não me deixe agora. Preciso de você para suportar tudo isso.

Ele me desarmava. Ver aquele homem precisar de mim e me sentir o pilar de sustentação daquela família me fazia sentir útil. Eu precisava de amor (e quem não precisa)? E quando já tinha desistido de tentar, ele caiu no meu colo trazendo consigo uma família pronta, com problemas como qualquer outra, mas que me amava e que precisava de mim. Por que não abraçá-la? Por que não acreditar que Deus estivesse me dando a chance de ter o que eu sempre quis? Seria eternamente grata ao encontro que tive com Sâmia, ou sei lá o que tenha acontecido.

Abracei-o fortemente e o apoiei. Escrevíamos a nossa história, a minha, a dele e a de nossa família. Estava disposta a enfrentar qualquer obstáculo ao lado dele.

Após Valerie sair do hospital, Luc encontrou um lar para elas em Londres e matriculou as meninas na escola.

A mudança rápida não permitiu que Valerie fosse saudosista com suas memórias e com a casa. Era perceptível a tristeza, afinal, encaixotar tudo sem poder relembrar fotos, cartas, filmes é sempre muito doloroso. Me sentia invadindo sua privacidade. Ela necessitava de um último momento a sós com suas coisas na casa em que viveu tantos anos ao lado das filhas.

Entre uma caixa e outra ela se recordava de Alan, o que não a remetia a nada de bom, ao contrário, a fazia chorar de tanta tristeza na alma. O fato de ter saído viva do hospital não significava que estivesse curada da dor do amor, da dor da alma. De tempos em tempos, enquanto resumia sua vida a caixas de papelão, ela era tomada pela dor de seu luto. Não era a certeza do egoísmo de Alan que a fazia mergulhar na desolação da mágoa, mas a dúvida, a incerteza que girava em torno de sua cabeça e que não a deixava em paz. Quem teria feito isso com ela?

Era difícil crer que alguém pudesse acreditar tanto nas suas próprias mentiras a ponto de convencer o outro de sua verdade. E, obviamente, nesse caso, o outro era eu. Eu me compadecia, mas Luc não me deixava esquecer que nunca houve caso algum, que nunca houve relacionamento entre eles e que isso não passava de uma obsessão de Valerie; que a única culpada pela própria destruição havia sido ela mesma. Lembrava que foi ela quem tentou destruir a vida de dois homens inventando mentiras graves e que, portanto, na sociedade provinciana a qual vivia, ela não teria mesmo como sair ilesa disso tudo. Que inclusive o atentado em sua casa era mais uma pressão para que deixasse a cidade. Se não fosse ele me advertindo a todo instante sobre suas quimeras, certamente teria me deixado embalar pelas histórias dela. Mas mesmo assim, eu permanecia ouvindo, atenta a cada um dos detalhes, a cada uma de suas angústias.

Valerie passou a maior parte do tempo muda, mal conseguia esboçar meia dúzia de palavras sobre como estaria o clima em Londres ou sobre como seria a adaptação das meninas à nova vida. Mas na primeira oportunidade em que ficamos sozinhas, sem Luc a nosso lado, ela rapidamente me perguntou como poderia estar com Luc. Era mais forte do que ela. Insistia no fato de que eu deveria sair de perto dele e que ele não era merecedor do meu amor e da minha dedicação. Prosseguia afirmando veementemente que eu seria mais uma, tal qual o pai dele havia me alertado na noite do vernissage.

Era um contrassenso. Ouvir aquilo não me fazia bem. Ele era tão bom para ela, tão amigo e cuidadoso. Por que ela não conseguia enxergar esse lado bom nele? Eu não argumentava, apenas ouvia em meio a toda aquela confusão. Ainda me restava um mínimo de discernimento para não contrariá-la.

As caixas pareciam não ter fim. Repletas de cartas e recordações que eram só dela. Concentrei-me em embalar, tal qual Carlitos, em Tempos modernos, sem pensar, sem olhar, apenas repetindo os mesmos movimentos exaustivamente, até porque havia também muitas lembranças da vida dos dois quando ainda eram casados e, por mais forte que eu fosse, preferia que determinadas recordações se mantivessem guardadas no passado. Luc tentou muitas vezes se desfazer de grande parte delas, mas ela não deixou.

Em meio àquele mar de memórias, uma, no entanto, sobressaiu aos olhos de Valerie. Era uma caixa de metal, do tamanho de meia caixa de sapatos, fechada por um cadeado. Valerie a reconheceu como de sua irmã. Pegou a caixa, se abraçou a ela e chorou.

– Emma, pode me ajudar a arrombar este cadeado?

Perguntou sentada no chão com a caixa em seu colo. Mas antes que eu dissesse qualquer coisa, Luc nos interpelou.

– O que vocês estão fazendo? O caminhão já chegou, vamos – tirou a caixa das mãos de Valerie – eu guardo isso para você, a gente abre quando as coisas estiverem mais organizadas. Você poderá ver tudo com calma depois.

Fizemos a mudança, Valerie se sentiu motivada com a nova vizinhança, talvez porque ninguém a conhecia, e assim recomeçaria sua vida sem traumas ou julgamentos. Deu início ao programa de desintoxicação e se sentiu acolhida e segura após a primeira reunião de que participou enquanto estivemos lá.

Em meio a tantas novidades, a velha caixa de sua irmã acabou caindo no nosso esquecimento. No entanto, alguns dias depois, sentada na cadeira de balanço próxima à lareira, avistei uma pequena arca que passava de mão em mão por cada uma das três crianças, fazendo-me recordar da velha caixa da irmã de Valerie. Perguntei a Luc onde a havia guardado. Ele, no entanto, demonstrando pouco caso, disse não se lembrar, evidenciando claramente que o assunto não era bem-vindo. Mas eu conhecia Luc, percebi que algo o incomodava e insisti no assunto.

– Eu escondi, não estou certo se este seja o melhor momento para que ela se depare com o conteúdo dessa caixa. Tenho receio do que possa encontrar e não quero transtorná-la ainda mais. Nunca se deram muito bem e haviam brigado pouco antes de Alice cometer o suicídio.

A gente nunca sabe o que se esconde por trás de uma bonita fachada. Os segredos de família pertencem aos integrantes da família, e a de Valerie, segundo Luc, guardava muitos e eu não queria me envolver em mais nenhum problema, ao contrário, pensava apenas em ter nossa vida de volta e colocar um fim em todas as confusões que rodeavam o mundo de Valerie. Queria voltar para casa o mais rápido possível.

Eu e Luc finalmente voltávamos a nos entender e uma semana após a briga no hotel havia se passado e quase não nos tocamos. Foi a primeira vez que ficamos tanto tempo sem fazer amor. Aquele simples toque, aquele hálito quente na minha nuca, foi capaz de me arrepiar dos pés à cabeça.

– Emma, o que você acha de passarmos o fim de semana fora, só nos dois? Agora que as coisas estão mais tranquilas aqui, pensei em pedir à Valerie para ficar com as crianças. Precisamos disso.

Valerie concordou de imediato. Ela sabia que eu precisava respirar e ficar fora de todo aquele processo esquizofrênico. Apesar de tudo, ela zelava por nossa relação.

Pegamos o carro e dirigimos cerca de duas horas e meia a oeste de Londres, até a cidade de Bath, tombada pela Unesco como patrimônio mundial. Conhecida por suas termas, com águas naturalmente aquecidas em torno dos 45 ºC, e construções romanas, foi fundada no século VII.

Após o Império Romano ter deixado o local, as termas foram demolidas e, por volta do século XII, deram lugar ao King's and Queen's Baths, tornando-se uma cidade spa da era Georgiana e hoje um museu imponente, com suas colunas ao redor da fonte natural de água verde cristalina. Sua construção é protegida pelas diversas estátuas de imperadores ao redor da piscina. É uma cidade linda, com estilo arquitetônico predominantemente georgiano, revestida por pedras tendendo para o bege, e cortada pelo Rio Avon. Ao longo do Rio é possível avistar uma das pontes mais lindas do mundo, a Pulteney Bridge. Em formato de arco, tem lojas por toda a sua extensão, de ambos os lados. Seu reflexo nas águas mansas formavam um desenho elíptico, tornando-a ainda mais bela, lembrando bastante a ponte Vecchio de Firenze, no entanto, mais harmônica, talvez.

Caminhamos por ela de mãos dadas. Nossos dedos, fortemente entrelaçados, não nos permitiam esquecer que, apesar de todo transtorno e conflito que tivemos, éramos um só, parceiros para a vida.

Passamos por uma loja de doces, uma de mapas, eu e ele, nós dois, e a estranha sensação de que deixamos algo para trás. As últimas semanas turvaram minha memória, dando a falsa impressão de que a cena, de nós dois a sós, fosse longínqua. De vez em quando é bom sentirmos essa sensação para darmos valor aos momentos despretensiosos. Nossa vida era repleta deles, e me dei conta da falta que me faziam.

Parei para tomar um vinho e, ao voltar meu corpo para trás, Luc havia sumido, desaparecido. Há poucos segundos, nossas mãos entrelaçavam-se, mas, de repente, o perdi por entre as lojas daquela ponte secular. No entanto, nada tiraria a calma e a serenidade que habitavam minha alma naquele momento. Sentei em uma das mesinhas, permitindo-me ficar ali, imóvel, observando o entra e sai, o vai e vem de pessoas, deliciando-me com a paz que me cabia enquanto esperava por ele. Pela minha mente pairava a certeza da fortaleza que tudo aquilo nos tornara. E como não podia deixar de ser, ele surgiu na minha frente, segurando um buquê de Rosas de Tudor, um símbolo aristocrático inglês da Dinastia Tudor, e junto a ele, um pequeno envelope vermelho e branco tal qual as flores. Havia dentro dele um trevo de três folhas e um bilhete escrito:

> "Você é a mulher da minha vida, a única capaz de trazer paz para o meu espírito.
>
> Luc."

– Você me faz o homem mais feliz do mundo, é a mulher mais compreensiva e amorosa, você merece que eu te faça feliz. Minha vida mudou quando a conheci, você me mostrou a felicidade.

Meus olhos se encheram de lágrimas, pulei em seu pescoço e o abracei fortemente. E então ele me surpreende novamente:

– Emma, vamos fazer uma tatuagem nossa? Só nossa?

Vontade de fazer uma tatuagem não me faltava. O que me faltava era coragem. Precisava ser algo que refletisse meu estado de espírito, minha vida, o rumo certo. Seu pedido era o que eu precisava; ele era o caminho que eu havia escolhido, o caminho certo. Pensei em algo que refletisse nossa vida juntos, nossa sorte, nossa paixão.

– Tatua o trevo. É o sinal de nosso encontro, de nossa vida que tinha tudo para não dar certo, mas deu, está dando. Esse trevo nos uniu.

Ele tinha razão e, pronto, me convenceu. Assim, facilmente. Luc parecia ser a própria encarnação de Saint Patrick. Seu poder de convencimento, sua retórica e argumentação eram tão fortes e envolventes que eu era levada a fazer o que ele queria, não que fosse ruim, não, ao contrário. Suas colocações ponderadas e bem fundamentadas me faziam concordar com seu ponto de vista na maior parte das vezes.

Estiquei o braço e mostrei a parte interna de meu punho, indicando o local onde queria que a tatuagem fosse feita. Mas ele sugeriu outro. Consenti. Aquele pacto me fascinava. Finalmente ficaria ligada a ele para sempre, através de um segredo, um segredo só nosso.

Desabotoei minha calça, deixando-a cair sobre o chão, ficando completamente nua da cintura para baixo. Vesti um avental e me dirigi ao tatuador como se ele tivesse o poder de nos unir para sempre. A pele muito fina da minha virilha, alva feito a luz da lua, logo se tornou vermelha. A tatuagem tomou forma e o trevo foi nascendo à medida que a chuva lá fora caía.

Chegamos ao hotel encharcados. Mal coloquei as flores na mesinha de cabeceira, ele me jogou na cama, se pôs por cima de mim, me abraçou com força, deu um suspiro profundo e disse baixinho em meu ouvido:

– Parece que estou há anos sem te tocar. Preciso da sua pele, do seu cheiro.

Da janela, víamos o jardim e a chuva caindo lá fora. A paisagem, associada ao cheiro de grama molhada, transmitia a paz de que precisávamos, enquanto a lareira nos fornecia o calor que nos mantinha vivos. O queimor que subia por nosso corpo e mergulhava em nossa alma. Seus beijos borbulhavam amor, meus olhos se enchiam de lágrimas.

Por mais que tudo parecesse insano, de uma coisa eu tinha certeza absoluta: o amor que aquele homem sentia por mim era inenarrável, sentia isso, a gente sente. Toda mulher sabe quando um homem é apaixonado por ela. Comigo não foi diferente.

Segurou-me pela cintura, subindo suas mãos pela lateral de meu tronco, pressionando seus polegares por cada um dos ossos da minha costela, chegou ao meu pescoço segurando-o com força. Me ergueu da cama, meus pés sentiram o carpete, e vagarosamente desabotoou minha blusa, deixando seus dedos tocarem despretensiosamente em meus seios. Passou a camisa por trás do meu ombro deixando-a deslizar pelas minhas costas. Meus longos cabelos dourados prenderam no botão, ele carinhosamente os ajeitou, olhou para mim com a sede de um nômade no deserto, desatou meu sutiã, deixando que escorresse pelos meus braços até atingir o chão. Não fez nada, ficou imóvel, estagnado, fitando-os. Desabotoei sua blusa, passei minhas mãos sobre seu peito forte, deslizando meus lábios sobre eles.

Delicadamente, me pousou sobre a cama, retirou minha calça, deixando-me nua à sua frente. Pegou uma das rosas que ele havia me dado e, segurando-a pelo caule, deslizou suas pétalas pela minha pele arrepiada, começando pelo pescoço. Percorrendo meu colo por entre meus seios, brincou com meus mamilos e meu umbigo, desceu lentamente pelas minhas pernas, chegando a meus pés. Senti cócegas. Fez o caminho contrário, subindo pouco a pouco, como se explorasse cada pedaço da parte interna da minha coxa, estacionando na minha alma úmida que, faminta, se contraiu involuntariamente, convidando-o a entrar. Sua boca beijou o trevo há pouco desenhado em minha pele, escorregando pela minha virilha, chegando até mim. Fizemos amor, no sentido mais literal da palavra, com suavidade e carinho. Se fosse possível enxergar o amor, o quarto estaria repleto de luzes coloridas estourando como fogos de artifício, exalando sensualidade ao som de *Je t'aime moi non plus*, música que escandalizou o fim dos anos 1960 por seu erotismo explícito e que retratava o gozo entre o casal de amantes Brigitte Bardot e Serge Gainsburg. Tornou-se ícone em todas as festinhas, sendo até proibida pelo Vaticano. Essa era a cena. Ali foi posto um ponto final em todas as discussões alavancadas durante a nossa estada na Inglaterra. Zeramos nossos atritos e voltamos a ser nós de novo.

Passamos a manhã do dia seguinte no quarto, deleitando-nos de prazer, fazendo jogos de amor como se não houvesse amanhã. Na verdade, esse era mesmo o sentimento. Não sabíamos como seria nossa rotina de vida dali para frente e cada minuto a sós passou a ser muito valioso. Não havia espaço para mais nada além de nossos corpos nus se tocando antes de voltarmos à realidade nada convencional e bem distante do que vivíamos ali. Colocamos nossa conversa em dia, nossos planos e nossos sonhos. Olhava a minha tatuagem ao lado da dele e me sentia segura, um pequeno gesto que nos entrelaçaria para sempre. Tão pouco tempo juntos e tanta história, quantos acontecimentos.

Ele acreditava que, com a mudança de cidade, Valerie e as meninas teriam a oportunidade de começar uma vida zerada, e que isso a deixaria menos ansiosa e longe do álcool por mais tempo. O Natal estava por vir e logo as meninas estariam novamente com ele. O que o deixava mais tranquilo.

Finalmente chegou o dia de nossa partida. Enquanto arrumávamos as malas, Valerie brincava com as crianças no andar de baixo da casa. Em meio à confusão de roupas, Luc se virou para mim e disse:

– Vou entregar a caixa para Valerie.

Pi pi pi...

Essa lembrança foi tão real que pude sentir o arrepio daquela noite, senti na minha pele. Não era de frio, não era o medo da solidão que me afligia, era pavor, pavor do que acontecera comigo. Nada me fazia revigorar, o som das vozes no quarto estava mais alto, mas meu cérebro não era capaz de decifrar as palavras que escutava. Só pensava em voltar para casa, em encontrá-lo, não podia mais ficar deitada esperando pela minha partida.

18

Novembro de 2015, de volta ao Rio de Janeiro

Retornei ao trabalho no dia seguinte à nossa chegada. O dono da galeria se dirigiu imediatamente a mim com seu andar pesado e firme. Lia se preocupava não com meu emprego, mas com o que ela achava em que minha vida havia se transformado.

Olhando fixamente para meus olhos, ele me fez apenas uma pergunta:

– Emma, você quer continuar trabalhando aqui?

Respirei fundo e pensei: "Essa é a minha chance... Vou pedir meu desligamento, pegar minha indenização e fazer o que Luc tentava me convencer desde que nos conhecemos. Eu precisava alçar voo, ser livre, investir esse dinheiro em algo nosso." Mas, como um sussurro de alerta ao meu ouvido, me veio à cabeça o que Lia havia dito antes da viagem para Londres: "Estamos crescendo na galeria." De fato, era verdade. Aquele homem em pé, testa franzida, esperava minha resposta... Precisava pensar rápido. Mas, que raios, eu já havia decidido. Por que a fala de Lia me impactava tanto?

Há pouco menos de um mês eu não fui capaz de realizar o que Lia dissera sobre aquela não ser a minha vida, sobre aqueles não serem os meus problemas ou meus planos. Não seria o fato de eu jogar minha carreira pela janela que o faria enxergar que eu era sua parceira porque eu já era, sempre fui. Naquele momento, como um flashback, Valerie surgiu na minha mente, fazendo-me a pergunta fatídica: "O que ele te dá em troca? O que ele proporciona a você?" E como um golpe do destino, frente a frente com aquele homem sério, de rosto marcado pelo sol, que aguardava minha resposta, deixei minha vontade sair sem que eu impusesse qualquer peso; deixei sair a minha verdade.

– Sim, eu quero continuar aqui. – Disse, sem nem perceber o que dizia.

Saí da sala e encontrei Lia me aguardando do lado de fora, andando de um lado para o outro. Dei um abraço nela e disse que ficaria. Ela sorriu e piscou com seus lindos olhos grandes.

Deixei a galeria no fim do dia. Em casa, fiquei quieta, reclusa. Luc e Bernardo não estavam, havia um bilhete em cima da mesa:

> "Amor, você demorou a chegar. Saí para jantar com o Bê, não tinha nada aqui. Venha nos encontrar, te liguei várias vezes, mas seu celular está desligado. Esse trabalho te mata, tenha coragem e fique livre disso. Te amamos,
>
> Luc e Bê."

Era óbvio que não teria nada em casa, a gente havia acabado de chegar de viagem... Ele não fez por mal. Eu tinha certeza de que o comentário não chegava a ser uma indireta ou provocação, apenas uma constatação. Constatação essa que, ao passo que me incomodava, me fazia sentir culpada por pensar que poderia passar pela cabeça de Luc uma cobrança nesse sentido.

Pela primeira vez, desde que conheci Luc, fiquei feliz ao chegar em casa e não ver ninguém, sentir o vazio, a calma, o silêncio, depois de quase um mês vivendo o caos na Inglaterra. Voltei a me sentir eu mesma. Desejei um banho longo, demorado, encher a banheira, tomar um vinho e relaxar somente com as velas acesas. Mas logo a realidade se abateu sobre mim, fazendo-me a lembrar de que eles voltariam e que eu não queria conversar, não naquela noite. Como contaria à Luc que tive a oportunidade de sair da Galeria e disse não? Ele se decepcionaria muito comigo, e a última coisa que queria era decepcioná-lo.

Não posso dizer que tomar a decisão que tomei tenha sido fácil ou difícil, apenas deixei que minha vontade prevalecesse, permiti que ela tivesse voz e saltasse de minha boca. Simplesmente não pensei. Deixei que fluísse. Talvez não estivesse certa em me mudar para Londres, talvez não quisesse pagar esse preço pelo amor de Luc e todo o pacote que estaria acoplado a ele, por maior que fosse o meu amor pelo Bê. Apressei meu banho, coloquei o pijama e me deitei na cama para ler. Foi quando percebi que a última vez que havia lido foi um dia antes de Luc voltar de Londres pela primeira vez. Meu livro permanecia na mesma página. Um rabisco a lápis dizia 30 de março de 2015.

O tempo voou, e nunca fui muito boa em administrá-lo. Adormeci. Acordei com o Bê abrindo a porta do quarto, se jogando na cama a meu lado. Meu sossego havia terminado, mas aquele "desassossego" era sempre o meu maior prazer. Meus minutos de tranquilidade só eram bons e tão desejados porque eram passageiros, porque eu sabia que logo os teria de volta. A conversa que havia tido no trabalho não compartilhei com Luc. Guardei-a pra mim. Disse que precisava dormir, ele estranhou, mas me deixou só, com Bernardo dormindo comigo na cama, ele era o meu melhor afago.

Por que eu não poderia contar a ele? Que medo de desagradar era aquele que me cegava? É a minha decisão sobre o meu trabalho e a minha vida, afinal, era ele quem impunha a mudança, era ele quem estabelecia os planos, me colocando, embora não se desse conta, contra a parede. Então por que raios eu tinha tanto medo de decepcioná-lo? Esse não costumava ser um comportamento usual meu.

Pi pi pi...

Esforço-me para me lembrar de ontem, do terraço, de Madrid, mas meu inconsciente me joga de volta ao passado; não estou livre, não me sinto livre. Essa lembrança me causa dor e não me recordo o motivo. Daria tudo para senti-lo a meu lado, como o senti em Madrid. Não tenho certeza de que isso voltará a acontecer enquanto meu corpo não responder aos impulsos, às lembranças.

19

Rio de Janeiro, 20 de dezembro de 2015

Valerie melhorava a cada dia, de acordo com os relatos de Luc. Eu mesma falava muito raramente com ela. O episódio sobre o vazamento das fotos e o caso com Alan vinham sendo tratados com terapia, e isso foi dando um novo enfoque para sua vida. Passou a ir todos os dias ao grupo de apoio aos alcoólatras, esqueceu a perseguição sobre o hacker, enfim, se adaptava à nova vida e tudo parecia voltar ao normal.

Certa ocasião, ela me disse que havia pensado em incluir Luc em seu testamento sob a alegação de, caso algo acontecesse a ela, as meninas não serem capazes de movimentar os bens com certa facilidade e Luc, como pai, poder mais facilmente vender os imóveis caso houvesse necessidade. Havia ali uma relação de confiança e desconfiança mútua muito intensa e que minha capacidade de raciocínio não era capaz de compreender. Sua forma de agir e pensar ia de encontro aos alertas que fazia, de que eu deveria me afastar dele, que eu deveria tomar cuidado. Isso eu não conseguia compreender naquele tempo, naquela época. Os papéis já estavam prontos e ela os traria no Natal.

Depois que voltamos ao Rio de Janeiro, Luc mudou. Eu, como boa parceira e mulher, tentava compreender todo o estresse emocional que vivia, evitando qualquer tipo de perturbação. Era muita pressão em cima dele. A doçura deu lugar à ansiedade e ao nervosismo. Passou a perder horas diariamente discutindo com a mãe do Bernardo. Eu não sabia o que acontecia nem sabia o teor das mensagens. Embora tivesse a senha do telefone dele, eu nunca havia sentido necessidade de olhar. Ele apenas dizia que nosso casamento em Bali a transtornara e que, portanto, usava o Bê para dificultar nossa vida.

Já não ficávamos mais sentados no sofá como antes, trocando carícias, conversando. A rotina da casa começava a se modificar e a ficar cada vez mais pesada para mim, tornando-se semelhante à das minhas amigas casadas com filhos. Algo, que, sinceramente, não me agradava.

Acabei me convencendo de que a culpa era minha, pois o fato de não ter tido meus próprios filhos fez com que eu mergulhasse fundo na família dele, que, como ele fazia questão de dizer, passou a ser minha também. Assim como seus problemas, e suas crises com as ex-mulheres... Nossa vida girava em torno do humor de Selma e Valerie.

Quanto ao Bernardo, eu era responsável por absolutamente tudo. Eu tinha compaixão e um amor infinito por aquele bebê lindo. Luc me incentivava, e reconhecia que eu fazia a diferença na vida dele, me convencendo de que aquela criança sem mim não conseguiria evoluir como vinha evoluindo. Ele me fez crer que eu era importante na vida do Bê. Luc teve a sensibilidade para perceber o hiato que havia em minha vida. Não pensou duas vezes em preencher o meu vazio com sua vida. E estava funcionando. Era o que eu achava.

Eu o admirava tanto, o amava tanto que, às vezes, sentia vontade de entrar em seu corpo, como se fosse um espírito, tomando-o por inteiro, cada pedacinho. Contudo, nos últimos dias, depois que chegamos de Londres, quase não nos falávamos. Nossos abraços já não eram mais tão longos. Ele só me pedia paciência para organizar a vida. Estava sem rumo e precisava decidir qual seria o destino daquela família nada convencional.

No entanto, ele perdia horas, todas as noites, discutindo com Selma, e tantas outras tentando resolver os problemas de Valerie. A mim sobrava tomar conta do Bê, da roupa, da comida, dos trabalhos da escola. Eu gostava disso, me sentia útil e Bernardo preenchia meu tempo, meu vazio. Fui me acostumando aos poucos a essa situação sem me dar conta de quão ausente Luc passou a ficar, não fisicamente, mas, pior, emocionalmente.

Era sempre assim: quando a discussão com elas findava, ele pulava em cima de mim como um leão faminto. Era sua válvula de escape. Ele precisava disso ou explodiria, todos os dias, era seu combustível. Era o momento que ficávamos juntos, era o momento que tínhamos para nós dois. Era o que me restava.

Certo dia, ele chegou, afoito, e um tanto transtornado. Eu acabara de chegar em casa, e ele me encontrou, em pé na cozinha, segurando um copo de água ainda com a roupa do trabalho. Ele se surpreendeu ao me ver ali, tão cedo. Virou-me de costas para a pia, me debruçando sobre ela, beijou minha nuca, enquanto puxava meu cabelo para trás. Aquela sensação de dor e prazer, de posse e paixão faziam minha imaginação vagar dando um toque ainda mais erótico ao ato. À medida que meu fogo descia pelas minhas pernas, ele forçava ainda mais seu corpo contra o meu sem se esgotar. Me deixando à mercê de suas vontades.

Seu vigor não cessava. Me pegou no colo, e me levou até o chuveiro. Passou delicadamente a esponja nas minhas costas, sobre minhas nádegas, nas minhas pernas e, quando percebi, aquele homem insaciável estava novamente dentro de mim, de todas as formas. Pela primeira vez achei estranha a maneira como fazia amor comigo. Na verdade, não parecia amor, assim como ele também não parecia estar ali. Era um animal louco que devorava sua presa, e poderia ser qualquer presa, descontava em mim a sua fúria através do sexo. Eu totalmente dominada pela paixão, permitia que ele fizesse comigo o que quisesse, estava entregue àquele homem, às suas vontades e à sua loucura. Mais tarde, já na cama, descansando do encontro improvável no meio da tarde, não precisei perguntar a ele o que havia acontecido.

Selma não havia lidado bem com a intenção de Luc levar o Bernardo para morar fora do país e foi categórica ao afirmar que jamais permitiria que ele fosse conosco para Londres. Isso o deixou transtornado e ele, com medo de me expor mais, querendo me proteger das agressões dela, achou que bloqueá-la seria a melhor atitude. Eu não entendi a correlação entre ele levar Bernardo para fora do Brasil, e ela necessariamente me agredir. Eu não fiz, não a bloqueei. Como eu falaria para ele que também não estava nos meus planos ir para Londres? De certa forma, Selma, sem saber, me ajudava. Ela não permitir que Bernardo fosse morar com o pai nos prendia aqui, pois Luc sabia que eu não o deixaria, que não haveria possibilidade de eu me mudar para outro país sem levar o Bê. Eu, obviamente, dava razão a ela. Ela era a mãe e, por pior que o Luc a pintasse, tinha todos os diretos sobre a criança. Luc parecia não entender isso. Ele queria a qualquer custo se mudar para Londres e levar o Bernardo à revelia de Selma. Parecia uma obsessão. Eu não compactuava com aquilo, não podia compactuar com aquilo. A hipótese de perder aquela criança me matava, e esse sentimento fazia com que eu tivesse empatia por ela. Eu não podia concordar com Luc nem deixá-lo tirar o filho daquela mãe. Eu o alertava de que, caso resolvesse tirar o Bernardo dela, a conta chegaria e seria muito alta. Mas ele não parecia se preocupar muito com o futuro.

As investidas de Selma não me incomodavam. Suas mensagens não cessavam e, no fundo, me divertiam. Não foram capazes de tirar a calma e a paz que eu sentia. Eu simplesmente a ignorava. Sua imaturidade não a deixava perceber que quanto mais ela me agredia, mais forte e amada eu me sentia.

Um dia, no entanto, ela acertou a dose, em cheio!

* * *

Anna e eu marcamos um chope no final do expediente. Lá estava ela, com seu cigarro na mão direita e uma taça de chope a sua frente, pousada em cima da toalha quadriculada da mesma mesa de sempre do lado de fora, na calçada do bar. O longo cabelo negro liso atrás da orelha, repartido de lado a fazia parecer ainda mais com Audrey Hepburn. Anna tinha os traços finos e a boca carnuda. Era uma mulher muito atraente. Dei um abraço, um beijo e me sentei na direção contrária à fumaça. Encontrá-la era a certeza de uma noite repleta de conversas profundas sobre a nossa mera existência.

– Estive com Luc um dia desses. Ele me contou que a mãe do Bê andou perturbando vocês, né?

– Não sei, Anna. Sinceramente, não sei até que ponto ela tem perturbado ele ou o quanto ele é responsável pelo comportamento dela, sabe... Ele perde muito tempo discutindo com Selma. Todas as noites é a mesma coisa. Eles se falam por mensagens durante horas. Acho isso muito estranho. Parece que ele sente prazer em irritá-la e, quanto mais irritada ela fica, mais ele ri. Ele faz o mesmo com a mãe das meninas. Falo para ele parar, mas ele não para.

– Curioso você falar isso, porque no dia em que nos encontramos, ele comentou algo sobre sentir um prazer inenarrável em irritar as mulheres, e que adorava levá-las ao limite. Eu ainda brinquei com ele o ameaçando caso fizesse algum mal para você. – Disse Anna com um certo ar de preocupação.

Anna acabara por confirmar a leve desconfiança de que ele realmente sentia prazer em irritá-las e, por isso, fazia questão de deixá-las orbitando sempre a seu redor, para que sua fonte de energia não se esgotasse.

Eu tinha um certo receio disso, mas, desde que não afetasse minha vida, o problema seria delas, afinal, elas permitiam ser tratadas daquela forma. Elas entravam no jogo dele. Era como se o combustível dele as mantivesse vivas, como se elas também fossem dependentes daquela situação. Ainda assim eu estava certa de minha escolha, certa de que aquele era o homem da minha vida e que comigo seria diferente. Essa era a minha certeza!

Entre uma análise e outra acerca de nós mesmas, o aplicativo de mensagens sinaliza que algo novo estava por vir. Peguei o celular dentro da bolsa. Fiquei em silêncio. Não disse nada, apenas passei o telefone para Anna muda, sem ação.

– Emma, ela está tentando te desestabilizar. Não cai nessa. – Anna me devolveu o celular com a mensagem de Selma ainda na tela: "Ele já te contou sobre a indiana?"

– Quem será essa mulher?

Veio imediatamente à cabeça o pai dele me fazendo a mesma pergunta quando nos conhecemos, e ele não havia me contado. Esse era o único fato que ele deixara de fora. Eu, na ocasião, envolvida por sua conversa sedutora, esqueci por completo o que seu pai havia conversado comigo.

– A única maneira de você descobrir quem é essa mulher é perguntando para ele. Ou então, minha amiga, esquece essa história. O passado já era, vocês estão casados. Construa você a sua história com ele.

O que Anna não sabia era que Luc havia mudado, havia se tornado distante e irritado. Muitas vezes até frio. Mas eu não queria falar sobre isso, ela não entenderia, ninguém entenderia os problemas pelos quais ele passava e que acabavam por interferir em nossa vida.

Ele parecia não enxergar o meu apoio e passou a me culpar por qualquer motivo, um deles se dava ao fato de me dar carona todas as manhãs para o trabalho. As discussões se tornaram frequentes. Dizia que o meu atraso o prejudicava, mas era incapaz de enxergar que dar banho no Bernardo, arrumá-lo, fazer o café da manhã, colocar o lanche na merendeira demandava tempo, e que essa responsabilidade começava a pesar muito sobre mim. Por mais que eu fizesse, Luc não percebia toda a logística que envolvia esse cuidado, me culpava severamente todas as manhãs. Isso me magoava.

Luc era extremamente persuasivo e tinha o dom da argumentação a seu favor. Eu não conseguia contra-argumenta-lo e, muitas vezes, para minimizar o conflito, acabava aceitando; em muitas outras, ele realmente conseguia me convencer de que eu estava errada. A essa altura algo me sinalizava que ele tentava de alguma forma me manipular com certas atitudes, não todas, algumas, e eu precisava que ele parasse, prestasse atenção em mim e me escutasse. Mas ele não escutou. E então, um dia, já farta dessas discussões que não nos levavam a lugar algum, me levantei da cama, me arrumei e fiquei sentada no sofá esperando por ele. Dessa vez, não acordei a criança, não a coloquei para comer nem mesmo dei o banho. Deixei que ele se prontificasse.

Esse era apenas um de tantos motivos que o faziam entrar em uma espiral de conflitos impossível de sair.

Não adiantaria alí levantá-los todos e enumerá-los para que Anna entendesse o que de fato acontecia entre nós dois. Naquele momento, a minha prioridade era resolver a questão "a indiana" e tirar o peso da dúvida de cima de mim.

– Preciso ir agora, Anna... – Dei um beijo em seu rosto e pulei da cadeira alta do bar.

– Mas já? Fica mais um pouco.

Eu já não conseguia. A mensagem de Selma havia de fato me desestabilizado. Minha ansiedade não me permitia mais permanecer ali elucubrando sobre nossa vida. Precisava voltar para casa, encontrar Luc e tirar a limpo toda essa história. Não dava mais para esperar. Tinha chegado ao meu limite.

Cheguei, Luc abriu a porta, me deu um beijo e voltou ao computador. A casa estava silenciosa, já passava das 23h.

– Trabalhando ainda? – Perguntei.

– Tentando. – Disse ele, meio atravessado.

– E o que está impedindo?

– Difícil. O Bernardo queria atenção, tive que fazer tudo com ele, né, amor? Só consegui fazê-lo dormir agora. Sem você para me ajudar fica difícil.

Percebi que o apoio havia virado obrigação.

– Entendi... É difícil mesmo, eu sei. Sem sua ajuda fica difícil, compreendo você perfeitamente. – Rebati, ironicamente.

– Se você não tivesse saído eu teria conseguido adiantar o trabalho.

– Puxa, que pena, claro... – Dei um beijo nele, não havia como discutir. Entrei no banho e pensei na melhor maneira de abordar o assunto "a indiana".

Fiquei um longo tempo dentro da banheira, pensando, avaliando nossa relação, meu emprego, a proposta de ir morar em Londres, a mãe do Bernardo, Valerie, as meninas... Por fim, pensei em Sâmia e em toda a falta de coerência que rodeava a minha vida naquele momento. Como eu poderia ter visto alguém que já morreu? Como posso ter ouvido exatamente o oposto do que me diziam? Olhei para minha tatuagem do trevo e me lembrei dela me entregando a folha e me dizendo que eu a usasse a meu favor. O que ela estaria tentando me dizer? Minha cabeça continuava dando um nó cada vez mais difícil de desatar.

Vivíamos um amor torrencial, uma explosão de felicidade. Agora, alguns meses depois, com tantos problemas, quase não havia tempo para nós dois. Precisávamos decidir o que fazer em relação a nossa vida juntos. Eu não podia mais mentir para ele sobre a minha vontade de continuar no trabalho. Já havia o segredo sobre a minha volta à casa de Sâmia e a história sobre a indiana e Selma. Percebi que eu cavava um buraco entre nós dois. Ele não merecia isso, afinal, desde o início abriu sua vida para mim e eu em troca não fui leal. Criei coragem, coloquei a camisola preferida dele, obviamente no intuito de tentar amenizar a situação, e, por conhecer sua virilidade, sabia que isso de fato me ajudaria.

Saí do quarto, passei pelo escritório, fui até a cozinha e ele não percebeu. Peguei duas taças, abri a adega, escolhi seu vinho preferido, passei as mãos pelos seus cabelos no sentido da nuca para a testa, sentei em seu colo e pousei o vinho e as taças na mesa.

– Calma amor, estou trabalhando...

– Já passa da meia-noite Luc. – Falei enquanto olhava para a tela do computador, que ele já havia minimizado.

– Emma... Vinho, essa camisola. Estou cansado, e agora você me quer perto? Se tivesse chegado antes poderíamos ficar juntos. Agora é tarde.

– Ué? Você não está trabalhando? Se chegasse mais cedo estaria trabalhando na mesma. Que diferença faria? – Percebi que o fato de eu ter saído o deixara chateado.

– Se você tivesse chegado mais cedo, você teria ficado com o Bernardo e eu poderia ter trabalhado em paz sem ele me desconcentrando o tempo todo. Já reparou que você quer tudo na sua hora?

Levantei de seu colo e me coloquei por trás da poltrona onde ele estava sentado, de frente para o computador com a tela do Google ainda minimizada.

– Então quer dizer que a culpa de seu filho te atrapalhar é minha? Do seu filho? Entendi, claro, você tem toda razão.

Minha presença ali o angustiava e logo entendi o porquê. Eis que, "plim", salta na tela uma mensagem de Selma. Não consegui ler direito o que estava escrito, mas percebi que, pela quantidade de mensagens, eles deviam estar conversando há pelo menos trinta minutos.

– Tá vendo? Assim eu não consigo trabalhar... – Desviou ele do assunto, colocando a culpa nela. – Quando não é ela, é a Valerie, quando não é a Valerie, é o Bernardo, as meninas e agora você, que não pode mais me ajudar porque tem que ir farrear com suas amigas solteiras no meio da semana em vez de tomar conta das coisas da casa.

Tentava manter a calma. Minha vontade era mandar tudo às favas e falar as verdades que sufocavam minha garganta, mas sabia que, se o fizesse, perderia a razão; só iria piorar as coisas e não conseguiria atingir meu objetivo. Ele estava nervoso, e eu precisava de muita inteligência emocional para não desandar tudo.

– Luc, se você perdesse menos tempo discutindo com elas ou preocupado em tirá-las do sério, irritando-as, sobraria mais tempo para você se preocupar com as suas coisas, não acha?

– Ela começou, ela voltou a falar sobre não permitir que Bernardo vá com a gente para Londres.

– Precisamos falar sobre isso. – Servi o vinho em sua taça. – Você já perguntou a minha opinião sobre Londres?

– Emma, você não está vendo que estou no meio de uma crise com essa retardada mental? Ela faz isso só para irritar você, porque ela sabe que você não viaja sem ele; ela quer que a gente se separe, não se conforma em ter me perdido para você.

Pronto, lá se foi o foco da conversa. Minha meta era falar sobre a indiana. Eu precisava resolver esse tema, já era tarde e eu ali discutindo sobre as questões e problemas dele. E os meus? Quando teria tempo e atenção para falar sobre o que, de fato, me angustiava?

– Luc, isso não é hora de discutir com ex-mulher, isso é hora de o casal ficar junto, na cama... Não acha?

Alí algo se tornava notório, algo que não percebia claramente. Ele era sórdido, brincava com o emocional dela como quem brinca com um cachorrinho indefeso. Deixava-a sem chão, completamente desestabilizada. Ele tinha um dom e fazia aquilo sem sofrer, sem culpa, sem esboçar qualquer arrependimento ou empatia. Era uma diversão para ele. E ela, tola, caía na rede, quanto mais esperneava e xingava, mais presa a ele ela ficava.

Em meio àquela discussão sem solução, sentindo-me presa, consegui me libertar e dar voz a meus sentimentos, tomada por uma coragem advinda não sei de onde. Falei, fui direta ao ponto.

– Não quero ir para Londres. Não vou pedir demissão do meu emprego e investir meu dinheiro em algo que não faço ideia do que seja.

Luc ficou estático. Não esperava por esse posicionamento meu, assim, de repente. Não depois de nosso fim de semana romântico em Bath. Havia se passado quase um mês após nossa chegada de Londres e alguma coisa nesse meio tempo aconteceu comigo, algo me despertou e me fez enxergar um Luc diferente, fazendo-me retroceder um pouco e seguir com mais cautela.

Ele me olhou com seus olhos negros e, como se tivesse retornado à realidade, ao nosso mundo, fechou o computador, pegou minhas mãos, me sentou em seu colo e perguntou.

– Isso é definitivo?

– Por agora, sim.

– Quando foi que você decidiu isso e não me contou?

– Você não me deixou falar Luc, você foi tomando as decisões, etapa por etapa, sem me questionar. Você vem fazendo isso desde o nosso casamento em Bali.

– OK, calma, está tudo bem. – Disse, passando as mãos pelo meu rosto.

– Nós vamos dar um jeito. – Concluiu e me abraçou.

Esse era o jargão dele, era a maneira que ele tinha de tentar resolver as coisas com calma, pensando, como se estivesse voltando para o eixo. Senti um alívio no coração ao ouvi-lo proferir a palavra "nós", fazendo com que uma ponta de esperança ressurgisse em meu coração para que, então voltasse a reconhecer o homem por quem havia me apaixonado cegamente.

– Qual é a história da indiana? – Movida por mais um ímpeto de coragem, fiz a pergunta que não queria calar.

– Então é por isso que você anda assim tão estranha? Eu já te disse que você não tem motivos para inseguranças, meu amor. – Eu andava estranha? Não, não era eu.

– Luc não me deixe sem resposta. – Disse, enfaticamente.

– Foi a Selma, não foi? – Calmamente ele pegou o copo de vinho, deu um gole e, sem demonstrar qualquer constrangimento ou nervosismo, continuou. – Eu pedi para você bloqueá-la, eu te avisei, por que você não fez o que eu te pedi?

– Não, mas... Quer dizer, desculpe – Peguei-me tentando encontrar uma resposta, tentando inventar uma desculpa que justificasse não ter seguido sua orientação. Dei-me conta de que não era eu quem tinha que me justificar ou dar qualquer satisfação, e sim ele.

– Luc, não inverte a situação! Afinal, qual é a história da indiana?

Ele contou que a conhecera no verão de 2008, quando já estava separado de Valerie, em um evento na Itália e tiveram um breve romance. Algum tempo depois ela veio para o Brasil fazer uma surpresa, mas ele já estava namorando Selma. Foi um grande mal estar para os dois e para a família dele, mas ele não podia fazer nada. Nunca prometera nada a ela. Ela se foi e ele não soube mais notícias dela.

Aquela história não me convenceu. Quem atravessa um oceano sem nenhuma promessa? Mas, estranhamente, eu aceitei, não questionei sua versão. O cansaço me fartava daquela história, afinal, o que isso mudaria na minha vida? Não foi comigo que aconteceu. Meu relacionamento com ele ainda era muito bom, fora esses últimos meses, com toda a confusão de Valerie. Tudo era perfeito. Seria uma questão de tempo até que as coisas voltassem ao normal. Por que eu acabaria com isso? Aquilo não passava de uma fase transitória, tinha certeza. Repetia para mim como se fosse um mantra, tentando me convencer de que nada havia mudado. Mas o fato era que eu, de alguma forma, passei a enxergar coisas que não via antes.

– Meu amor, não dê atenção ao que Selma fala. Ela é desequilibrada e vai fazer de tudo para nos separar. Não é possível, você vê como ela trata o Bê. Você sabe como ela é negligente com ele. – Senti um fio de tristeza em sua fala. – Não mereço perder você por causa dela ou qualquer outra pessoa que faça intriga sobre mim. Emma, pela primeira vez na minha vida eu sei que não quero perder alguém, ou melhor, que não posso perder você. Sem você minha vida desmorona. Você é meu único alicerce, ou melhor, você é o alicerce de toda essa família. – Disse ele, enquanto me abraçava fortemente. – Por favor, meu amor, não deixe que ela estrague o que a gente tem, eu estou fazendo tudo certo dessa vez. Prometo nunca desapontar você.

Respirei fundo, aliviada. Coloquei para fora a angústia até então presa na minha garganta, fazendo um nó que me impedia respirar.

A partir desse dia, Luc se esforçou bastante para que tivéssemos de volta as nossas longas noites de conversas. Não sei o que ele fez para conter Selma e convencê-la a nos dar uma trégua. Já não passavam mais as noites discutindo, o que nos proporcionava mais tempo para ficarmos juntos. Enfim, a paz voltava a reinar em nossa casa.

Pi pi pi...

Sinto um imenso vazio que congela minha alma... Estou mergulhada em um profundo silêncio.

Perdi a noção do tempo... Não sei mais quando estive no Terraza com ele... Quero pular os fatos e voltar a ele, mas minha memória não me permite.

20

Rio de Janeiro, 24 de dezembro de 2015

Enfim o Natal chegou, trazendo com ele as meninas e alguns pratos a mais na mesa. As luzes davam o tom natalino à casa que fora finamente decorada pela minha cunhada para receber toda a nova "estranha louca" família. A cozinha cheirava a biscoitos que foram devidamente confeitados por todas as crianças que, de tempos em tempos, vinham à sala mostrar seus dotes artísticos culinários. Valerie não teve problemas para se enturmar e logo conversava com meu irmão e minha cunhada, como amigos de longa data. Sim, é isso, eu a convidei para passar o Natal conosco embora Luc tenha sido contra. Qualquer um que assistisse a essa cena como mero espectador acharia, no mínimo, estranha essa relação. Natal é tempo de amor, de paz, de rever nossos conceitos e seria um contrassenso permitir que Valerie passasse essa noite sozinha, no Rio de Janeiro, longe de suas referências enquanto as filhas se divertiam com o pai.

Depois da ceia, Valerie me levou até a biblioteca da casa de minha mãe e me entregou um envelope pardo fechado com um cordão de algodão vermelho.

– O que é isso, Valerie?
– Abra, por favor.

Valerie havia feito finalmente o testamento, mas estranhamente não nomeou Luc seu beneficiário, e sim, a mim. Fiquei perplexa, sem ação, jamais esperei que fizesse isso e não entendi a razão.

– Valerie, você realmente acha que isso é necessário? Você está tão bem, longe de tudo, de Brighton, de Alan. Está se recuperando do alcoolismo, por que fazer isso?
– Porque não acho que o problema seja Alan, te disse antes.
– Emma, por que vocês estão escondidas aí? – Perguntou Luc, entrando na biblioteca de supetão. – Estão todos lá fora. Vamos, querida... Estou com saudades de você.

Quando Luc nos interrompeu, percebi os movimentos de Valerie se posicionando de costas para a grande escrivaninha de carvalho e, com a mão esquerda, escondeu o envelope atrás de seu corpo.

Percebi que Valerie desejava guardar aquela conversa entre nós duas e rapidamente passei o braço por trás dos ombros de Luc, inventei qualquer desculpa e o direcionei até a porta, empurrando-o para o lado de fora. Me voltei à Valerie.

– Você não vai falar com Luc sobre o testamento?
– Não agora.
– Mas por quê? – E antes que ela respondesse, emendei em outra pergunta voltando ao tema Alan. – Por que você acha que o problema não é Alan? Você consegue me deixar ainda mais confusa, Valerie.
– Emma, lembra da caixa da minha irmã?
– Lembro, sim, você finalmente a abriu?
– Não, Emma, ela sumiu. Tive algumas discussões com Luc umas semanas atrás porque ele insiste em dizer que não sabe onde está a caixa e que havia me devolvido, mas eu tenho certeza de que não devolveu.
– Valerie, me recordo que no dia do nosso voo de volta para o Rio ele saiu do quarto com a caixa na mão dizendo que ia te devolver e, quando voltou para descer com o restante das malas, já não estava mais com ela.

Valerie parecia angustiada. Andou de um lado para o outro sobre o tapete da biblioteca, abriu a porta se certificando de que não havia ninguém nos ouvindo, se dirigiu a mim e disse baixinho.

– Mas ele não me devolveu, Emma.

A percepção de Valerie sobre Luc oscilava e era uma batalha sem fim, que não dava trégua, deixando-a confusa e muitas vezes desestabilizada. Por mais que ele a ajudasse e tentasse estar por perto para tirá-la das confusões que causava, ela tinha convicção de que Luc era responsável por todas as coisas ruins que aconteciam em sua vida. Era incapaz de perceber que ela era a grande causadora dos próprios problemas. Dessa vez, a preocupação por causa da velha caixa que pertencia à sua irmã passava do limite. Não havia motivos para que Luc não a tivesse devolvido.

– Por que ele não te devolveria? Qual interesse ele teria nessa caixa, Valerie? Vamos lá, sejamos realistas e deixemos a fantasia de lado, OK? Me dê um motivo. – Disse, tentando trazê-la para a realidade.

– Emma, ele insiste em dizer que me entregou, mas eu não consigo me lembrar! – insistiu ela, se voltando de costas para mim, passando o dedo pela escrivaninha e depois olhando como quem testa se o móvel está com poeira.

– Muito bem Valerie, você não lembra. A questão é essa, ele te entregou e você não lembra onde a colocou. Na confusão da arrumação da casa de Londres você deve tê-la guardado em algum lugar e agora não sabe onde está. Daqui a pouco você encontra. Ela está na sua casa, asseguro.

– Emma, tem muita coisa nessa história que eu ainda não consegui entender.

– Tenha paciência, querida, está tudo muito recente. Logo as coisas vão clarear para você. O importante é continuar seu tratamento.

– Emma, eu não tentei me matar. – Sentou-se e apoiou os cotovelos nos braços da poltrona de couro, levando as mãos à cabeça, e continuou:

– Havia a mesma substância do meu remédio no meu sangue, e em grandes quantidades, e eu te asseguro que não tomei aquele medicamento naquele dia.

Dirigi-me a ela, pondo-me de joelhos à sua frente, segurei suas mãos com o intuito de acolhê-la e disse, calmamente:
– Você está confusa. Não se force a encontrar respostas agora. Não se cobre tanto, Valerie. Aqui você está segura. Ninguém aqui vai te julgar. Ninguém sabe o que aconteceu. Fique tranquila, OK?
– É como todo mundo quer que eu acredite estar. Mas eu não estou confusa, ninguém vai me convencer disso.

Para ela era um mistério e apesar de, para mim, tudo parecer tão claro como um lençol branco secando ao sol, ela afirmava com tanta veemência não ter tomado os comprimidos que eu mesma às vezes me via confusa. No entanto, voltava meu olhar para a cena e o que via lá de cima do segundo andar da casa enquanto espiava a movimentação dos paramédicos eram os comprimidos jogados no chão ao lado de Valerie. Eles estavam lá, não haveria como mudar isso, eu vi, assim como caixa de remédios vazia em cima da bancada depois que ela seguiu para o hospital. Percebi que mais uma vez ela não conseguia distinguir o real da fantasia. Aquela história não fazia nenhum sentido.
– Eu não tomei os remédios. Eu bebi o whisky que estava dentro da minha garrafinha de prata e depois não lembro de mais nada. Acordei no hospital –defendia ela.
– Mas o whisky não ia te fazer desmaiar daquela forma, Valerie.

Era noite de Natal, podia ouvir as gargalhadas do Bernardo do lado de fora e as corridas das crianças pela casa. Aquele não era definitivamente o lugar onde gostaria de estar. Mas Valerie parecia não se importar muito com isso. Ela precisava falar, precisava que alguém acreditasse nela.
– Exatamente isso, Emma. A única justificativa seria haver a mesma substância dos meus comprimidos dentro da minha garrafa. Só pode ter sido isso. Estou começando a achar que alguém entrou na casa e colocou algo na minha bebida.

Pobre Valerie, voltava a acreditar que havia uma teoria da conspiração contra ela. Era ruim para ela, mas era ruim para mim também. Minha vida flutuava de acordo com sua saúde e aquilo era mais um indício de que as coisas não iriam acabar bem. Precisava alertar Luc sobre a volta dos devaneios de Valerie, o que me deixava aflita, visto que, se ela não melhorasse, Luc teria que se ausentar mais ainda da minha vida para ficar mais tempo em Londres e, consequentemente, eu ficaria mais tempo sem ele e sem o Bernardo. Eu não queria isso.

– Emma, o fato é que alguém colocou o remédio no meu whisky. Só havíamos nós na casa e me ocorreu que Luc possa ter tentado fazer isso.

– Valerie, você está louca? Como pode passar pela sua cabeça que Luc tenha feito algo desse tipo com você?

Nada do que ela falava fazia sentido. Estaria ela voltando ao estado em que se encontrava quando chegamos em Brighton? Voltaria ela aos devaneios ou será que tudo não passava de mais um jogo de manipulação, como Luc mais tarde veio me contar? Mas por qual motivo ela teria interesse em me manipular contra Luc? Nada fazia sentido, a não ser que sua covardia em assumir a autoria de toda aquela história dantesca a estimulasse a encontrar um culpado para seus atos ou, o pior, que ela nunca tenha esquecido Luc como homem e estava disposta a fazer de tudo para que eu me afastasse dele, abrindo, assim, o caminho para ela. Mas eu, sinceramente, não estava certa disso.

– Só passou pela minha cabeça; você tem razão, tenho todas as diferenças do mundo com Luc, mas ele jamais faria isso. – Disse ela, se voltando de costas para mim, indo ao encontro da janela.

Permaneceu ali olhando para o grande gramado iluminado pelas lâmpadas do Natal, pensativa. O que mais sairia da sua cabeça, qual história estaria ela conjecturando para que aquela insanidade toda fizesse algum sentido? Passou a mão na cortina, virou-se para mim e disse:

– Luc está no dilema de não poder ir para Londres porque aquela imprestável não quer autorizar o Bernardo a ir com ele. Eu não posso permitir que algum dia aquela mulher usufrua do meu dinheiro.

– Do que você está falando? O que Selma tem a ver com seu dinheiro?

– Você como minha beneficiária é a garantia de que Luc tentará de todas as formas se manter fiel a você e focar a família em vez de deixar que seu instinto sedutor faça com que se aventure com Selma novamente. Assim, protejo as meninas caso algo aconteça comigo.

– Chega, Valerie, você está exagerando e sendo muito ingrata com Luc e comigo, insinuando essas coisas na noite de Natal! Escute de uma vez por todas: ele não vai voltar para a Selma. Ele nem mesmo tolera a presença dela. Eu te asseguro isso! E por favor, conte você a ele sobre o testamento. Eu não vou me meter nessa história, ele vai... – E, antes que eu terminasse meu raciocínio, a porta da biblioteca se abriu e Luc entrou novamente, nos interrompendo.

Havia, então, outro motivo para ela ter me nomeado. Todo pro–blema girava em torno de Selma. Valerie odiava Selma por uma simples razão: Bernardo. Valerie nunca perdoou Luc por tê-la engravidado enquanto namorava uma japonesa com quem se dava muito bem. Ele manteve o relacionamento com ambas, mas, para desgraça de Valerie, ele fez a escolha errada e, por conta disso, teve que se mudar para o Brasil, deixando-a sozinha tomando conta das crianças em Brighton. A japonesa não oferecia qualquer perigo à Valerie, visto que, além de morar na mesma cidade, já tinha filhos e não podia ter outros, ou seja, Valerie continuaria reinando plena e absoluta no harém, ao passo que as meninas não precisariam dividir a atenção do pai com outros filhos. Era isso, essa era a história que até então faria mais sentido. Esse era o meu devaneio!

– Ei! Vocês duas... Valerie, você se importa de devolver minha mulher? Estou com saudades dela, além de não achar que você seja uma boa influência. – Disse ele, dando uma risadinha, zombando dela.

– Sim, vamos. – Disse com o objetivo de dar por encerrado aquele assunto louco. – Preciso conversar urgente com você, Luc. Valerie não está bem. Imagine que ela me disse que você não devolveu a caixa da irmã e que, inclusive, se nega a entregar. – Falei sussurrando em português em seu ouvido, para que ela não entendesse.

Luc passou a mão ao redor dos meus ombros, olhou para Valerie, e disse:

– Valerie, vamos. Estão todos nos esperando para distribuirmos os presentes. –Voltou-se a mim e sussurrou: – Eu falei que ela não era boa da cabeça. Você não me escutou, agora aguenta a maluca.

Minha vida estava repleta de alegria. Nenhum devaneio de Valerie seria capaz de estragar minha felicidade, a felicidade do meu marido e da minha família. Luc havia me dado de presente sua vida, seus filhos e seu amor.

Logo após as festas de fim de ano, conversei com Luc acerca da minha percepção sobre o comportamento de Valerie na noite de Natal. Algo devia ser feito, e com urgência, para que ela não entrasse novamente em crise. Ele então a convenceu a ir a um médico amigo dele aqui no Rio de Janeiro, que achou por bem observar de perto seu comportamento. Enfim, tínhamos mais um problema. Luc não teve saída. Decidiu trazer todos para cá. Elas não morariam mais em Londres, todos moraríamos no Brasil. Inacreditavelmente ela não criou empecilho e eu, bom, eu não precisaria largar meu trabalho e recomeçar do zero. Luc ficaria menos estressado e isso seria refletido na nossa vida a dois e finalmente tudo entraria nos eixos.

Respirei aliviada. Só havia ainda uma questão a ser resolvida antes de Valerie voltar para Londres e organizar a mudança. O testamento.

* * *

Escutei a porta se abrindo. Deixei Bernardo dormindo e fui ao encontro dele na sala. Antes que eu falasse alguma coisa, ele me pegou firme pelo braço e me levou para o quarto. Saía fogo pelos olhos dele. Podia ver.

– Você sabia disso e não me falou nada? Você sabia do testamento e não me falou nada?

– Eu queria que ela contasse a você.

– Não venha você querendo distorcer os fatos. Valerie me perguntou se você já havia me contado sobre o testamento, fiz papel de idiota! Fiquei rendido, sem saber do que se tratava, e ela então me falou tudo. Disse que você, você, minha mulher, a impediu de me contar.

– Do que você está falando? Você entendeu errado, aconteceu tudo ao contrário! Ela é que não quis te contar no Natal, eu a pressionei para que te contasse.

– Chega, Emma. Perdi totalmente a confiança em você.
– O que é isso? Me explica o que aconteceu, eu não estou entendendo.
– Você me decepcionou. Eu te avisei para ficar longe dela, ela é manipuladora e não age sem saber exatamente o que vai acontecer. Ela está rindo, disse na minha cara que tem você nas mãos. Ela não se conforma com a nossa separação; é tudo fingimento, você não vê? Ela é maluca, Emma!
– Não é nada disso, amor. Por favor, calma, vamos conversar...
– Você confia mais nela que em mim? Eu sou seu marido, eu te contei tudo, abri minha vida, meus medos e erros para você. E você se deixou levar pela inconsequente da Valerie?
– Não foi isso, ela ia me explicar o motivo, mas você acabou entrando na biblioteca e interrompeu nossa conversa.
– Que ótimo, sabe o que você demonstrou para Valerie? Que nós não somos um casal, que, mais uma vez, eu me enganei e escolhi a pessoa errada. Você não confiou em mim e não me contou, ficou do lado dela em detrimento da nossa família. Você jogou a gente fora, não percebe isso? Eu sempre te protegi, nunca deixei que você fosse pega de surpresa por conta de nenhum comentário maldoso a meu respeito.

Luc se mostrava, em sua retórica, extremamente desapontado comigo. Ele até poderia ter razão se não fosse apenas por um detalhe deixado no esquecimento. A indiana, ele manteve a história dela de fora, me deixando rendida quando seu pai e Selma me perguntaram sobre o assunto. Eu não havia esquecido e pressentia que havia algo escondido em sua versão da história. Mas não era o caso de levantar a lebre naquele momento.

– Luc, chega, você está distorcendo as coisas! Eu vou ligar para ela agora. Quero saber exatamente o porquê de ela ter contado os fatos dessa forma.
– Isso Emma, liga e mostra para ela que ela conseguiu estragar tudo, que ela conseguiu o que queria. Dá mesmo o gostinho a ela. Ela conseguiu acabar com a única coisa boa que aconteceu na minha vida. Ela conseguiu destruir minha vida com você, Emma.

– Você está exagerando; não é para tanto. Sua reação está sendo desproporcional, não acha?

Não reconhecia Luc. Como ele pode ter se deixado influenciar por Valerie conhecendo-a tão bem? Isso não batia. O papel do homem traído, da vítima, não me convencia. Expliquei a ele tudo o que ocorrera na biblioteca na noite do Natal, todas as desconfianças de Valerie.

– Estou me sentindo traído. Sou um idiota. Tento ajudá-la e ela arma todo um circo para me prejudicar com você?

– Não é isso, tente me entender. Ela parecia confusa, disse que era por causa da caixa e que, enquanto você não a devolvesse para ela, você estaria fora. E depois entrou no assunto sobre o que aconteceu em Brighton, dizendo que alguém havia colocado algo em sua bebida...

– Então foi essa a historinha que ela te contou? Emma, como você é ingênua, você não confia em mim! Você não percebe que o discurso de Valerie, principalmente pelas minhas costas, é o oposto das atitudes dela? Não vê a incoerência?

Ele tinha razão. Ela vinha me alertando com frequência para que eu não confiasse nele, no entanto, ela, além de tê-lo como confidente, permitia que ele acessasse livremente tanto sua conta bancária quanto seu computador e e-mail. Seu comportamento, como Luc mesmo acabara de dizer, refletia todo o disparate de seus pensamentos.

– Ela manipula você como tentou me manipular. Essa mulher é perigosa, Emma. Afaste-se dela, eu te avisei.

Luc acabou por confessar o que eu temia. Que, afinal, ela, assim como Selma, não se conformava em tê-lo perdido.

– Ela não é o tipo de mulher que se sente insegura, mas com você é diferente. Ela nunca pensou que eu mudaria.

– Parece que a idiota sou eu. Você está me dizendo que Valerie ainda te ama? E quer trazê-la para cá? Você deixou eu colocá-la dentro da minha família? É isso Luc? Você teve coragem de deixar isso acontecer?

– Ela não me ama, ela apenas me quer por perto, disponível para ela. Essa mulher não ama ninguém. Aprenda de uma vez por todas, ela é louca, inventa histórias! Não houve romance dela com Alan, Marc não é bissexual, ninguém tentou matá-la, a não ser ela mesma. É tudo invenção da cabeça dela.

– Você diz com tanta veemência que Valerie é dissimulada, que ela é capaz de me manipular e colocar você contra mim, mas não acredita que ela mentiu para você. É surreal isso... Você está sendo tão incoerente quanto diz ser Valerie.

– Você traiu minha confiança e eu nunca traí a sua. Abri minha vida para você e você está usando meu passado contra mim. Estou decepcionado. Achei que você fosse a mulher por quem valesse a pena mudar, mas é igual a todas.

Essa frase cravou meu peito como um punhal.

Luc ficou perdido, saiu de casa com a criança dormindo em seu colo e bateu a porta. Pela primeira vez tive a noção de quão vulnerável eu era em relação às vontades e decisões de Luc. Como eu era o lado fraco da corda. Ele saiu levando Bernardo, e ele sabia o quanto isso me afetaria. Eu não tinha nada. Bernardo nunca seria meu e a qualquer momento ele poderia tirá-lo de mim.

Percebi que, de fato, sua mágoa fazia certo sentido. Enquanto ele tentava protegê-la, ela enfiou uma faca em seu peito, e o pior, com minha ajuda. Meu coração se partiu, não sabia se doía mais por ele ou pelo Bernardo... Meus dois amores haviam passado pela porta de casa e me deixado no vazio da noite.

Foi difícil adormecer. Acordei com o celular apitando, mensagem. Já se passava das 10h de sábado. Ter a cama vazia pela primeira vez desde que começamos a namorar foi a pior sensação de solidão que já sentira. Minha casa estava quieta, só! Ficar em casa significava sofrer uma tortura a qual não estava disposta a encarar. Marquei com Rebeca e Anna de tomarmos o café da manhã em uma bakery que vende o melhor pão de fermentação natural do Rio de Janeiro.

– Emma, você se enfiou em uma confusão. – Disse Anna.

– Emma, me desculpe, mas vou falar – Rebeca sempre foi mais direta, dizia mesmo tudo na cara. – Está óbvio que Valerie quer voltar para o Luc e armou esse complô para você.

– É verdade, abre seu olho! Ela conseguiu o que queria: tirar você do circuito e voltar para ele. Ou você acha que ela ia querer morar no Brasil para quê?

– Mas por que me colocar no testamento?

– Isso é só uma armação. Ela depois rasga esse testamento e nomeia Luc novamente. Você não enxerga isso? Essa mulher está destruindo o seu casamento. Não deixe isso acontecer. Quando Luc voltar, converse com ele e finja para ela que nada aconteceu. Nunca toque nesse assunto com ela.

Ter minhas amigas perto de mim naquele momento acalmou meu coração. Por mais que elas tentassem me convencer de que Luc estava certo a respeito de Valerie, alguma coisa dentro de mim não me deixava crer 100% que ela tivesse armado tudo para ficar com Luc. Isso não fazia sentido. Havia algo por trás daquela história, havia algo por trás daquilo tudo que não conseguia entender.

Luc não tardou a voltar, aliviando meu coração. Por mais que não falasse comigo, ele estava ali, ao meu lado. Tê-los em casa já me bastava. Naquele momento percebi que, de fato, não poderia mais viver sem os dois, sem meus dois grandes amores.

Entrou pela sala, levou Bê para o quarto e, quando voltou, olhou para mim sentada no sofá e a única coisa que me disse foi para deixarmos essa história quieta, que não comentaríamos com Valerie que havíamos nos desentendido. Eu também achava que essa seria a melhor solução. Assim, não daríamos pano para manga. Concordei balançando a cabeça e fiquei quieta, quase sem respirar, para evitar dar continuidade à discussão. Queria pôr um fim naquela situação e me ver livre de mais esse problema.

Valerie, obviamente, me ligou ao longo do dia, me contou que teve a conversa com ele, mas que, fugindo a toda lógica, ele não se abalara e que, portanto, fora mais fácil do que pensava. Eu continuei sem entender o que a motivou ter agido da forma como Luc me contara. Tudo ficou acertado teoricamente entre eles e eu seria a beneficiária.

Valerie perguntou se ele havia ficado chateado ou se havia comentado algo comigo, e eu agi conforme havíamos combinado, embora minha vontade fosse colocar tudo para fora e esclarecer o porquê da atitude dela comigo. Mas não, exercitei minha inteligência emocional, mantendo a calma e a tranquilidade, para finalizar da melhor forma o interrogatório de Valerie. Começava então a aprender a lidar com a manipulação dela, não dando importância ao que falava, principalmente sobre Luc. Passei a levar a vida com mais leveza. Afinal, não eram meus problemas, e, definitivamente, não queria me apropriar deles.

Pi pi pi...

Eu, no quarto frio, ao som do incansável "pi pi pi", percebo que, quando estamos no meio da história, no centro dos acontecimentos, nossa capacidade de enxergar os fatos diminui, nosso ângulo nos torna obtusos e muitas vezes o que é claro para o outro passa despercebido por nós.

21

A Célula

Os dias se passaram e, com a volta das gêmeas para Londres, no início do ano, nossa vida seguiu o rumo natural e esperado: pouco tempo para nós e muito tempo despendido entre conflitos, ora com Selma, com quem ele perdia noites inteiras de discussão, ora com Valerie, que surtava, como ele insistia em dizer, cada vez que se dava conta de que viria morar no Brasil. A relação dele com elas era uma gangorra, com altos e baixos, discussões, desrespeito mútuo. Não havia entendimento, embora com Valerie a situação fosse, apesar de conflituosa, um pouco amigável.

É obvio que, com o convívio, o normal é que passemos a prestar mais atenção no comportamento das pessoas e, embora estivesse apaixonada, não me considerava completamente alheia às atitudes de Luc. Era capaz de enxergar, mas não queria ver, que havia ali uma possível simbiose, todos os três se nutriam do conflito e precisavam daquela discórdia, das brigas, como se aquela situação os enchesse de adrenalina. Eram adictos, essa era a cocaína deles, e os fazia se sentir vivos. Confesso que, apaixonada, preferia me fazer de cega e, para manter a sanidade no meio daquele caos, me afastei sutilmente de Valerie, não respondendo mais prontamente a suas mensagens.

Decidi não me importar com o que se passava entre eles. Era como se meu mundo fosse à parte, um universo paralelo. Criei meu mundo imaginário, em que só havia nós três. Isso foi capaz de me sustentar e de me trazer alegrias durante certo tempo. Mas não durou muito. Não dura... É ilusão acharmos que podemos nos blindar dos problemas, da realidade. Ela volta a bater à nossa porta. Para alguns, essa situação dura muito tempo; para outros, nem tanto, e lhes asseguro, quanto mais tempo taparmos o sol com a peneira, maior e mais dolorosa será a queda.

Passei então a me dedicar mais à galeria, mesmo porque Luc chegava cada vez mais tarde em casa por conta do trabalho. Ele decidiu abrir um novo empreendimento após Valerie e as meninas virem morar no Brasil. Alugou um imóvel com o intuito de construir um espaço alternativo com galerias de arte, ateliês, cinema, espaço para discussão de temas e leituras. Seria um espaço cultural, aconchegante e charmoso. Passamos a chamar o local de Célula.

Ele dava duro, se empenhava como um touro, ficou muitos fins de semana enfurnado na obra trabalhando dia após dia, sol a sol, sem esmorecer, indo à exaustão, embora eu mesma não conseguisse perceber muita evolução. Inúmeras vezes voltava para casa morto e caía na cama.

Com o transcorrer do tempo, Luc passou a ter um comportamento antissocial que não me era evidente antes. Cada vez interagia menos com nossos amigos, foi se afastando gradativamente deles, sempre usando a Célula como pretexto. Estava focado e obstinado, nada o afastava de seu objetivo, e cobrava de mim cada vez mais que ficasse a seu lado ou que tomasse conta do Bernardo nos fins de semana para que ele pudesse trabalhar. Eu, obviamente, com tanta demanda, também me afastei dos meus amigos, afinal, ele precisava da minha ajuda e eu devia estar a seu lado. De vez em quando Rebeca e Anna iam nos visitar, mas passávamos a maior parte do tempo sozinhos, nós três.

Uma vez ou outra eu o chamava para ir ao cinema, mas era sempre a mesma retórica. Não adiantava argumentar, sua obstinação pela perfeição do empreendimento era tanta que ele não conseguia enxergar que, aos poucos, nosso relacionamento ruía.

– Você fala isso porque sua vida está ganha, você tem seu emprego, seu dinheiro entra todo fim do mês, não sabe o que é batalhar diariamente para que a grana chegue na sua conta. Você precisa ter uma cabeça mais empreendedora e sair do lugar comum, meu amor. Assim você continuará sempre sendo empregada, precisa se libertar dessa conduta.

Os argumentos dele passaram a não fazer sentido e me culpava por minha situação. Ele insistia em dizer:

– Para você é muito fácil, é tudo muito fácil.

Esse tipo de comentário passou a se tornar frequente. Eu tentava não dar ouvidos e permanecia ali, a seu lado, forte, para não deixá-lo cair, mas confesso que não vinha sendo fácil. Quase não dormíamos mais juntos. Eu tinha de ir até ele ou ele não sairia mais de dentro da Célula. Embora admirasse a forma como aquele homem se empenhava em construir nosso futuro, sentia falta dele a meu lado, de nossos carinhos e de nossas conversas.

Minha preocupação com ele aumentava proporcionalmente aos gastos. Sabia que as cifras ultrapassavam o planejado, mas ele não parava nem me deixava saber se já havia ou não um rombo.

– Não se preocupe meu amor, está tudo sob controle.

Era o que ele sempre dizia, mas eu sabia que não estava, não podia estar, não havia como estar e, por mais que ele insistisse, eu não conseguia ficar alheia a esse fato isoladamente. Tinha noção de que os gastos eram altos e não me vinha à cabeça de onde poderia sair tanto dinheiro. Mas, claro que ele não conseguiria esconder de mim por muito tempo. Foi quando certo dia ele chegou em casa preocupado, olhar caído, despenteado, roupa amassada, com poucas palavras, entrou, me deu um beijo e foi direto para o banho enquanto eu servia o jantar. Sentamos à mesa e ele cabisbaixo, visivelmente acanhado e incomodado, começou seu pronunciamento com a voz baixa e as mãos trêmulas.

- Amor, não gostaria de pedir isso, mas, você pode tocar as despesas da nossa casa por uns três meses? Está tudo bem, querida, é só que agora, na reta final, os gastos com a Célula aumentaram e eu acabei me descapitalizando.- Disse ele, olhando para a mesa de vidro da sala de jantar enquanto passava as pontas dos dedos nos dentes do garfo.

- Você não acha que está na hora de se abrir comigo?

- Foi descoberto mais um problema na obra e isso resultará em mais gastos e eu preciso me preparar financeiramente para isso.

- Ok, não tem problema nenhum. Só quero saber até onde você está descapitalizado. Só isso.

- Não se preocupe. - Disse ele, sem me dar espaço para continuar o assunto. Pegou a carteira, colocou no bolso e se dirigiu à porta social sem dizer uma só palavra.

- Luc, você vai sair? - Perguntei, confusa.

- Vou voltar para a Célula. - Disse ele, já fechando a porta.

Levantei e me dirigi ao hall do elevador, bastante desconfortável com sua atitude.

- Luc, espere... São 22h, você vai fazer o que na Célula? E que atitude é essa, levantar da mesa e sair sem me falar nada?

- Emma, você não percebe que eu preciso fazer esse negócio andar? O que você pensa da vida? Para você é tudo muito fácil, seu dinheiro estará na sua conta no fim do mês. Se você tivesse que fazer dinheiro, como eu tenho, você não me questionaria.

Do que ele estava falando? Então o normal é seu parceiro sair porta afora sem compartilhar com seu par? Ele transferia para mim suas próprias frustrações e seus fracassos. Agia como se meu empenho, meu trabalho e parceria não tivessem valor algum, como se eu não precisasse batalhar diariamente no meu emprego para que o dinheiro aparecesse na minha conta. Sem enxergar um palmo à frente de seu nariz, atribuía a mim a culpa pela sua falta de organização e planejamento e, obstinado em terminar seu negócio passava por cima da nossa vida, esquecendo-se de nós dois.

Eu mantinha a calma, mas não sabia até quando minha paz de espírito suportaria tamanha angústia.

– Luc, você não precisa falar assim, fiz apenas uma pergunta, está tudo bem.
– E eu respondi, estou voltando para a Célula. Se quiser ajudar, venha comigo, caso contrário, fique aí.

Eu fiquei, meu instinto me avisou para ficar. Por onde andaria aquele homem tão gentil e amoroso com quem me uni? Imediatamente me recordei da figura de Selma durante o batizado do Bernardo me dizendo "Ele é assim no início, mas depois ele vai mudar". Ela surgiu na minha mente como se saísse de um lago profundo cheio de lodo, me arrepiei. A leve sensação de que ela poderia estar certa acelerou meu coração, secando minha boca. Estaria isso acontecendo? Será que eu corria esse risco? Não... Eu não. Comigo era diferente, todo o estresse era por causa do novo negócio que ele construía para mim também. Com certeza! Era só uma questão de tempo para que tudo voltasse ao normal. Fizemos um pacto, tatuamos o trevo, ele era o homem que me mandava flores assim como aquele que o escapulário colocou no meu caminho. Tive um ímpeto, uma força surgiu dentro de mim e mudei de plano, desci o elevador do jeito que estava para encontrá-lo na garagem a tempo de ir com ele.
– Luc! – Gritei me colocando na frente do carro. – Eu vou com você!
Ele abaixou o vidro e, através da janela, disse:
– Emma, você não pode ir comigo, quem vai ficar com o Bernardo? Você quer acordar a criança a esta hora da noite? Você tem ideia do que está propondo? Tudo isso por causa de ciúmes? Essa sua insegurança vai acabar atrapalhando a gente.

Mais essa surpresa. Onde ele pretendia chegar? Não havia motivos para agir comigo agressivamente. Fiquei sem entender o porquê de jogar em cima de mim toda a culpa pelo nervosismo. Além do que o sentimento ciúme em nenhum momento havia passado perto do meu coração, e, apesar de tudo o que me foi dito sobre ele, de todas as investidas e insinuações de Selma, nunca me senti insegura. Sempre que algo me preocupava eu, de uma forma ou de outra, colocava as cartas na mesa, como foi o caso da história sobre a tal indiana. Do que ele estaria falando? Alguém precisava manter a cabeça no lugar ou uma discussão sem fim estaria próxima a eclodir e o pior, sem propósito algum. Havia sem dúvida um barril de pólvora ao meu lado, prestes a explodir. Seus nervos estavam tão abalados que ele já não era mais capaz de pensar no que dizia.

– Luc, Bernardo está com a mãe, você não percebeu que ele não estava em casa? O que está acontecendo com você?

– Mas quem mandou ele ficar com a mãe? Não era para ele ficar com ela hoje.

E ele continuava com a enxurrada de disparates, como enchente descendo a rua jogando todo o lixo em qualquer muro que se punha à frente. Nesse caso, eu era o muro. Agia com insensatez; sua fala não tinha coerência alguma, sua capacidade em mudar de assunto para continuar uma discussão era ilógica. Havia entrado em uma espiral de conflito e não se esforçava para sair dela, ao contrário, parecia querer permanecer até me levar à exaustão ou a qualquer outro lugar que não fazia ideia.

Debrucei na janela do carro, apoiando os braços cruzados no parapeito, e disse:

– Luc, está tudo bem, eu vou com você, OK?

E, como se tivesse voltado a si, abriu a porta do carro e me abraçou.

– Desculpe, estou preocupado com a Célula, com Valerie e as crianças vindo morar aqui e acabo descontando em você, que é meu porto seguro. Não esperava que o Bernardo não estivesse com a gente hoje; a mãe dele sequer me disse que ficaria com ele. É muito problema para administrar e eu nem sempre consigo dar conta. – Disse ele, agarrado a mim, com a boca grudada em meu pescoço.

Sentir seu hálito perto de mim era o suficiente para meu coração se acalmar. Seguimos em direção à Célula. Ela se situava em uma rua residencial em um dos melhores pontos da cidade. No meio do caminho, ele parou o carro, pegou o celular e mandou uma mensagem.

– Vou pedir à empregada para vir amanhã de manhã limpar tudo. – Olhei para ele e continuei o que fazia, dando-me conta, apenas um tempo depois, de que permanecíamos parados no mesmo local.

– Por que estamos aqui? Você já não mandou a mensagem?
– Sim, é que estou esperando. Quer dizer, pensando em comprar algo para o café da manhã. Já volto. – Bateu a porta e se dirigiu à padaria, deixando o celular dentro do carro.

"Plim"

Tocou o aplicativo de mensagem. Peguei o celular e, antes que eu conseguisse ler na tela o remetente, ele batia na janela.
– Vim pegar meu celular. – Disse ele, olhando para minha mão, que o segurava.
– Alguém mandou mensagem para você. – Disse, entregando-lhe o telefone.

Pi pi pi...

Essas memórias não me fazem bem. Sinto saudades. Onde estaria Bê e sua gargalhada gostosa? O único som que corria pelos meus ouvidos era o "pi pi pi". Quando não o ouvia, já não tinha certeza de ainda estar aqui, viva. Acostumei-me com ele. Ouvi-lo era sinal de vida, de esperança.

22

Rio de Janeiro, junho de 2016

Finalmente elas chegaram e, tanto eu quanto Luc, tínhamos o coração saltando boca afora. Eu, porque não conseguia dimensionar o que essa nova vida guardava para mim; ele, porque não conseguia conter a euforia. Sua felicidade transbordava, ultrapassando as janelas da alma.

No desembarque, Valerie me deu um longo abraço e me agradeceu por estar ao lado dela. Não nos falávamos muito desde o episódio sobre o testamento, quando eu e Luc brigamos. Ela parecia tão indiferente àquilo. Suas atitudes em relação a mim quando estávamos juntas não eram compatíveis com as que Luc afirmava ter quando estava sozinho com ela, não eram condizentes com o carinho que demonstrava sentir por mim. Sua atitude me deixava cheia de dúvida, fazendo com que ora eu estivesse com o pé atrás e armada esperando pelo bote, ora eu estivesse totalmente envolvida por suas histórias cheias de suspense e intrigas. Obviamente, minha imaginação já havia traçado todo um roteiro desde o dia de nossa conversa na biblioteca durante o Natal.

Junto a isso, havia ainda as percepções das pessoas à nossa volta, acerca da nossa situação. O fato era que nenhum de nós poderia prever o que estaria por vir.

Embora nossa vida estivesse longe da perfeição e muito diferente do que era no início, nunca havia sido tão feliz. Talvez, lá no meu mundo particular, aquele que criei, fosse essa a sensação que eu me obrigava a sentir sem mesmo perceber que talvez não fosse bem assim.

Nos dias que se seguiram, Luc ficou cem por cento envolvido com as meninas e Valerie, e, mais uma vez, quase não sobrava tempo para nós. Luc me pedia todos os dias que eu tivesse um pouco mais de paciência e eu tinha, afinal de contas elas precisavam mais do suporte dele do que eu. Mais uma vez eu deixei de olhar para mim e continuei olhando para o outro. Não que eu na época enxergasse dessa forma, eu agia em prol do coletivo, da nossa família. Nos últimos anos, principalmente, eu vinha buscando uma motivação, algo que fosse além da minha vida profissional, algo que ultrapassasse a preocupação que tinha comigo mesma, com minha vida, com o meu EU. A imensa necessidade em me sentir útil absorvia cada vez mais meu íntimo, fazendo com que eu, aos poucos e sem perceber, ficasse para trás e esquecesse de mim mesma, permitindo que, no meu mundo particular, perfeito, o qual eu inventei para que coubéssemos apenas nós três, começasse a ser invadido e sofresse as interferências da outra vida de Luc. Inocência a minha achar que sustentaria meu mundo alheio a isso tudo por muito tempo.

Luc nutria esse sentimento em mim. Ele sabia da existência dessa lacuna e soube preenchê-la muito bem. Fazia eu me sentir imprescindível, nutrindo meu coração com a certeza de ser útil para manter a ordem em sua vida, transformando-a em algo melhor, fazendo-me acreditar que eu era seu porto seguro e que, sem mim, sua vida ruiria. Isso me prendia a ele. A certeza de que eu fazia a diferença e, portanto, não poderia deixá-lo só. Foi assim que, aos poucos, permiti que minha vida fosse deixada de lado para que a vida dele e todos os seus problemas invadissem a minha. Era um fato. Não havia como ser diferente disso. Cada um tem seu pacote e carrega aquele que tem condições de enfrentar. Eu enfrentei, assumi e amava me sentir o centro da estabilidade emocional daquele núcleo, mas paguei um preço alto por isso também. Passei a me sentir fraca, como se minhas energias fossem sugadas; estava morrendo aos poucos, mas eu não percebia isso.

* * *

– Emma, está tudo bem? – Perguntou Lia, educadamente, quando na verdade sua vontade era de gritar: Você está péssima!
– Ando cansada. Luc tem me demandado muito em casa por conta da nova rotina com as meninas e Valerie. Não está sendo fácil. Ando de um lado para o outro, sempre indo atrás de onde eles estiverem. Finalmente as obras na Célula acabaram e Valerie tem nos ajudado bastante. É até bom para ela se ocupar.
– Emma, desculpe dizer o que penso, mas tente enxergar as coisas de uma outra maneira. Permitir que ela se envolva na empresa de vocês não é um pouco demais, Emma?
– Não é o Luc, estar ao lado de Valerie não é o melhor lugar para ele. Eu mesma dei a ideia. – Me justifiquei, já prevendo o julgamento. Todos pareciam me julgar tanto pela escolha que fiz que meu inconsciente se encarregava de arrumar as justificativas sem que eu desse conta.
– Abra o olho! Você não percebe que essa mulher quer tomar o seu lugar? Você está investindo seu tempo e seu dinheiro nesse empreendimento. Ele é seu também e Luc parece dar muito espaço para ela, não acha?
– Não. Pode ficar tranquila. Ela precisa fazer algo para ocupar a mente, e eu não tenho tempo de me envolver com decoração. Ele iria pagar alguém para fazer isso, mas eu sugeri que ela ajudasse.

A situação de Valerie não era a mais confortável do mundo. Afinal, acabara de se mudar para um país estrangeiro deixando para trás suas memórias, seus poucos amigos e sua vida. Deixou seu país como se fosse uma fugitiva e entrou em outro estigmatizada, alcoólatra, emocionalmente desequilibrada e sem nenhuma credibilidade, com duas filhas pequenas nos braços. Com os agravantes de não conhecer a língua, não ter visto de permanência e as únicas pessoas com quem poderia contar serem eu e Luc, mais ninguém. Não podemos dizer que ela não foi corajosa. Apesar de todo o medo e pânico que sentia, ela criou coragem, arregaçou as mangas e fez toda a mudança. Chegou cheia de esperança no coração de que sua vida, aqui, seria melhor, e com nosso suporte, essa era a proposta de Luc. Portanto, era natural que a cada dia Valerie demandasse mais e mais, o tempo todo. Desde o início ele se prontificou a ajudá-la a passar pela fase difícil que se encontrava, e seu convencimento fora importantíssimo para que ela tomasse a decisão de vir. Havia um trato, havia um comum acordo entre eles, havia uma cumplicidade que, de certo modo, os unia.

Ela era cem por cento dependente dele para ir ao mercado fazer compras, dar ordens à empregada, decidir a escola das meninas e até mesmo para ir à farmácia comprar um pacote de absorventes. Pensem em uma mulher completamente perdida em um país avesso ao que ela estava acostumada. Hábitos, língua, clima, comida, pessoas, tudo. Ela veio para cá com a certeza de que Luc daria todo o suporte necessário, e ele dava, mas se esqueceu de um detalhe importante: ele não era mais seu marido, ele também não estava mais solteiro, ele tinha a vida dele comigo.

Quanto a ele, bem, obviamente se sentia sufocado com a presença dela, e o convívio acabou gerando aumento relevante nas discussões entre eles, mas, no entanto, continuava defendendo a tese de que esse conflito teria fim quando Valerie se adaptasse à nova vida e pudesse caminhar com as próprias pernas, não sendo mais totalmente dependente dele ou de mim. Era preciso paciência; isso tomaria um tempo.

Ao contrário do que pensávamos, Valerie parecia não fazer esforço para se adaptar e, aos poucos, foi se colocando no meu lugar. Luc parecia não perceber isso. Um dia a ouvi enfatizar "nosso negócio" enquanto conversavam. Ele não discutia, não falava nada, deixava que ela ficasse sozinha nos devaneios dela, mas aquilo me intrigou e uma pequena fagulha se acendeu.

– Luc, como assim, empresa dela?

– Emma, não comece você também com loucura, você está estressada e fica ouvindo coisas.

Luc tentava, de todas as formas, me convencer de que eu exagerava e que ele tinha Valerie sob controle.

– Luc, eu ouvi, não venha você me dizer que não.

– Emma, Valerie ainda não está bem. Quantas vezes vou precisar dizer isso, meu amor? Deixe ela com suas fantasias, vamos viver a nossa vida.

– Está quase impossível, Luc. A gente não tem mais tempo para nada.

– Eu sei que não tenho sido tão bom para você ultimamente, mas isso vai melhorar, estamos na reta final. Eu peço, por favor, um pouco mais de paciência. Até setembro, meu amor. Em setembro tudo estará bem e eu prometo que faremos uma viagem só nós dois.

Era sempre o que ele dizia, mas o o meu copo estava cheio demais.

* * *

Luc foi me buscar no trabalho e Valerie sentada no banco da frente do carro. Ela não se levantou, ele não falou nada, não se pronunciou, nada. Surgiu em mim uma fúria, uma raiva, e não me contive. Já era demais, que domínio era esse que aquela mulher exercia sobre o meu marido que ele não rebatia?

– É isso mesmo, Luc? Eu vou ficar no banco de trás do carro e ela vai no da frente como se fosse sua mulher? É isso mesmo? – Perguntei, já sem disfarçar o tom de voz. Mesmo não entendendo português, ela provavelmente compreendia o que se sucedia.

– Você vai começar a arrumar confusão com a maluca agora? Você está precisando de tratamento.

O fato é que sentar no banco de trás não significava nada para mim, eu, na verdade, comecei a descontar nela a minha frustração em relação à conduta dele comigo naquele período. Eu me sentia excluída da vida dele. Ele estava totalmente focado na Célula e na vida das meninas e, de sola, na vida de Valerie.

Nesse dia fiquei com tanta raiva que sumi; deixei todos eles no shopping e fui embora. Ele não se mexeu, não foi atrás de mim, não fez absolutamente nada. Deixou-me ir, sem se abalar. Foi a primeira vez que percebi sua frieza e insensibilidade com relação a meu sofrimento. Valerie, no entanto, veio atrás de mim.

– Emma, o que aconteceu?

– Estou cansada, Valerie, é só isso.

– Minha querida, você é uma irmã para mim, não quero que sofra, e confesso que é muito difícil ter que te dizer isso, porque ao mesmo tempo que para mim é muito melhor que você fique com Luc, não quero que sofra. Ele está mudando, não está? Você já percebeu? Ele está prestes a fazer com você... Não permita isso Emma, você é a única pessoa que pode manter esta família de pé.

Não consegui me segurar, chorei, alí, no meio do corredor do shopping, os olhares julgadores das pessoas que passavam por mim não me perdoavam, fincavam seus punhais em meu corpo já cansado, esgotado de lutar para se manter de pé. Valerie me abraçou, retirando-me do lugar, me envolvendo como um manto protetor. Senti-me acolhida em seus braços.

– Fazer o que, Valerie? O que ele pode fazer comigo? Por que então você não foge dele? Você está cada vez mais dependente. O que você quer? Quer que eu desista dele, é isso? – Dizia com a voz embargada pelo choro.

– Eu não posso mais. Agora é tarde para mim, Emma. Mas você ainda tem tempo.

Voltei para casa, para a nossa casa, não para a casa de Valerie. Ele não voltou, ficou lá. Se ele ao menos mostrasse sua compaixão por mim, se ele demonstrasse qualquer sentimento de pesar por ter me colocado nessa situação; mas, não, ele agia como se eu tivesse provocado toda a discussão, como se eu estivesse errada, sufocando-o. Foram momentos difíceis, tristes, e eu começava a me tornar uma pessoa cinza. Minha luz, meu colorido aos poucos se apagava. Tudo o que havia conquistado pertencia a Luc, nada era meu. Nada me pertencia de verdade, precisava de Luc para ter o Bê, para ter as meninas e a família que ele havia me dado a certeza de ser minha. Ele sabia disso. Ele sabia que eu precisava dele e percebi que jogava com isso.

Pi pi pi...

Minha visão turva não me permitia enxergar os fatos como eles eram, e hoje, aqui deitada neste leito imóvel, minha percepção acerca do que acontecia é mais cristalina que as águas de Oludeniz.

23

Amnésia

Tudo na nossa vida acontecia muito rápido. Fazia pouco mais de um mês que as meninas conseguiram a nova casa para morar e meu relacionamento já estava totalmente fora do controle. Luc e eu quase não dormíamos mais juntos. Saía do trabalho, ficava com as meninas e acabava dormindo lá. Quase não nos víamos mais, a não ser que eu fosse até ele; eu ia, mas a cada dia me distanciava. Ou era isso ou perderíamos de uma vez por todas a convivência. Voltei a sentir que nadava e, provavelmente, morreria novamente na praia apesar de todos os esforços que fiz. Sentia-me frustrada, enquanto Luc proferia suas certezas:

– Não se preocupe! Você está ligada a mim para sempre. Você tem meu trevo tatuado na pele e meu filho no coração. A gente nunca vai se separar.

Essas palavras me faziam refletir no quanto eu era sua refém, quão ligada a ele eu estava. E ele tinha razão. Meu amor pelo Bernardo era incontestável, o amor que Luc não só ajudou, mas incentivou a nutrir era, naquele momento, a razão mais forte e que justificava todo o meu empenho em manter nossa relação, por maior que fosse meu amor pelo Luc. Percebi que o amor genuíno está acima de julgamentos e compreendi a incrível capacidade que o ser humano tem de amar. Como somos capazes de amar! Bê me fez perceber que eu era capaz, sim, de amar uma criança que não foi gerada por mim, e isso pouco me importava, era o menos relevante. Fui capaz de sentir suas dores, seus medos, angústias e alegrias. Amor que me fazia despertar com o menor ruído vindo de seu quarto, amor capaz de me manter de pé a seu lado da cama nas noites de febre. Aquele menino havia transformado a minha vida em algo muito melhor, e Luc era o grande responsável por isso. Era amor, e era indissociável, não existia mais Luc sem Bernardo ou Emma sem eles. Luc havia deixado de ser apenas ele há muito tempo e passou a ser eles, passou a ser nós!

Apenas a ideia de ficar longe dele já me destruía a alma. Portanto, eu não tinha escolha. Luc preenchera as lacunas mais importantes da minha vida. Era exatamente o que faltava para a minha plenitude. Ele percebeu desde o início quais eram meus pontos frágeis e se moldou a eles para se encaixar perfeitamente nas minhas lacunas. E isso poderia ser muito cruel.

Luc já não tolerava mais ficar sozinho segurando a barra das crianças e da Valerie. Estava farto de dividir o pouco tempo que lhe restava entre Valerie, as meninas, eu e Bernardo e propôs:

– Emma, não consigo sem você! Fique comigo, vá comigo para a casa da Valerie. Quero ficar ao lado das minhas filhas, colocá-las para dormir todos os dias, não me prive disso, por favor. Não posso mais me dividir assim entre duas casas.

O que eu poderia fazer? Meus olhos marejaram, abracei-o e chorei copiosamente aninhando-me em seu peito. Assim, sentada em seu colo, ficamos por muito tempo, juntos, nos tocando, nos acariciando, na tentativa de resgatar todo o tempo perdido com brigas e confusões. Ele me desmontava e confundia mais a minha cabeça, mudando meus pensamentos e colocando por terra minha lógica. E, logo, eu esquecia minhas angústias e necessidades, voltando minhas prioridades para ele, concentrando-me apenas em satisfazer suas necessidades com a ilusão de que, estando o problema dele resolvido, o meu a médio, longo prazo, também estaria. Mas até quando eu suportaria isso?

Eu compreendia seu lado, não achava justo privá-lo de estar com as meninas todos os dias e entendi que se, de fato, éramos uma família, e era a família que eu havia escolhido, deveria cumprir meu papel nela também. Luc passava por um momento de estresse absurdo e eu me preocupava com seu estado de saúde, tinha medo que esse estresse pudesse fazer o câncer voltar. Não achava que estava deixando minhas prioridades e necessidades em terceiro ou quarto plano. Sei que é difícil entender, para quem está de fora, mas estar com ele e ter minha família era minha prioridade também. Mas, morar com Valerie, sua ex- mulher, não era o cenário que eu havia planejado. Não sabia o que fazer, me encontrava em meio a uma encruzilhada.

No entanto, contrariando a ordem natural das coisas, quando eu já pressentia o pior, a esperança ressurgiu. Luc, ávido e determinado em fazer as coisas entre nós darem certo, mais uma vez me surpreendeu e tentou resgatar nossa vida, de alguma forma. Com isso, vieram as flores, mais e mais, a cada dia havia mais flores esperando por mim, em todos os lugares por onde ele sabia que eu ia passar havia uma flor, mesmo que discreta.

Lembro-me bem do dia em que o concierge da galeria me entregou um lindo arranjo com uma orquídea branca e crisântemos vermelhos alaranjados. No cartão, a mensagem:

> "Emma, meu amor, prometo que todos os dias da minha vida serão movidos para fazê-la feliz. Você é a mulher que amo, a mulher que trouxe minha família. Você é meu pilar, minha fortaleza, não posso esperar para termos nossa vida de volta. Te amo.
>
> Luc."

Voltei para casa com meu coração retomado de alegria e esperança, e quando cheguei, encontrei em cima da mesa de jantar uma mensagem pedindo que eu colocasse uma das cadeiras no meio da sala, em cima do tapete, virada para a janela, e que me sentasse nela totalmente nua, com uma venda nos olhos e desligasse por completo todas as luzes da casa. Ele me avisaria quando estivesse subindo. A condição era que eu deveria me manter com os olhos fechados durante todo o tempo. Não podia esperar para saber qual sensação ele me faria sentir desta vez. A mensagem chegou, me coloquei conforme planejado, nua com meus seios já tenros à espera de sua boca faminta.

Ele entrou, amarrou minhas mãos na cadeira para se certificar de que eu não tiraria a venda, ligou o som e me deu uma taça de vinho. Senti algo diferente no gosto da bebida, mas não interpolei, continuei quieta, aguardando o que estaria por vir. Senti a língua percorrendo minhas pernas e uma boca carnuda me sugando. Havia algo de estranho no toque. No meu íntimo, não me sentia confortável com aquela situação, a primeira impressão não foi entusiasmante para mim, me senti mal, com náuseas, mas a forma como ele falava comigo, como me acalmava, me deixava segura. Ele sabia exatamente como me persuadir. Percebia o toque de sua mão suave escorregando para dentro do meu corpo molhado. Seus lábios me sugavam com tanta gana quanto um animal faminto. Ali começava a maior aventura sexual da minha vida, ou seria da dele?

O fato de estar inebriada pela bebida não me permitia ter qualquer senso crítico, minhas percepções acerca do que acontecia diminuíam a cada instante. A confusão mental, aliada à venda, me afastava da realidade. Não tinha qualquer domínio sobre mim mesma e me entreguei; não havia o que fazer, não havia como discordar, não havia como lutar, eu estava zonza, já não conseguia entender o que se passava e o que fazia. Aquela bebida, havia algo nela que me fez liberar o instinto animalesco de dentro de mim. Ainda amarrada, mas com minha alma livre, livre dos tabus, da moral, de qualquer senso crítico em relação a mim mesma, tudo fora para o espaço, ele me puxou para a beirada da poltrona levantou minhas pernas e me tomou por completo, de todas as formas, enquanto lábios percorriam meu corpo. Os olhos vendados me permitiam ser eu mesma. Eu não queria ver. Fui à loucura, transcendi meu corpo e finalmente senti minha alma ultrapassando a barreira material que a continha dentro de mim. Perdi as forças e desmaiei.

Acordei na cama sem venda nos olhos, no mundo real. Me perdi enquanto ele continuava me beijando, enquanto seus dedos brinca vam dentro de mim. A noite não terminou por ali, estendeu-se e mais sussurros e promessas de amor foram ditas ao meu ouvido. Minha cabeça ainda estava confusa, me sentia enjoada, aquele vinho não me fez bem ou talvez, ao contrário, tenha me feito muito bem. Tudo indicava que nossa vida voltaria a ser como antes, que esse era o desejo dele também.

No entanto, não foi bem isso o que ocorreu. Embora ele continuasse me enviando flores e todos os cartões me prometessem os melhores momentos da vida, a realidade era outra, bem diferente e distante disso. Suas atitudes não eram condizentes com as palavras que marcavam o papel. Sua escrita tão forte, cravada na folha como se mostrasse seu anseio em cumprir o que ali estava escrito, não era contundente o bastante ou mesmo potente para fazê-lo mudar. Essa dicotomia era responsável pela ansiedade desumana que me assolava o peito, fechando minha glote para qualquer alimento que desejasse entrar. Muitas vezes, nem mesmo o ar era capaz de transpor essa barreira, me sufocando a alma e fazendo do meu coração a moradia da angústia. Era como se algo dentro dele o impedisse de mudar ou algo ainda maior, alguma situação não permitisse que ele voltasse a ser como era no início, por mais que tentasse. E só me vinha à cabeça Valerie.

Meu corpo sentia os efeitos do estresse emocional pelo qual passava, dando início a um processo de amnésia que se tornou frequente após o episódio da venda nos olhos. Por mais que eu tentasse, não conseguia me lembrar da noite anterior, meu corpo despertava dolorido e passei a encontrar manchas roxas pelo meu corpo.

– Você fez algo diferente ontem que justifique essa dor e essas manchas? – Perguntou Luc.

– Não, nada. Cheguei em casa e depois do jantar caí na cama tão pesado que mal vi você se deitar.

– Como não me viu deitar... Você não parecia dormir pesado ontem. – Disse ele, com olhar tenso.

– Do que você está falando? – Perguntei intrigada.

– Emma, estou falando que ontem nós, como todas as outras noites, transamos.

– Sério isso? Para de brincar, Luc. Eu não lembro absolutamente nada.

– Deixa de brincadeira você, Emma, como não se lembra? Fizemos amor como sempre fazemos.

Não fazia a mais vaga ideia do que havia se passado entre nós naquelas noites. Luc contou que em todas as ocasiões eu estava consciente e demonstrava sentir prazer e querer mais, mas eu sequer me lembrava como havia adormecido.

A última recordação que tinha de nós dois juntos era nebulosa, cheia de lacunas, e fora no dia que fizemos a brincadeira da cadeira. No entanto, havíamos feito amor inúmeras vezes depois daquele dia. Como poderia não me lembrar se nossa pele era tão forte, se a química que existia entre nós nesse quesito era perfeita? Essa era a lembrança que eu mais desejava ter, dos nossos corpos quentes e ofegantes se tocando e se amando; era o meu acalanto e tudo de que mais precisava naquele momento. Estaria meu inconsciente me boicotando? Estaria ele me protegendo para que eu pensasse friamente sobre nosso relacionamento e como ele se transformara depois da vinda de Valerie, sem me deixar ludibriar pelas intensas noites de sexo que costumávamos ter e que acabavam sempre por me desvirtuar das questões importantes que precisava compreender? Nosso relacionamento era basicamente pautado em sexo, o qual muitas vezes era usado como forma de convencimento do amor que ele dizia sentir por mim, como forma de persuasão quando queria me convencer de algo. O fato é que Luc muitas vezes usou o sexo como ferramenta para me induzir a determinados pensamentos e convicções. Muitas vezes havia essa conotação, mas essa certeza não passava pela minha cabeça naquela época.

Nossa preocupação girava em torno apenas do fato "falta de memória pontual". Por que era capaz de me lembrar com lucidez de tudo, menos quando estávamos juntos na cama?

– O que será que está acontecendo comigo?
– Não sei, meu amor, mas talvez seja estresse. Eu não tenho ajudado muito ultimamente, você sabe. – Disse enquanto se levantava da cama e se dirigia à cozinha. – Vou levar você ao seu limite.

Ouvi dizê-lo ao longe, quase não querendo que eu escutasse. Não compreendi o sentido daquela frase, mas nunca a esqueci. Me lembrei do comentário que Anna fizera da última vez que saímos juntas.

– Toma, amor, bebe um pouco de água, você está muito abalada. Tenho medo de que volte a surtar novamente.
– Surtar? Desde quando eu surtei, Luc?
– Amor, você teve um surto na Turquia, você achou ter visto uma pessoa que já havia morrido. Eu acho que atraio mulher assim, maluquinha como você.
– Eu não tive um surto, Luc. – Disse, seriamente.– Esses episódios de esquecimento nada têm a ver com o que ocorreu na Turquia. Lá foi real, eu sei!

Nesse dia, marquei um encontro com Anna. Precisava sair de casa e conversar com alguém que não achasse que eu estaria surtando. Lia estava de férias, o que fazia meus dias serem mais longos no trabalho. Detestávamos as férias uma da outra, costumava ser sinônimo de ostracismo e tédio, almoços curtos e chatos. Precisava tanto que ela estivesse lá naquele momento. Cheguei do trabalho e sem vontade de me arrumar, coloquei uma roupa qualquer e me despedi dele:

– Amor, você acha prudente ir a um lugar cheio de gente com esses episódios de falta de memória? Não acha muita irresponsabilidade? Não quero você sozinha e desprotegida na rua. Fico preocupado. Você assim, nesse estado, andando sozinha de táxi. Acho que você deveria desmarcar esse encontro ou, então, pedir à Anna para vir até aqui.
– Luc, já percebeu que toda vez que eu marco de sair com meus amigos você tenta me convencer a não ir? Eu estou bem e, além disso, meu problema de falta de memória está relacionado a uma situação específica. – Disse enquanto me dirigia ao quarto para dar um beijinho no Bê.
– Depois o Bê vai achar que você abandonou ele. Se ele acordar no meio da noite procurando você, o que eu digo?

– Luc, francamente, usando o Bernardo?

– Você reclamava quando eu passava mais tempo com as minhas filhas e, agora que estou mais aqui, você resolve sair e me deixar sozinho. Se eu soubesse disso teria ficado com minhas filhas.

– Luc, sua casa é aqui! Você quer mesmo arrumar uma discussão comigo agora? Por favor... Não faz assim. Preciso conversar um pouco. Não vou demorar, prometo.

Estaria eu sendo egoísta, deixando-o sozinho para sair com Anna justo quando ele está em casa? Essa dúvida assolava meu coração, fazendo com que eu me sentisse culpada, não me permitindo relaxar e aproveitar a noite. Essa sensação era injusta, por mais que eu tivesse a necessidade de me encontrar com meus amigos, eu também queria ficar com ele e Bernardo. Nunca me sentia inteira, sempre pela metade, principalmente pela forma como os argumentos eram colocados. O ideal seria conciliar, mas, na maior parte das vezes, era impossível. Luc sempre envolvido com Valerie, as meninas, a Célula, quase não sobrava tempo para meus programas. Para piorar meu sentimento de culpa, havia ainda o argumento Bernardo. Ele sabia que esse seria sempre um forte argumento, principalmente nesses últimos tempos, quando sua vinda para casa era uma incógnita. Ele sabia que estar ao lado dele era meu maior prazer e tentava, muitas vezes, me persuadir a fazer o que ele achava que eu devia fazer por causa do Bernardo. E na maior parte das vezes ele tinha êxito.

Lá estavam Anna e seu primo sentados na mesma mesinha redonda de pé alto do lado de fora do bar. Ela, como sempre, tinha o cigarro, dessa vez, apagado na mão esquerda e a tulipa de chope com colarinho alto na mão direita; já ele, espalhafatoso não só pelos gestos mas pela forma corpulenta, pedia mais um chope ao garçom enquanto acendia o cigarro colocado no canto direito da boca com um isqueiro provavelmente de alguém da mesa ao lado. Ouvia-se suas gargalhadas de dentro do táxi.

Finalmente consegui ultrapassar o mar revolto de pessoas amontoadas na calçada e me coloquei à frente deles.

– Emma, que cara é essa? Tá parecendo uma morta. – Disse Anna alto e em bom tom para que todos no bar se virassem para mim. Anna sofria do mal que denominávamos incontinência verbal e que muitas vezes deixava não somente a mim, mas outros amigos também, em situações vexatórias.

– Porra Anna, deixa a garota em paz, indiscreta você! Só porque se casou agora ela pensa que pode andar assim, de cara lavada - Disse ele, ironicamente.

– Caramba, que receptividade maneira a de vocês, hein?!

Anna retirou o batom da bolsa e seu lápis preto inseparável e começou ali mesmo a me maquiar.

– O que está acontecendo com você, Emma? Nas poucas vezes que a vejo, você tem estado assim, apagada, sem cor – disse ela enquanto passava o batom vermelho nas minhas bochechas.

– Não ando bem, tenho tido uns episódios de amnésia. Não me lembro de ter transado com Luc nos últimos dias.

– Realmente isso é muito estranho. Tem mais algum outro fato de que você não se lembre? – Disse ela enquanto colocava meus cabelos delicadamente para trás dos meus ombros.

– Não, não que eu saiba.

– Emma, não está mais usando o colar? – Perguntou enquanto puxava suavemente o decote da minha blusa para baixo.

– Estou, claro, nunca o tirei do... – E antes que pudesse terminar a frase, percebi que ele não estava mais no meu pescoço. – Não acredito, eu perdi?

Procuramos pelo chão do bar, por todos os lugares. Tinha certeza de que havia saído de casa com ele, já havia virado hábito, sempre colocava a mão no pescoço para conferir que estava lá.

Não podia acreditar. Era só o que me faltava: perder meu escapulário! A perda do escapulário me fez pressentir que algo poderia dar errado, como se minha vida com Luc dependesse dele para dar certo.

Seria eu mesma sugestionada? Ou teria esse fato aberto meus olhos para enxergar com um pouco mais de clareza o que eu me negava? Não sei, tinha tanto medo de perder Luc e Bernardo que não me permitia ver o que estava na frente do meu nariz, tão óbvio e claro. E a perda do colar, de certa forma, me fez ter medo de perder tudo o que havia conquistado. A agonia foi tamanha que minha vontade foi voltar para casa.

– Emma, relaxa, você deve ter esquecido em algum lugar. Eu te dou outro, não leve as coisas assim tão seriamente, você acabou de chegar. Fica um pouco.

– Não estou me sentindo bem. Luc não queria que eu viesse, está preocupado com minha falta de memória. Viu? Eu estou esquecendo as coisas. Tem algo muito estranho acontecendo comigo.

– Sabe o que eu acho, Emma? Eu acho que você está muito sobrecarregada. Você vive em função da vida do Luc, da Valerie, dos filhos e da Selma. Sua vida com Luc melhora ou piora de acordo com o humor e o estado de espírito das outras duas. Isso não está certo, Emma. Você não percebe isso? Olhe para você. Antes dele você estava tão bonita, tão feliz!

– Eu estou feliz com ele Anna, mas talvez você tenha razão, eu não estou cuidando bem de mim. Luc passou por uma fase difícil, mas agora as coisas estão mais tranquilas e ele consegue ficar mais tempo em casa comigo.

– Você precisa cuidar melhor da sua saúde e deixar que Luc se aproprie de suas próprias prioridades, não acha?

– Luc se vira da melhor maneira para conciliar as coisas, mas fica difícil às vezes. Eu preciso estar ao lado dele dando meu apoio.

– E quem está a seu lado te dando apoio, querida?

Voltei para casa e me aninhei no colo de Luc, que já dormia. Queria sentir seu corpo unido ao meu, queria acordar no dia seguinte e ser capaz de lembrar da nossa noite.

– Luc, acorda, quero você meu amor. Dessa vez eu não vou me esquecer, eu prometo.

Pronto! Acordei 8 horas depois. Os dias seguintes foram iguais, eu continuava sem lembrar o que acontecia. As manchas roxas e o corpo dolorido persistiam. Não havia nada que justificasse essa a mnésia repentina. Ele então me convenceu a me levar a um médico conhecido dele.

* * *

– Então é você? – Disse o médico enquanto apertava minha mão. – O que traz este casal tão jovem ao meu consultório?

– Sim, é ela dr. Foster, minha mulher.

O médico era um senhor de barba bastante grisalha, já beirando os 70 anos. Tinha fala mansa e calma, sotaque inglês e pouco cabelo, nariz pontudo, esguio e forte para a idade. Seu rosto era bastante marcado pelos sinais do tempo, seus olhos tinham linhas fortes que se sobressaiam quando sorria. Transmitiu-me muita paz, muita tranquilidade. Sua voz doce me deixou completamente à vontade.

– Luc me ligou pedindo que eu a atendesse com urgência. Seu marido se preocupa muito com você. É um grande homem. Um pouco às avessas, confesso, mas um grande coração. – Disse dr. Foster, me olhando fundo nos olhos.

– Que coisa boa ouvir alguém falar bem do meu marido.

Enquanto conversavam, Luc tirou do bolso um papel e o entregou ao dr. Foster.

– Este é o atestado do médico que atendeu Emma na Turquia, mostrando que ela teve um surto psicótico.

– Luc, que atestado é esse que você nunca mencionou? Você insiste em afirmar que eu tive um surto. – Virei-me para o dr. Foster: – Eu não tive surto nenhum na Turquia. O que aconteceu lá não tem nenhuma ligação com o que vem acontecendo aqui, doutor, são situações diferentes.

– Não precisa se preocupar, Emma. Você está muito nervosa. Acalme-se para não ter outro episódio como o da Turquia. Você desenvolveu um quadro de amnésia global transitória que pode ser desencadeado por pessoas com enxaqueca ou por alguma condição de stress. Diga-me uma coisa: você tem o hábito de perguntar o tempo todo que dia é hoje ou muitas vezes se esquece o que foi fazer em um determinado lugar?

– Sim, com muita frequência. Ambas as situações são recorrentes para mim, desde pequena.

– Ela tem muita enxaqueca, dr. Foster. – Disse Luc – Mas isso é grave?

Não gostei do modo como ambos me olhavam e se entreolhavam, mas logo aquele senhor, com sua voz mansa e doce, me acalmou, fazendo-me confiar nele.

– Emma, seu marido se preocupa com você. É seu amigo. Desarme-se um pouco. Não seja tão reativa com ele.

Segurei a mão de Luc e novamente me senti segura. Ele tinha razão, estava reativa com ele. Todo aquele episódio de falta de memória me deixava estressada e eu mesma, no meu íntimo, começava a temer o surto.

Fizemos uma série de exames, respondi diversas perguntas e ele finalmente fechou o diagnóstico e disse que com certeza o estresse havia desencadeado a tal da amnésia, afinal minha vida não era simples. E como se já não bastasse toda a preocupação com Valerie, os filhos e Selma, que havia, surpreendentemente, nos deixado de importunar nesses últimos 15 dias, ainda havia o tratamento.

Luc me encorajara a fazer novamente o tratamento para engravidar. Havia começado há poucos dias e nas próximas semanas já poderíamos tentar a fertilização. Ele sabia que me restavam poucas chances e que não poderia desperdiçá-la.

– Minha querida Emma – disse ele enquanto abria uma pequena gaveta que ficava atrás de sua mesa trancada por um cadeado. Pegou três caixas e disse: – Tome, esse remédio vai ajudar você a controlar sua ansiedade e vai deixar você mais calma e tranquila. Sei que sua vida não está sendo fácil. – Disse, olhando para Luc como se o repreendesse.

– Obrigada, estou mesmo precisando.

– Luc, mas você também tem que cooperar para mantê-la calma ou então vai acabar perdendo esta joia.

– Esta eu não perco, dr. Foster. Esta eu não perco.

– Emma, você precisa descansar e ficar um pouco em casa, na sua casa. – Dr. Foster era muito mais que um médico para Luc. Ele parecia conhecer muito bem sua vida e nossa rotina. – Vou prescrever repouso por 15 dias, sem trabalho, em casa. Aproveite para ler, descansar... E você, Luc, durante esse período, por favor, mantenha Emma longe de Valerie, ok?

– Claro, doutor, vou fazer tudo para que minha mulher fique bem.
– Sabe Luc, estive com Carla. – Dr. Foster disse, mudando de assunto.
– Que Carla? A mãe do Guilherme? – Perguntei, mostrando-me interessada no assunto.

Finalmente eu teria notícias da primeira mulher do Luc, a mãe de seu filho mais velho. Nunca falamos sobre ela, na verdade nunca surgiu o assunto e também não era uma curiosidade minha. Diante de tantas situações com Valerie e Selma, Carla parecia não existir. Nem mesmo Guilherme falava sobre a mãe nas poucas vezes que nos encontramos.
– Sim, meu amor, dr. Foster é o médico da Carla. Nos conhecemos há uns 15 anos ou mais. E como ela está, doutor?
– Na mesma situação. Sua esquizofrenia é das mais graves. É muito agressiva e seu comportamento antissocial não a permite interagir com os outros internos. Você sabe, venho mudando sua medicação mas não tenho obtido bons resultados.

Fiquei perplexa. Não sabia dessa situação. Pobre Guilherme, pobre criança que tão pequena viu a mãe ser internada em uma clínica psiquiátrica e o pai ir morar na Inglaterra. Guilherme era um menino bom, um homem bom, melhor dizendo, aos 25 anos, mas cheio de mágoas e tristeza no olhar. Eles tinham uma péssima relação e, na minha concepção, sob a minha ótica, o abandono de Guilherme era um dos maiores arrependimentos de Luc. Quando Luc se mudou para a Inglaterra, deixou Guilherme morando com os avós paternos, prometendo buscá-lo tão logo ele estivesse instalado. Contudo, isso nunca aconteceu e ele atribui o fato a Valerie, sempre com a desculpa de que ela estaria prestes a desencadear uma confusão ou de que ela o ameaçava, usando as meninas de alguma forma. Essa história me comovia. Era, sem dúvida, uma das maiores mágoas que ele tinha de Valerie. Costumava dizer que jamais a perdoaria e que, mais cedo ou mais tarde, ela pagaria pelo mal que havia feito.
– Obrigado, dr. Foster, por ter sido tão amável e cuidadoso com a mãe do Gui. É uma pena que uma mulher tão jovem tenha perdido toda a sua vida internada, sem nenhuma chance de melhora. – Agradeceu Lu.

Dr. Foster foi o médico que diagnosticou a esquizofrenia de Carla, foi ele quem tentou salvá-la de diagnósticos confusos. A amizade deles vinha dessa época. Os sintomas da doença pioraram, até que seu convívio em sociedade tornou-se impossível, fazendo com que ela fosse internada cinco anos após a separação de Luc. Carla era órfã, seu pai morrera em um acidente de carro um mês depois que sua mãe morrera de câncer. Não tinha irmãos e Luc e Guilherme eram sua única família. Luc nunca a deixou desamparada, foi seu tutor, administrando sua vida financeira até Gui completar 18 anos. Seus pais a deixaram com dinheiro suficiente para que tivesse uma vida bastante confortável.

– Luc, meu filho, sinto muita pena por tudo o que aconteceu com ela e com você também, meu jovem rapaz. – Virou-se para mim e completou – Sabe, Emma, Luc não teve muita sorte; é um romântico inveterado, sempre à procura de seu amor. Acho que finalmente agora ele encontrou.– Luc assentiu com a cabeça, fitando-me o olhar.

– Obrigada, dr. Foster. Obrigada por essas palavras. É muito bom ouvir alguém falar bem dele. Tão difícil isso...

– As pessoas têm o péssimo hábito de julgar os outros sem conhecer suas dores, Emma. Mas Luc, virou-se para ele mudando de assunto, e Valerie, como ela está? Sabe que conversei com o médico dela, como você me pediu, e ele concordou comigo que ela precisa voltar ao tratamento aqui no Brasil. Posso indicar um médico amigo meu se você preferir ou caso ela não se sinta bem comigo.

– Claro, vou falar com ela. Ela está difícil. Agora deu para implicar com a Emma, inventa coisas, e eu estou cansado e muitas vezes eu acabo descontando em Emma todo esse estresse. – Ele me olhou nos olhos e segurou minha mão que estava em cima da mesa branca de seu consultório.

– Natural, meu caro, que você desconte em Emma. Mas vai com calma porque assim vocês não conseguem ter esse bebê.

– Por falar nisso, doutor – disse Luc –, ela pode tomar esse remédio sem problemas? Como o senhor mesmo disse, estamos fazendo tratamento para engravidar e fico com receio que isso possa afetá-la.

– É um fitoterápico, calmante natural. Vai ajudá-la inclusive durante esse período, em que seus hormônios estão à flor da pele. Pode ficar tranquilo, meu rapaz.

Respirei aliviada, afinal havia alguém a meu lado capaz de enxergar que Luc também era responsável por todo meu estresse. Percebi que dr. Foster havia se tornado um grande aliado meu, visto que exercia grande influência sobre Luc.

Ao voltarmos do consultório, Luc me deixou em casa, pegou um copo de água, me deu o comprimido e foi para casa de Valerie ver as meninas. Eu voltava a me sentir feliz, apesar desse problema da falta de memória, que eu tinha certeza de que seria passageiro.

Liguei a televisão, coloquei um filme e fiquei esperando que eles voltassem para casa deitada no sofá. Adormeci. Acordei com Luc me pegando no colo e me levando para a cama. Não tinha noção da hora, capotei.

Os dias seguintes se passaram assim, eu dormindo, acordando. Precisava daquele descanso, mas a impressão que tinha é que quanto mais dormia, mais cansada ficava.

Luc não deixava meu celular no quarto, dizia que eu precisava descansar, não queria nenhum aborrecimento de trabalho, e ele estava certo.

Algum tempo depois, não tenho muita noção de quanto tempo, Lia foi à minha casa me visitar. Luc não estava, ouvia a campainha de longe, e foi difícil conseguir chegar até a porta para abri-la. Somente ali me dei conta de quão esgotada física e emocionalmente eu estava.

– Emma, o que está acontecendo com você? Está há dias sem ir ao trabalho, ligo para seu celular e ele está desligado; falei com o porteiro e ele me disse que você não sai de casa há dias também.

– Eu, estou... – Não conseguia falar, minha língua enrolava, estava tonta demais. – ... de licença.

– Emma, olhe para você, está com um aspecto horroroso, parece que não toma banho há dias. Estou preocupada com você, querida. Onde está o Luc?

– Está trabalhando – Disse com muita dificuldade.

– Emma, vou ficar aqui com você até Luc chegar, você não tem condições de ficar sozinha.

Lia passou a tarde comigo. Na verdade, não sei o que aconteceu depois porque dormi, estava esgotada. Acordei com Luc na cama me fazendo carinho. Era tão reconfortante para mim, me sentia tão plena e segura ao lado dele, não podia haver melhor lugar do mundo senão aquele onde estava. Ele disse que havia encontrado Lia e que conversaram bastante sobre meu estado de saúde e que ela iria segurar as pontas no trabalho. Eu não precisava me preocupar.

E assim os dias foram passando. Um dia, acordei no meio da tarde, não me sentia tão grogue, parecia que estava recobrando meus sentidos. Meu celular estava ao lado da minha cama, peguei-o e liguei para Luc, não sabia qual dia da semana era, muito menos dia do mês, me sentia totalmente perdida.

– Oi,você acordou. Que bom, já estava esperando isso...

– Onde você está? Estou perdida aqui, sem noção de quanto tempo eu dormi.

– Relaxa, estou chegando em casa.– Desligou o telefone.

Tê-lo a meu lado era a melhor sensação que poderia sentir, era tudo o que precisava na minha vida. Seu cuidado, sua proteção e seu carinho por mim ainda me faziam, apesar de todas as adversidades, a pessoa mais feliz do mundo.

Pi pi pi piiiiiiiiiii...

Ouço a porta abrir com força, muitas pessoas falando ao mesmo tempo.

– Desfibrilador. Afastem-se! Afastem-se! Energia máxima – ouço alguém falando.

– Epinefrina disponível, doutor.

Escuto toda aquela movimentação de longe. Assisto a tudo. Meu corpo, vulnerável, reage à descarga elétrica levantando-se involuntariamente do leito. Mas meu coração parece não sentir o choque. A lembrança desse momento causou a parada cardiorrespiratória.

Ele me deu uma taça de vinho, me entreguei permitindo que tudo fosse feito comigo. Não havia o que fazer, não havia como discordar, não havia como lutar, eu estava zonza, já não conseguia entender o que se passava e o que fazia. Aquela bebida... Havia algo nela que me fez liberar o instinto animalesco de dentro de mim. Voltar a esse momento em que achava que minha felicidade era plena fez meu coração parar.

Piiiiiiiii pi pi...

Meu coração voltou a bater tão rápido quanto a lembrança daquele dia voltou a povoar minha mente. Tão rápido quanto o retorno de Luc.

Breu

24

Rio de Janeiro, julho de 2016

Não tardou mais que meia hora, ele entrou pela porta adentro e começou a disparar. Era outra pessoa, totalmente diferente do Luc que eu conhecia.

Emma, preciso conversar com você agora! Preciso te contar a decisão que tomei e que vai interferir negativamente na sua vida. – Disse ele incisivamente, e bastante calmo.

– O que aconteceu? Você está diferente de quando falou comigo ao telefone ainda agora... – Os efeitos do remédio ainda me deixavam um pouco grogue, mas eu ainda era capaz de me expressar.

Meu coração gelou, comecei a tremer, temia que o pior acontecesse, fiquei com medo do que ele me falaria. Um segundo de espera e todos os piores pensamentos passaram pela minha cabeça. Não queria ouvir... Ele não pode estar com ela. Eu não posso ter sido tão burra a esse ponto.

– Fala, o que está acontecendo?

– Eu não quero mais ter filho! – Disse ele, olhando fixamente nos meus olhos.

– O que é isso agora? Quando foi que você decidiu isso?
– Está decidido!
– A gente começou o tratamento, Luc. Tomei as injeções e não posso parar, eu estimulei a produção de óvulos e só faltava fazer a coleta. A médica marcou para... Peraí, que dia é hoje?
– Emma, você está há 15 dias deitada nessa cama dormindo. O tratamento já era, acorda!
– Por que você está falando assim comigo? Como é possível eu estar há 15 dias dormindo, sem sair de casa?

Havia perdido total noção de tempo, não me lembrava de absolutamente nada. Como alguém dorme por 15 dias e ninguém acha estranho, ninguém pergunta, ninguém contesta? Havia algo muito bizarro por trás disso!

Obviamente, Luc conhecia minhas condições, sabia que não tinha óvulos suficientes para congelar e que a fertilização in vitro seria nossa única chance de termos um filho. Portanto, estimular a ovulação e não coletar os óvulos foi jogar fora a única chance provável que eu teria de ser mãe. A natureza é muito cruel com as mulheres. Nossa contagem começa mesmo antes de nascermos, quando já começamos a produzir os óvulos. A partir daí, é contagem regressiva. Temos um número X deles e, se não usarmos, perdemos a chance de nos tornarmos mães. Tentam nos fazer acreditar que depois de "vencidas" não servimos para mais nada, não temos utilidade nem serventia e isso é repulsivo.

Comigo a crueldade foi ainda maior, bem maior, ainda me restava uma chance se Luc não tivesse me deixado dormir por 15 dias! Que crueldade é essa que te encoraja a começar um tratamento e depois te sabota? Que prazer em acabar com o sonho do outro é esse? Que prazer é esse em aprisionar a alma do outro no limbo para deixá-lo vagando na certeza do "se"; é incoerente, mas é isso, é a certeza da dúvida porque não existe mais chance, porque se tentou, mas se castrou. A dúvida a partir daquele instante seria para sempre minha companheira. Estava agora aprisionada a ela. Que mal teria feito eu para merecer tal castigo, minha pena perpétua?

Que dor era aquela? Arrancavam minha alma de dentro do meu corpo à força. Meu Deus, qual razão justificaria um ato tão desumano como esse?

Não sabia mais o que pensar, o que achar. Não sabia o que era mais grave: eu ter ficado fora do mundo por 15 dias ou ter parado o tratamento na etapa de coletar os óvulos e fazer a inseminação artificial. Entrei em choque, fiquei perplexa, só conseguia gritar.

– Emma, acalme-se, você está parecendo uma desequilibrada mental. Não vê que agindo assim você só está dificultando as coisas para mim? Você não está me ajudando, não percebe isso?

– Ah, eu? Eu estou dificultando as coisas? Então você me diz que eu fiz todo tratamento à toa, me enchi de hormônio e joguei minha última esperança concreta de ter um filho fora e sou eu quem dificulta as coisas para você, Luc? E você, você está facilitando alguma coisa mim?

– Você está passando dos limites, achei que você fosse uma mulher madura, mas, pelo visto... É tão desequilibrada quanto a Selma e a Valerie.

– Você é um irresponsável, louco ou é o que, Luc? Pelo amor de Deus, o que você fez comigo? Você só pode estar brincando! Você sempre soube que eu queria ter filhos, você me disse no dia que nos conhecemos que a única coisa que você não podia ter mais era outra ex-mulher... O que você está fazendo comigo, Luc? O que está acontecendo aqui?

– Não jogue suas frustrações em cima de mim. Não tenho culpa por você não ter tido filhos. Assuma sua responsabilidade e suas decisões, vamos encarar os fatos com civilidade e lucidez.

– O quê? Pelo amor de Deus, isso só pode ser um pesadelo, não é possível, você está fora de si... Foi você quem insistiu para que eu fizesse o tratamento!

As lágrimas encharcavam meu rosto, os soluços tentavam me calar, a vontade que a morte me assolasse naquele instante era meu maior desejo. Andava de um lado para o outro da sala, não cabia em mim de tanta tristeza e consternação. O que aquele homem pretendia? Veio à minha cabeça o cartão que ele me enviara e no qual dizia claramente o quanto ele queria ter um filho comigo e que, portanto, deveríamos fazer o tratamento. Foi então que me dirigi à caixinha tailandesa que ficava ao lado da mesinha de Bali. Era ali onde guardava todos os cartões de Luc. Abri a caixa, todos se encontravam dentro dela, à exceção deste, ele havia desaparecido.

– O que você está procurando, Emma?

– Você sabe o que estou procurando... O cartão, onde você colocou?

– Não tem cartão nenhum, Emma. Estou cada vez mais preocupado com você e essa falta de lucidez.

– Luc, sou eu, olha pra mim, o que está acontecendo com você? Por que está me tratando assim, pelo amor de Deus?!

Luc se mantinha inabalado, como uma pedra, sentado no sofá, enquanto eu, ajoelhada no chão com os braços apoiados em seus joelhos, tentava fitar seu olhar.

A dor pungente corroía meu corpo inteiro, não consigo, agora, com palavras, descrever a angústia e a tristeza que tomavam conta da minha alma. Minha cabeça tentava traçar uma lógica entre o que ele me dizia, a forma como me tratava e o Luc com quem convivi todo esse tempo, mas não conseguia compreender o que acontecia. Sentia dor, uma dor real, na alma; não era só física, não era só o peito que doía por conta do coração se contraindo. Era uma dor maior, grandiosa.

Quem era aquele homem? Não o reconhecia diante de mim. Onde estaria querendo chegar, e para quê? Fingir que nunca tentou me convencer a fazer o tratamento? Que isso não era uma prioridade nossa? Tentava manter a calma mas não conseguia me controlar. Fiquei louca, ensandecida. Queria gritar, expulsar o mal de dentro de mim.

– Eu não estou gritando com você, Emma, mantenha o equilíbrio, você está muito perturbada. – Disse ele, sereno, impávido.

– O quê? É claro que estou; é óbvio que estou alterada, eu estou puta da vida, você não entende o que está fazendo comigo? Que tortura é essa? Se você já sabia disso por que não me falou? Por que me encorajou a fazer o tratamento? Você foi capaz de me deixar dormindo 15 dias para jogar meus óvulos no lixo?

– Que barbaridade é essa, como você é mau, como você pode ser tão perverso? Meu Deus, por quê?

– Vamos tentar manter uma discussão madura, Emma, vamos tentar ser razoáveis. Você está se mostrando uma mulher totalmente desequilibrada, infantil e mimada. Foi exatamente por conta desse seu comportamento que dr. Foster achou melhor você tomar os medicamentos e relaxar; foi para o seu bem.

– Não me vem com essa Luc, você não vai conseguir me manipular a esse ponto. Não, não vai não. – Tentava andar pela sala, mas ainda estava fraca e tonta, não conseguia me manter de pé por muito tempo.

– Você pensa que é fácil ter um filho, criar um filho. Você não tem ideia do que é isso, eu já tenho quatro e não cabe outro na minha vida!

– Como não tenho ideia, Luc? Eu não crio o Bê? Quem educa, quem cuida, quem protege essa criança sou eu, você não tem a menor ideia das necessidades dele e você me diz que eu não sei o que é criar um filho? Nem o material escolar da criança você é capaz de providenciar, nem ao médico você leva, quem leva sou eu. Poupe-me desses comentários, Luc. E por falar nele, por onde o Bê andou nesses 15 dias? Onde ele está?

– Então, Emma, você já tem o Bê, para que outro filho, ele é seu e vai ser sempre seu.

– Não me vem com essa Luc, eu amo o Bernardo como a um filho e sei perfeitamente que não tenho direito nenhum. A mim cabe apenas amá-lo sem exigir nada em troca, e sei que a qualquer momento ele pode sumir da minha vida.

Proferir essas palavras aumentava ainda mais a minha dor, porque o amor àquela criança estava prestes a me ser roubado. A crueldade nos atos de Luc não pararam com a interrupção do tratamento, foi além. Ele me presenteou com a felicidade de sentir o carinho de uma criança para depois tirá-la de mim. Era isso, era isso o que eu mais temia.

– A culpa foi sua. Você me trouxe a reponsabilidade de ser pai que eu nunca tive. Você trouxe o Bê de volta para mim e acabei me tornando responsável por ele, depois você me trouxe as meninas e agora elas dependem totalmente de mim. Não tenho como ter mais filhos, Emma. Esse assunto está decidido.

– Entendi. Você está me dizendo que se eu não tivesse pensado no bem-estar do seu filho, se não tivesse colocado ele em primeiro lugar na nossa relação não teria despertado em você esse sentimento de responsabilidade. Então você teria um filho comigo como você teve com todas as outras mulheres? É isso?

– É isso. Na verdade, é isso.

Não podia acreditar naquilo. Ele atribuía a mim o fato de ter incutido nele o senso de responsabilidade. Nada fazia sentido, perdia meu chão. Eu não o reconhecia mais. Em fração de segundos ele se tornara um completo estranho para mim. Quem era aquela pessoa?

– Luc, olha pra mim, sou eu, Emma. Você está percebendo com quem está falando? O que está acontecendo com você?

– Você me trouxe uma responsabilidade que eu não estava pronto para assumir, minha vida mudou repentinamente e agora me vejo em uma situação que não posso resolver. Já disse, é isso! Acorda, eu não vou ter filho com você, estamos casados e vai ser assim. Se recomponha e vamos ter uma vida normal como qualquer casal maduro.

– Sim, e aquelas flores, aquele cartão que você me enviou há pouco mais de um mês? Sei lá, já estou perdida no tempo! Você mudou de ideia, assim, de repente? Foi a Valerie, não foi? Ela está influenciando você. Que poder é esse que ela exerce sobre você?

– A decisão foi tomada. Dessa vez Valerie está fora!

Não podia ser verdade. Alguma coisa o obrigava a me tratar daquele jeito. Havia algo por trás daquilo e comecei a desconfiar de que Valerie poderia ter feito o mesmo com a mãe do Bê e que, por ser imatura, não teve inteligência emocional suficiente para manter o relacionamento com Luc.

– Você não percebe o imenso sofrimento que está me causando? Ajude-me, não me faça escolher entre você e o filho que eu quero ter, não seja tão cruel assim comigo, por favor.

– Não, Emma, eu não posso sentir uma dor que não foi causada por mim. Você é a única responsável por seus atos e suas decisões no passado. – Disse ele, fleumático. – Cada um paga pelos próprios erros, eu não vou pagar pelo seu.

Tentava fazer com que ele sentisse empatia por mim, com que se compadecesse com a minha dor, me abraçasse, fizesse qualquer coisa, mas ele não se movia, estava parado, imóvel, olhar perdido, era um homem que eu não conhecia. Meu coração estava apertado, sentia uma dor que não podia suportar, queria explodir, morrer.

Suas palavras duras me destruíam e continuavam a ser proferidas de sua boca fulminante, mas eu precisava me manter forte, precisava me manter erguida por dentro para impedir que ele me manipulasse. Era difícil, suas palavras ardilosas, suas frases impactantes que iam direto, no fundo da minha ferida, muitas vezes me faziam perder a cabeça.

– É esse o limite a que iria me levar?

– Emma, se acalme, você não está bem. Está passando por um estresse que afetou seu lado emocional e desestabilizou você.

– Não inverta a situação, Luc. Você não vai conseguir me manipular dessa forma. Eu definitivamente não sou a Valerie, muito menos a Selma.

Ele me destruiu. Não tinha a mais vaga ideia do porquê de agir assim comigo. Ele continuava lá, sentado, frio, inabalado. Nenhum remorso, nenhuma empatia. Fui tomada por um misto de desespero e raiva; queria alguma reação dele, mas nada, frio permanecia repetindo as mesmas palavras: "está maluca", "surtou", "você anda muito estressada", "é para isso que quer ter filho?", "você mal consegue se controlar diante uma situação de estresse", "não preciso de mais uma mãe desequilibrada na minha vida", "pensei que você fosse diferente"... Eram essas as palavras que sua alma jogava contra meu peito.

Não havia feito nada para que ele me tratasse dessa maneira, mas ele continuava me ferindo, agindo como se fosse a vítima do mundo.

Como em um flashback, começou a passar pela minha cabeça uma enxurrada de lembranças, lembranças as quais não dei ouvidos. Era como se, de repente, as nuvens negras carregadas pela tempestade dessem lugar a um céu azul, fazendo-me enxergar o que não quis ver por todo esse tempo.

"Você é a paixão da vida dele desse mês e a desajustada do próximo."
"Eu sei que, no início, ele é maravilhoso, mas depois ele muda."
"O que você está fazendo com ele? O que ele te dá em troca?"
"Ele sente prazer em irritar as mulheres."
"Eu vou levar você a seu limite!"
"Eu não existo, eu sou algo que você inventou!"

Onde estaria o meu empoderamento? Aquele de que ele costumava me munir? Onde estaria todo o amor que ele sentia por mim? Não sei o que aconteceu. Não consigo responder agora.

– Luc, isso tudo parece uma brincadeira. Não o reconheço mais. Não tenho condições de ficar aqui com você; por favor, vá embora.

– Essa atitude mostra sua imaturidade em lidar com as adversidades.

– Chega de tentar me manipular, Luc. Há quanto tempo o Bê não me vê? O que aconteceu durante todo esse tempo? Por onde você andou? Me responda agora ou eu vou começar a gritar aqui.

– Emma, você está fraca, debilitada – disse ele, me segurando pelos braços. Ainda precisa de cuidados médicos. Vou ligar para dr. Foster e perguntar se você ainda pode tomar os remédios.

Percebi que continuar discutindo, cada vez mais, me afundaria no oceano de incongruências no qual me encontrava. Comecei a fazer seu jogo. Lembrei-me na hora da tão falada Síndrome de Estocolmo, em que a vítima, para se proteger, inconscientemente cria um vínculo afetivo com o agressor. E algo terrível passou pela minha cabeça. Ele me mantinha drogada propositalmente. Embora a raiva tomasse conta de toda a minha alma, consegui ter o mínimo de lucidez para, racionalmente, agir de forma diferente. Coloquei-me calma e fui levando-o a crer que ele conseguia me manipular.

– Você acha, Luc? Por favor, fique aqui comigo, então. Estou perdida, estou cansada, todas essas coisas me deixaram confusa. Acho que preciso dormir mais um pouco. – Fui caminhando para o quarto e me deitei na cama. Sabia que a qualquer momento ele voltaria com o remédio. Tinha que pensar rápido, não podia mais ficar naquela situação.

– Tome aqui, querida, tome seu remédio.

Não sabia o que fazer para me livrar daquele famigerado comprimido. Coloquei o remédio na boca, mas não o engoli, apenas fingi. Tinha que pensar rápido antes que começasse a se dissolver e fizesse efeito.

– Já volto. – Disse ele. Foi a chance que tive. Virei o travesseiro ao contrário, puxei a fronha e cuspi nele todo o líquido que ainda restava dentro da minha boca, juntamente com o comprimido. Arrumei a fronha rapidamente e virei o travesseiro antes que ele voltasse.

Ele foi para a sala e percebi que estava ao telefone com alguém. A porta fechada não me permitiu escutar muito bem o que dizia, apenas o ouvi dizer que estava tudo preparado e que ele iria para a Célula.

Tinha de me manter calma e pensar rápido para arrumar um modo de sair dali e descobrir o que se passava. O que ele teria em mente? Será que era tão estúpido a ponto de achar que não seria descoberto?

Fingi que havia caído em sono profundo. Ele foi tomar banho. Escutava ao longe o barulho da água caindo no chão. Ele, de fato, estava debaixo do chuveiro. Peguei meu celular, que havia deixado na sala, e tentei ligar para Lia, mas é óbvio que ele havia bloqueado todas as chamadas, por isso deixou o celular ao lado da cabeceira quando acordei. Só era possível ligar para ele. As portas estavam fechadas, tentei o interfone, desligado... Não haveria outra solução senão esperá-lo sair e pedir ajuda. Lembrei-me de que eu poderia fazer o *download* do aplicativo de mensagem, visto que, obviamente, ele o apagara do meu celular. Isso tomaria algum tempo, mas como Luc costumava demorar no banho, talvez eu conseguisse. Ele trocara a senha do wifi de casa. A cada situação que surgia para dificultar meu plano, mais nervosa e com o coração saltando pela boca eu ficava. Não sabia se o 3G do meu celular estava ativo. Começou então minha luta contra o tempo. Minha mão tremia e, finalmente, quando ele fechou a torneira do chuveiro, enviei a mensagem para Lia.

> "Lia, corro perigo. Por favor, não responda a esta mensagem. Espere-me dentro de trinta minutos na padaria. Se eu não aparecer, chame um chaveiro e arrombe a porta da minha casa. Peça ajuda aos meu porteiros e não demore. (Pavão Azul)"

Esse era nosso código de perigo. Nunca pensei que, de fato, um dia iria usá-lo. Ela sabia que somente eu o escreveria. Não havia como outra pessoa se passar por mim.

Apaguei a mensagem, o aplicativo, e anotei seu telefone em um pedaço de papel. Deixei o celular no modo noturno, exatamente como o havia encontrado, e o coloquei no mesmo lugar.

Meus nervos estavam à flor da pele. Luc não podia imaginar que havia tramado isso ou meu plano iria por água abaixo. Vivia um pesadelo. Quem era aquele homem? Por que estaria ele fazendo isso comigo, me dopando, me deixando dormir? A resposta para essas perguntas dependia de mim; precisava que tudo saísse como esperado.

Sentia-me fraca, como se não estivesse me alimentando bem. Parecia mais magra, abatida, manchas roxas por todo o meu corpo. Deitei na cama e fingi dormir.

Ele deu algumas ligações e podia ouvi-lo dizendo que estaria em trinta minutos na Célula.

Ouvi seus passos caminhando em direção ao quarto e a porta se abrindo. Continuei fingindo que estava caída no sono, podia sentir sua respiração chegando perto de mim.

Ele fechou as cortinas e deitou-se a meu lado. Precisei me manter firme para descobrir o que estaria por trás desse desconhecido Luc. O que teria, enfim, acontecido com ele para mudar tanto? Precisava acalmar as batidas do meu coração ou logo ele perceberia que não estava dopada. Eu me mantive lá, inerte como uma pedra.

Ele começou a se esfregar em mim, percebi sua excitação. Tirou abruptamente a minha calcinha, abriu minhas pernas, posicionando seu tronco entre elas, e enfiou sua língua dentro de mim. Senti vontade de vomitar. Meu maior prazer havia se transformado em algo repugnante, repulsivo e asqueroso. Sua língua não parava, sua boca me sugava com força enquanto eu tentava me esforçar ao máximo para me manter impassível diante do estímulo ao prazer que Luc me proporcionava. Ele não se continha, não se saciava.

Ele continuou, intensamente, até que se extasiasse, como se sua boca fosse um cálice repleto de vinho. E então me penetrou, devagar, aos poucos, aumentando a intensidade vagarosamente, aumentando, mais forte, mais forte, até gozar. Levantou-se, pôs minha calcinha de volta, e foi embora. Pude ouvir a porta do elevador batendo. Corri para o banheiro e vomitei, vomitei muito. Havia acabado de ser violentada pelo meu marido. E quantas outras vezes enquanto eu estava dormindo isso não aconteceu? Sabe-se lá Deus o que poderia ter acontecido comigo naquele quarto que justificasse todas as manchas roxas que tinha pelo corpo. Preferi não pensar nisso.

Como imaginava, meu celular já não estava mais na sala. Ele o havia levado. Meu desespero aumentava, não sabia se Lia faria o que eu havia pedido, pensei então em pedir socorro ao porteiro pelo interfone, mas estava quebrado. Cada minuto parecia uma eternidade. Não havia iPad, computador, nada que facilitasse minha comunicação. Trinta minutos já haviam se passado desde que enviei a mensagem a Lia. Estaria ela me aguardando? Teria ela levado a sério a minha mensagem?

Era minha única esperança antes de gritar para que os vizinhos me ouvissem. Eu tinha vergonha, me sentia humilhada, pedir socorro aos vizinhos seria um aviltamento. Seria meu último recurso.

De repente, escutei alguém batendo na porta, olhei pelo olho mágico e era Lia, o porteiro e mais uma pessoa que devia ser o chaveiro.

– Lia, Graças a Deus!

– Emma, você está bem?

– Sim, estou, mas, por favor, abra logo essa porta.

Em um minuto, o chaveiro resolveu o problema, abracei Lia já aos prantos e pedi ao porteiro que mantivesse segredo.

Sr. Antônio, o porteiro era uma pessoa confiável, sabia que poderia contar com sua discrição.

Pedi ao chaveiro que trocasse imediatamente o segredo e dei ordem ao sr. Antônio que não permitisse mais que Luc entrasse em casa.

Convenci Lia a me levar até à Célula. Não foi difícil entrar. Conhecia todas as senhas das portas e portões. A casa estava vazia. Nos dirigimos então para a casa de Valerie. Subiu-me um desespero, um medo, achei que o pior poderia ter acontecido, que ele tivesse voltado para Valerie. Prestem atenção na minha narrativa, acabei de dizer que o pior seria ele ter voltado para Valerie. Perceberam a delicadeza do sinal? Minha confusão mental era capaz de achar que ele ter voltado para Valerie poderia ser ainda pior que toda a violência moral e física que ele me fez passar.

Que sentimento deturpado era aquele que tornava a agressão proferida fisicamente e moralmente contra mim menos importante que a volta dele para sua ex-mulher? O pior foi o que ele fez comigo; voltar para Valerie deveria ser irrelevante naquele momento. Mas eu não estava totalmente livre dele, ainda existia, claro, algum sentimento, o da perda. Ter sido enganada por ele e por Valerie seria um constrangimento ainda maior depois de todo o movimento que fiz para que ela viesse para o Brasil; depois de ter estendido minha mão e após todos os avisos que me foram dados.

Entrei no condomínio. A porta estava aberta e havia barulho vindo de cima. Entramos devagar, vi seu celular junto ao meu pousado na mesa, entreguei o dele à Lia e pus o meu no bolso.

– Lia, me espere dentro do carro com ele ligado. Deixe já manobrado, pronto para sair. Não sei o que vou encontrar aqui.

– Emma, tem certeza? Não quer que eu vá com você?

– Lia, se eu não descer em vinte minutos ou se perceber qualquer movimentação estranha, você chama a polícia, grita, faz qualquer coisa, só não devolve esse celular para o Luc. Esconda-o em algum lugar dentro do carro.

Subi as escadas, boca seca, pernas trêmulas e coração disparado. A música me levava ao quarto de Valerie. Não tinha certeza se estava preparada para o que encontraria. Quem estaria ali? Caminhei devagar, sorrateiramente, coloquei o ouvido junto à porta para tentar ouvir algo, mas o som alto não me permitia decifrar os sussurros. Já imaginava a cena na minha cabeça. Eles estariam lá dentro, os dois, Valerie e Luc, vivendo uma torrencial tarde de amor, enquanto eu, teoricamente, dormia e tinha meus dias roubados. Pensei em voltar, não precisava vê-los, os sussurros já eram o suficiente para deduzir o que se passava dentro daquele maldito quarto. Recuei, mas meu coração me fez voltar, precisava vê-los, precisava encarar Luc ou ele tentaria de todas as maneiras me convencer de que não era ele no quarto e usaria a má fama de Valerie com os homens para certamente me manipular. Parei, respirei fundo, me enchi de coragem e, com as mãos molhadas de suor, abri a porta do quarto de Valerie e me deparei com a cena mais estapafúrdia da vida.

Lá estavam eles, todos nus. Não consegui me mexer, fiquei atônita assistindo a tudo, incrédula. Luc não percebeu minha presença, fiquei de pé em frente à cena, paralisada, aterrorizada com o que via sobre a cama de Valerie.

– Sentiu minha falta, sua velha estéril?

Luc tirou rapidamente a cabeça, que se alojava entre as pernas de Selma, virando-se para trás. Ao perceber o que acontecia, me olhou fixamente e continuou penetrando outra. Acontecia uma orgia ali. Valerie sempre odiou Selma, não faria sentido as duas juntas. As lágrimas inundavam meus olhos, dificultando a visão. Dei alguns passos para o lado, a fim de encarar Valerie, mas, para minha surpresa, não era ela; era uma terceira mulher que estava com os olhos vendados. Isso tudo aconteceu muito rápido.

– O que é isso? O que está acontecendo aqui, meu Deus? – O som saiu de minha boca quase morto, sem força. A voz embargada dificultava a explosão necessária, não podia gritar e colocar para fora toda a dor e perplexidade que sentia.

Tudo fazia sentido. Aquela cena era a reprodução do que fizeram comigo durante todos os dias em que Luc me manteve dopada, desde a noite em que ele me pediu para que eu o esperasse com os olhos vendados. Eles me doparam naquela noite e nas seguintes também. Isso explica a amnésia durante nossas noites de amor, ou melhor, de sexo, já que amor decerto não era o que havia ali. Selma participara de tudo, o que também justifica a trégua que ela nos deu durante o período que antecedeu à visita ao dr. Foster. Luc colocou Selma na minha casa, na minha intimidade. Eu tremi, eu chorei, morri.

Enquanto minha mente registrava o raciocínio, meus olhos petrificados assistiam Luc mantendo seu coito, ele não parava.

Meu mundo caiu, meu coração estraçalhado nunca sentira dor tão imensa.

– Venha, sua velha. Venha se juntar a nós. Eu sei que você deve estar com saudades de mim. Ficamos tão juntas e fomos tão intensas nesses últimos dias... – Vomitei.

Luc não se pronunciava. Preocupava-se apenas com seu prazer. Ele não conseguia parar, estava hipnotizado pela luxúria e continuava mantendo relações sexuais com a outra mulher. Ele não pensava nas consequências, precisava daquele prazer efêmero e não media esforços para atingi-lo enquanto me fitava fundo nos olhos. Que bizarrice acontecia ali? Eu me vi imóvel, impossibilitada de me mexer, assistindo àquilo incrédula, inerte, paralisada.

Não conseguia, naquele momento, traçar qualquer lógica. Só havia em mim espaço para a dor.

Eu permanecia lá, parada, petrificada pelo terror que vivia. Assim que sua explosão se esvaiu, segurou Selma pelos cabelos, totalmente nua, e a mandou pedir desculpas para mim. Foi quando percebi que ela também tinha o trevo tatuado na virilha, o trevo de Saint Patrick. Gelei. Todas as lembranças sobre a história do trevo vieram à minha mente: como Luc me persuadiu para que eu o tatuasse naquele local e como Saint Patrick havia conseguido, por meio de sua retórica, convencer os druidas a se tornarem católicos. Era isso! Claro, Luc usava a mesma técnica, a técnica do convencimento, para manipular as mulheres e conseguir tudo o que ele queria, inclusive se beneficiar financeiramente. Por isso, Sâmia disse para eu usar o trevo a meu favor. Eu teria de ser mais esperta e mais persuasiva que ele. Mas para quê? Eu só queria sumir, ir embora e nunca mais vê-lo. Mas havia raízes nos meus pés que me fincavam ao chão, impossibilitando minha fuga. Queria gritar, mas não conseguia, queria pedir ajuda, mas minha voz estava presa e minha alma afugentada pelo terror.

– Selma, escute bem, você nunca será como Emma, você é uma vagabunda, você só serve para isso e só preciso de você para esse tipo de serviço sujo. – Percebi ali a dependência emocional de Selma em relação a Luc.

– Não é verdade, Luc. Você me ama, você é apaixonado por mim, você só está com ela porque precisa do dinheiro dela. Ainda mais agora que ela é beneficiária da louca da Valerie.

– Cala a boca, sua vadia. – Gritou ele, jogando-a nua no chão enquanto a outra mulher permanecia na cama amarrada e vendada, um tanto alheia a tudo.

– Onde está Valerie? Onde estão as crianças? O que você fez com ela? Seu louco, você é um monstro, vocês se merecem! – Eu tentava gritar.

– Cala a boca, sua imbecil. Esta família não é sua. Você não é a mãe do Bernardo! Ele é meu filho. Meu filho, meu filho. Vocês nunca vão tirar o meu filho de mim. Luc, por favor, eu fiz tudo o que você me pediu, Luc. – Suplicava Selma, aos prantos, jogada no chão. Quanto mais ela me agredia, mais Luc a agredia e pior, mais dependente dele ela ficava.

– Ele é meu filho, sim! – O grito saiu. Meu amor pelo Bernardo não me permitiu ficar muda. Gritei como se eu tivesse algum poder sobre ele, algum direito sobre aquele bebê que me amava tanto. Mas não tinha!

Desci as escadas correndo, entrei no carro e a última coisa que ouvi foi Selma gritando:

– Você nunca mais vai tocar no meu filho, sua velha amarga estéril.

Foi ali então que percebi o quanto ela tinha razão. Eu nunca mais poderia tocá-lo, beijá-lo, sentir sua respiração nas noites de resfriado, sentir sua mãozinha acariciando meu rosto. Eu morri, naquele momento tudo de melhor da minha vida havia sido destruído. Bernardo foi arrancado do meu coração, deixando um vazio que jamais seria preenchido.

Lia me esperava com o carro engrenado em frente à casa de Valerie. Entrei e ela então dirigiu em direção à casa de Anna.

Pi pi pi...

Os médicos pareciam mais calmos, finalmente meus batimentos cardíacos estavam controlados.

Consegui reconhecer uma voz. Era minha mãe, ela segurava minha mão, forte. Quanto tempo fazia que eu não a via? Não sei.

O tempo nesse mundo era outro. Seu carinho confortou minha alma. Como era bom senti-la a meu lado.

Não vá embora mãe. Preciso tanto de você aqui. Senti seu abraço, minha mãe, tão carinhosa. Quanto não deve estar sofrendo... E eu sem saber o que, de fato, está acontecendo comigo.

25

O resgate

Anna já nos esperava. Abriu a porta de sua casa e me recebeu com um abraço apertado. Desabei. Minhas pernas perderam as forças, fui caindo no chão como um pedaço de pano solto. Ela me segurou pelos braços e ficamos ajoelhadas no chão da sala enquanto chorava. Lia nos olhava, com dó. Imagino o que devia passar pela cabeça delas. Não havia nada, de fato, que poderiam fazer para amenizar minha dor. Mas Anna estava lá, tal qual Pietá, me segurando no colo tal qual seu filho morto, ferido, com o coração dilacerado. Lia pegou um copo de água. Eu não queria falar mais nada, apenas peguei o celular dele e comecei a vasculhar as coisas.

Torcia para que a senha ainda fosse a mesma. Era!

Permaneci muda, sentada no chão, procurando arquivos de fotos, mensagens, qualquer coisa que me desse uma pista de onde Valerie pudesse estar, enquanto Lia e Anna conversavam, falavam sobre mim e sobre o que aconteceu na casa de Valerie, como se eu não estivesse ali. De vez em quando elas tentavam falar comigo, me tirar do chão, mas eu não queria, estava focada em encontrar algo que amenizasse minha dor. Nem mesmo sabia ao certo o que procurava além do paradeiro de Valerie. Talvez o objetivo fosse saber quem realmente ele era, mas nada aparecia, até que descobri uma pasta de arquivos secretos nomeada "*The Game*". Havia uma senha e não era a que eu conhecia. Testei várias, mas, de repente, me veio à cabeça: o trevo, Saint Patrick, até que digitei saintpatrick.

Gotcha!

– Lia, Anna, vejam o que eu encontrei. – Disse, passando o celular para elas com minha mão trêmula e a voz engasgada.

– Meu Deus, que aberração é essa? Esse homem é um monstro!

Quando abri o arquivo, vi um mundo desconhecido. Havia uma pasta para cada mulher, todas com subpastas que seguiam o mesmo padrão: músicas, flores e cartões, perfil, fotos e vídeos.

Havia filmes dele fazendo sexo com todas elas, e obviamente com Selma. Diversos, muitos, com ela e outras ao mesmo tempo, ela e outros homens... Ele a submetia às piores degradações humanas. Não parei por aí, quanto mais eu encontrava, mais motivada ficava a procurar, mais e mais, como um novelo de lã sem fim. Fui bisbilhotando outras pastas até que encontrei uma com o nome "Emma". Não tive coragem de abrir, o que poderia ter acontecido comigo durante esses 15 dias em que fiquei desacordada?

Para cada uma das mulheres ele inventava uma história diferente sobre sua vida. Havia as músicas preferidas de cada uma de nós, todas as flores e cartões que já havia mandado, provavelmente para não cometer o erro de repetir a mesma flor ou o mesmo cartão. A capacidade daquele homem de se transformar em pessoas diferentes era absurda, sua criatividade em inventar personagens com tanta precisão, com tanta riqueza de detalhes, e suportá-las por tanto tempo, sem que fosse descoberto, era fenomenal, ele era um gênio.

O fato é que ele mentiu todo esse tempo para mim e para tantas outras. Durante o pouco tempo em que ficamos juntos, ele jamais deixou transparecer qualquer envolvimento com outra mulher, nem mesmo com Selma. Como eu desconfiaria?

Não podia mais fugir, tinha que tomar coragem e abrir a minha pasta. Estava lá meu dossiê, todas as informações relevantes sobre mim: CPF, identidade, número de passaporte, cartões, senhas de banco, aniversários da família, dia que começamos a namorar, todas as minhas músicas favoritas. Meu Deus, como alguém pode simular tão bem? Tudo não passou de um jogo. Mas qual era o objetivo? Onde Luc queria chegar?

Ele não havia matado apenas a minha alma, mas também a minha personalidade. Havia matado meu gosto, minhas preferências, meus livros e séries. Ele matara a nossa vida, a vida que eu acreditava viver.

Levei um susto ao ouvir o celular tocando.

– Emma, sou eu. Onde está meu celular? Não estão me permitindo entrar no prédio. Precisamos conversar! – Era Luc. Coloquei no viva voz e acenei para as meninas ficarem em silêncio e ouvirem. – Vou entrar em casa. Preciso pegar minhas coisas que estão aí dentro ou vou chamar a polícia. Você está desorientada, Emma. Todo mundo sabe que você precisou se ausentar para cuidar da sua cabeça. Essa atitude só confirma que você não está nada bem. – Fiquei pasma com tamanha cretinice. Ele agora tentava manipular meus porteiros, a mim e a quem mais fosse, afirmando que eu sofria problemas psiquiátricos. – Meu amor, vou ter que falar com o dr. Foster para internar você. Tentei evitar isso, mas agora você passou dos limites.

Desliguei o telefone e liguei imediatamente para a portaria do prédio.

– Sr. Antônio, por favor, Luc está proibido de entrar no prédio. Eu sou a proprietária do apartamento. Caso ele insista, chame a polícia.

– O que você vai fazer agora, Emma? – Perguntou Lia. – Esse homem é um louco. Manteve você aprisionada 15 dias, e inconsciente, Emma. Fui até sua casa e vi seu estado.

– E você não fez nada?

– Emma, você falava com a gente ao telefone. Não sei que tipo de droga ele te dava, mas você dizia que estava tudo bem, não tínhamos como desconfiar. Desculpe, querida, devia ter sido mais cuidadosa com você e ter prestado mais atenção, mas Luc, tão envolvente, me enganou.

– Exatamente, Emma. Eu também falei com você algumas vezes. – Disse Anna.

– Como eu não consigo me lembrar disso? Como alguém some 15 dias e ninguém acha isso estranho? – Anna me abraçou enquanto eu chorava.

Lia colocou suas mãos em meu ombro e disse, com a voz embargada e seus grandes olhos cheios de lágrimas:

– Perdoe-me, Emma. Poderia ter tirado você dessa situação.

Anna então atentou para um fato:

– Emma, e Valerie? Será que ela sabe o que está acontecendo?

– Provavelmente não, mas preciso saber se ela também está por trás disso.

Minha única forma de contato com ela era pelo Messenger, do Facebook, mas percebi que ela não aparecia mais entre meus contatos. Pedi que Anna e Lia tentassem de seus perfis, mas elas também não a encontraram. Fizemos um perfil falso e a procuramos, e nada. Ela não existia. Seu perfil havia sido excluído do Facebook, sua conta havia sido deletada.

Havia algo realmente muito estranho acontecendo com ela. Precisava pensar com rapidez. Não conseguiria manter Luc longe por muito tempo. Tinha que agir. Liguei para Fred, irmão de Luc, como se nada acontecesse.

– Oi, Emma, que bom falar com você. Está melhor? Ficamos preocupados.

Fred, sem saber o que acontecia, foi, aos poucos, nos contando tudo. Luc havia internado Valerie em uma clínica psiquiátrica sob a justificativa de um possível escândalo. Os vizinhos, horrorizados com a gritaria, chamaram a polícia. Luc então aproveitou a oportunidade e internou a pobre mulher, afinal, ele já havia convencido todos de que ela era doente, e provavelmente tinha em mãos os documentos comprobatórios acerca da internação de Valerie, na ocasião de sua tentativa de suicídio. Não deve ter sido difícil.

Meu pensamento sobre os acontecimentos que culminaram na vinda de Valerie para o Brasil foi clareando, e o que via não era bom. Teria mesmo Valerie tentado o suicídio? Ela sempre negou, eu nunca acreditei.

– Você sabe onde é essa clínica? – perguntei, despretensiosamente.

– Emma, fique longe dessa confusão. Você não merece ficar perto nem se envolver com as histórias insanas de meu irmão.

Em um ímpeto de coragem, no auge da minha humilhação, "vomitei" a verdade como quem expulsa da alma todo o tormento existente nela.

– Fred, seu irmão me manteve dopada esses 15 dias. Consegui fugir de casa e o peguei no flagra, na cama de Valerie com Selma e outra mulher. Você enxerga a gravidade da situação, Fred?

Contei a ele todos os pormenores da cena dantesca da qual fiz parte; contei tudo o que havia acontecido comigo naquele dia, no dia mais longo de todos os outros que tive ao lado de Luc, de todos os pores do sol temperados com nossas conversas intermináveis e raiares do dia apreciando nossos corpos nus enquanto o sol aos poucos nos saudava. Que pesadelo era aquele o qual vivia?

– Por favor, Fred, preciso descobrir onde Valerie está. Agora você compreende que ela corre perigo?

– Valerie está em uma clínica de repouso a uns 10 km daqui. Não comente que te passei os dados da clínica. Conto com sua discrição.

– Eu também conto com a sua.

Anna sugeriu que colocássemos Rebeca no circuito. Rebeca, minha amiga, que até então não passava de uma doidivana em busca de aventura e revelações sobre o destino pelas estradas escaldantes da Capadócia, é, na realidade, uma respeitável psiquiatra forense. Profissional de renome no Brasil, ela chegou a dar palestras para o FBI quando se especializou em Harvard, nos Estados Unidos. Ela, de fato, era a pessoa mais indicada a nos dar um norte, o caminho a seguir nessa situação. Liguei para ela.

Rebeca nos explicou que existe a possibilidade de internação involuntária do paciente nos casos em que ele ou oferece risco à própria saúde ou oferece risco à sociedade, e essa internação, diferentemente do que eu pensava, não se dava apenas nos casos de dependência química, mas também nos casos de esquizofrenia ou transtorno de bipolaridade, mas que, obrigatoriamente, o médico assistente deve conduzir a internação.

– Essa avaliação é subjetiva e privativa do médico psiquiatra, e não é tão difícil que isso aconteça. – Alertou Rebeca. – Esse tipo de internação precisa da anuência de um familiar ou de algum responsável civil, além de ser notificada ao Ministério Público em até 72 horas após a internação. Precisamos verificar se houve essa notificação e quem da família dela autorizou. Pelo que sei, Luc não é casado com ela, mas muito próximo, pois praticamente vivia na casa dela. Isso pode caracterizar uma responsabilidade. Tudo irá depender de como essa internação foi conduzida. Teremos que ir até a clínica checar todos os documentos. Até lá, infelizmente nada poderá ser feito. A não ser que eu consiga caracterizar, de fato, essa internação como ilegal. Emma, volte para casa, mas não sozinha, me encontro com vocês lá.

Assim, contado dessa forma, parece que foi fácil, que consegui colocar meu coração de lado e agir racionalmente. Mas não foi bem assim. Eu estava destruída. De uma hora para outra meu castelo de cristal havia ruído, minha família havia desaparecido e sabia que jamais, jamais, encontraria Bernardo novamente. Meu coração sangrava. Não poder sentir mais sua respiração quando me abraçava cortava meu coração; sentia como se um punhal fosse cravado no meu peito, várias e várias vezes. E sabia que mais tarde essa dor seria ainda maior. Embora, naquele momento, ela existisse e fosse muito forte, meu foco era resgatar Valerie.

Ao chegarmos à minha casa, reforcei que Luc continuava proibido de entrar no prédio. Subimos.

– Rebeca você não acha que Clara poderia nos ajudar? – Clara era uma de nossas amigas e delegada de polícia – Chegaremos lá armadas até os dentes; eles não terão como não nos entregar Valerie. - Disse Anna.

– A ajuda dela pode ser usada caso tentem nos intimidar, mas pouco nos servirá caso a internação seja legítima. Vamos nos concentrar em encontrar documentos que comprovem que Luc não era responsável por ela. Pegue sua certidão de casamento.

Não encontrei minha certidão de casamento, o testamento de Valerie me nomeando sua beneficiária nem a averbação do divórcio de Luc. Procurei em todas as pastas que estavam na estante. Tirei todas as gavetas do armário de Luc e as apoiei no sofá do quarto. Revirei cada papel perdido, jogando todo o conteúdo no chão. Não havia nada, nenhum sinal da certidão de divórcio ou qualquer outro documento que facilitasse o resgate de Valerie. Até que, quando fui colocar as gavetas de volta no lugar, uma delas prendeu na antiga ripa de madeira de sustentação e, quando fiz força para empurrá-la, a ripa se quebrou e ela se aprofundou mais que as outras gavetas, como se tivesse transpassado o fundo do armário. Vi que a parede do armário parecia afundada. Retirei novamente as gavetas, dei uma batida e descobri que havia uma parede falsa.

Era inacreditável que tudo isso havia acontecido na minha casa, na minha cara e eu nunca tenha notado. Enfiei a minha mão e tirei tudo o que havia dentro. Pastas com todos os nossos documentos, DVDs, memory sticks, pen drives, um computador, a caixa... A tal caixa da irmã da Valerie que ele afirmou ter entregado a ela! Aquilo comprovava que o tempo todo ele fazia Valerie passar por louca, desequilibrada. Recolhemos tudo. Luc iria tentar, de uma forma ou de outra, reaver as coisas dele, e eu não podia correr o risco de deixá-lo pegar aquilo tudo que ele havia escondido sem antes descobrir o que havia ali.

– Emma, de quem é esse dinheiro todo? Tem muito dinheiro aqui... – Disse Anna, enquanto abria um dos envelopes pardos guardados no buraco, mostrando a Lia.

– Não faço ideia. Talvez seja de Valerie. Luc estava sem grana, chegou a me pedir dinheiro emprestado algumas vezes. Não pode ser dele.

– Bom, agora que já encontramos todos os documentos de que precisamos, temos de correr para a clínica; mas acho arriscado deixarmos aqui todo este dossiê contra Luc. Certamente ele virá atrás desses documentos e do dinheiro. Temos que tirar isso daqui, e rápido, porque já está ficando muito tarde para buscarmos Valerie. – Disse Rebeca.

Guardamos todo o arsenal de provas contra Luc dentro de uma mala. Em outra, coloquei roupas para mim e para Valerie. Passaríamos uns dias na casa de Anna.

Decidimos deixar os pertences escondidos na casa de João, primo de Anna. Ele era confiável e não tinha relação direta comigo.

Luc jamais pensaria nele. Saímos da minha casa carregando tudo o que era necessário. Corríamos contra o tempo. Deixamos tudo na casa do João, menos a caixa da irmã de Valerie, que fiz questão de levá-la comigo.

– João, por favor, descubra tudo que tiver dentro deste computador. Precisamos dos arquivos até amanhã. Acredite: é urgente e é grave! – Implorou Anna.

Clara já nos esperava com o carro da polícia a postos e mais dois colegas de trabalho.

– Clara, será que se tivéssemos uma ordem judicial não seria mais fácil tirar Valerie de lá? – Perguntou Anna.

– Não, com ordem judicial não podemos realizar busca e apreensão durante a noite. Somente em casos em que existe perigo de morte. O que não é o caso.

– Clara está certa. – Disse Rebeca – Se estiverem ilegais, não vão querer se indispor com a polícia, e deixarão Valerie sair sem grandes problemas.

– Então com certeza vamos tirar Valerie de lá hoje, é isso? – Perguntei.

– Preciso ver as condições da internação, mas, com estes documentos, é bem provável que sim. – Disse Rebeca. – Agora vamos... Vamos acabar logo com isso.

Clara seguiu no carro da polícia com dois parceiros de trabalho enquanto eu, Anna, Lia e Rebeca seguíamos no carro de Lia. Fomos finalmente em direção à clínica com tudo à mão para resgatarmos Valerie.

Já passava das 22h, não havia trânsito, o tempo estava bom, sem chuva, e nada dificultava nossa chegada à clínica. Enquanto Lia, Anna e Rebeca falavam sem parar sobre o que fazer ao chegarmos, eu me mantive calada, pensando. À medida que as árvores passavam, uma a uma, eu me lembrava de minha vida como se fosse um filme. O que estava acontecendo? Como podia em um dia ser a pessoa mais importante da vida de Luc e em outro, não ser nada? A resposta é simples, mas dolorosa. Eu nunca fui importante para Luc; nunca sequer tive algum valor para ele. Ninguém, além dele mesmo, tem importância.

Sabia que poderia parecer loucura resgatar Valerie, mas depois do que ele fez comigo, depois de tudo o que eu vi naquele quarto, depois de ele ter me violentado inúmeras vezes, tudo seria possível e talvez ele estivesse fazendo o mesmo com Valerie.

Não demoramos a chegar a nosso destino. O carro de Clara se mantinha na frente e o nosso, logo atrás. A rua estava escura; no final dela havia um portão de ferro verde, bem alto, preso a um muro de pedra imponente com uma guarita e uma pequena lâmpada dentro. A rua, deserta e silenciosa, nos possibilitava ouvir o cricrilar dos grilos. A clínica tinha a mata atlântica como vizinha.

Assim que nos avistaram chegando, dois guardas saíram da guarita onde calmamente deviam jogar seu baralho enquanto fumavam cigarros e vieram em nossa direção. Um deles corroborou minha tese quando, ao se dirigir ao carro da polícia, jogou a guimba de seu cigarro no chão esmagando-a com seu coturno com a mesma gana como se esmagasse um inseto peçonhento. Clara rapidamente se identificou, o guarda acenou com a cabeça ao seu parceiro para que ele avisasse à administração, que rapidamente autorizou nossa entrada. Abriram o portão com o controle remoto, dando passagem a nosso carro também.

Passamos por um imenso gramado, algumas árvores e bancos espalhados pelo jardim. O cheiro de grama molhada me remetia à infância. Como gostaria de voltar àquele tempo de brincadeiras, em que minha maior preocupação era descobrir onde meus amigos se escondiam. Queria voltar para o colo de minha mãe, mas como assumir que mais uma vez eu havia fracassado, que mais uma vez a culpa deveria ser minha e que obviamente mais essa separação deveria ser ocasionada por algum problema que eu deveria ter. O julgamento é cruel, fácil e geralmente surge daqueles que nunca sofreram a desventura de ter azar no amor... Esse tipo de pessoa não entende porque se julga perfeito, porque, com certeza, jamais caiu na esparrela que eu me deixei envolver. Se me deixei cair é porque provavelmente seria portadora de alguma disfunção psicológica, emocional. Era como me via sendo julgada e estava farta disso. Como eu gostaria que o colo de minha mãe estivesse disponível sem seu inquérito.

Fomos todos em comitiva. Entramos na recepção da clínica, assustando a recepcionista.

Rebeca tomou as rédeas da situação. Em certos momentos, nos damos cada vez mais conta do quanto os amigos são importantes na nossa vida; como eles, sem pestanejar, estavam ali a meu lado, não me deixando morrer.

– Boa noite! Eu me chamo Rebeca Pirez Barreto, sou a médica assistente de Valerie Stuart e a partir de agora sou a responsável por ela. Gostaria de vê-la.

Clara colocou sua credencial da polícia em cima do balcão de atendimento e com os três dedos centrais da mão direita empurrou seu distintivo para que a recepcionista pudesse visualizá-lo melhor.

– Um momento, preciso apenas chamar o médico responsável para que ele tome conhecimento.

Minutos depois ouço os passos de um homem jovem se aproximando. Era alto, esguio, pele e cabelos morenos. Muito elegante, vestia uma blusa branca bem alinhada que usava por dentro de uma calça preta e uma gravata grafite trabalhada em tiras diagonais. Seu jaleco branco voava à medida que ele andava.

– Olá Rebeca, que surpresa! Bom te ver! O que está acontecendo? Por que toda essa comitiva? – Disse ele, abraçando-a carinhosamente e dando um beijo estalado em sua bochecha.

– Olá, meu querido amigo. Não sabia que trabalhava aqui. – Disse Rebeca surpresa. Ela e dr. Armando haviam feito faculdade juntos e chegaram a ter um caso de amor. Rebeca costumava contar que ele, um dia, em plena apresentação de um trabalho, se declarou a ela perante todos os amigos da turma de medicina. Graças a essa ousadia ela passou a enxergá-lo com outros olhos e acabaram namorando por alguns anos. Quando Rebeca foi estudar psiquiatria forense em Harvard, o romance acabou se deteriorando, mas o sentimento entre eles sempre se manteve vivo. – Estamos aqui para buscar Valerie Stuart; sou sua médica assistente.

– Claro, deixe-me apenas dar uma olhada em seu prontuário. Vera – disse, dirigindo-se à recepcionista –, por favor, leve o prontuário da paciente para minha sala. Rebeca... – com o braço esticado nos sinalizou para acompanhá-lo – Vamos até a minha sala.

Mais uma vez o bando se locomoveu. Chegando à sala, havia uma grande estante repleta de livros de psiquiatria, uma bonita mesa, toda trabalhada de carvalho escuro com um pequeno abajur verde, um refinado jogo de mesa de couro marrom e uma caneta tinteiro Montblanc pousada sobre um bloco de anotações. Não era uma Montblanc Boheme Royal, claro, aquela que leva o título de caneta mais cara do mundo, cravejada nada menos que com 1.430 diamantes e uma ponteira de ouro 18k, mas era uma das mais luxuosas, a Masters for Meisterstück Firenze envolvida em couro de crocodilo preto, feita à mão e com acabamentos de platina, revestida a ródio, exibindo a cúpula da catedral Santa Maria del Fiore na cidade de Florença em sua pena. Reconheci-a de longe, meu pai era um aficionado por canetas e me passou sua adoração. Lembro-me de que quando fiz 15 anos e minhas amigas ganhavam festas suntuosas. Meu pai me deu um conjunto de lapiseira e caneta de ouro da Parker; nada muito extravagante, mas era o que ele pôde me dar. Guardo-a até hoje. Ele costumava dizer que queria ver aquele conjunto de canetas enfeitando minha mesa, minha suntuosa mesa, que até agora não havia tido. Bom, voltando à sala do admirador de Rebeca.

– Rebeca, você sabe, preciso seguir o protocolo. Deixe-me ver quem autorizou a substituição?

– Armando querido, essa é Emma, ela é a responsável por Valerie.

– Rebeca, aqui, no prontuário, está o marido como responsável, o senhor Lúcio Ferrer. O que está acontecendo?

– Esse homem é marido de Emma, ex-marido de Valerie, Luc. Aqui está a certidão de casamento com a averbação do divórcio deles. Esta mulher foi internada, provavelmente à sua revelia, por alguém que não tinha poder para isso e, portanto, preciso ver minha paciente agora e tirá-la daqui o mais rápido possível. Você sabe se foi feita a notificação ao Ministério Público?

– Rebeca, essa paciente não foi internada à sua revelia, veja a assinatura dela consentindo. – Virou o documento e o empurrou até ela, deslizando-o por cima da mesa. – E aqui consta que dr. Foster, você o conhece, é o médico assistente dela.

Segundo eles, dr. Foster era um dos psiquiatras mais renomados do Brasil e da Inglaterra. Rebeca abriu os olhos e colocou as duas mãos sobre o rosto ao mesmo tempo que eu ao ouvir aquele nome. Voltei ao dia que o conheci, dando-me conta de toda uma possível trama que poderia estar por trás daquela simples consulta médica.

Recordei-me de que ele retirou de uma gaveta um frasco manipulado com as pílulas que eu deveria tomar e o entregou para Luc e que, depois disso, minha vida se apagou por 15 dias. Qual seria o elo entre dr. Foster e Luc?

Armando obviamente percebeu que havia ali algo muito maior do que uma simples troca de médico assistente.

– Essa não é a assinatura de Valerie, veja! – Disse indicando com meu dedo indicador no testamento. - Percebam que a assinatura dela tem esses três pontos, fazendo um triangulo no final.

– Rebeca, o que está acontecendo aqui? Conte-me exatamente o que está se passando ou eu não poderei ajudá-los.

Sabia que não seria fácil incriminá-los por falsidade ideológica. Certamente alegariam que Valerie, em razão de suas condições mentais, apenas escrevera seu nome, de qualquer jeito, o que é plausível. A reputação ilibada de Foster e todo o seu renome seriam argumentos infalíveis para que essa acusação não procedesse. De qualquer forma, precisava, ao menos ali, esclarecer a situação e tentar convencer o amigo de Rebeca a liberar Valerie.

– Armando, esse médico é muito amigo do meu marido. Sou casada com Luc, aqui está a certidão de casamento. Valerie é sua ex-mulher. Ficamos amigas e ela me nomeou sua beneficiária em seu testamento, como você pode ler neste documento, para que eu ficasse responsável por ela e pela herança de seu pai caso algo acontecesse. Luc me levou ao consultório do dr. Foster sob a alegação de que eu estaria esquecendo as coisas. Dr. Foster então me receitou umas pílulas que ele mesmo manipulou e entregou ao Luc. Nessa consulta, descobri ainda que Carla Albuquerque, mãe do primeiro filho dele, estaria internada em uma clínica sob os cuidados também do dr. Foster.

Contei toda a história para ele, com riqueza de detalhes. Sobre o tempo que fiquei dopada, sobre minha crise de falta de memória, sobre os vídeos que Luc fazia...Tudo! Armando ouvia com atenção, mas não demonstrava qualquer indignação. Mantinha-se atento ao que eu dizia, apenas isso.

– É uma história e tanto! – Disse Armando, dando uma pequena pausa, voltando-se para minha amiga. – Bom, este documento comprova que a pessoa que se diz responsável por ela não é. Como sua internação, mesmo mediante esta assinatura, digamos, "diferente da oficial", fora voluntária, não teremos problemas em liberá-la desde que Rebeca assuma formalmente o comando e você, Emma, valide a alteração do médico assistente. Vocês estão dispostas a assumir isso?

Rebeca não pestanejou e pronunciou um sonoro "sim".

– Vocês terão de assinar alguns documentos e solicitarei à administração que providencie a alta hospitalar dela. É provável que Valerie não acorde. Seu prontuário indica quantidade maciça de medicamentos, mas, de qualquer forma, enquanto isso, se quiserem, podemos ir até seu quarto. Apenas Emma e Rebeca. O restante, por favor, nos aguarde aqui.

Ela dormia com as mãos amarradas. Armando explicou que quando os pacientes têm médico assistente eles não têm competência para alterar as medicações e que, muitas vezes, passam a visita apenas para checar sinais vitais. O responsável é o médico assistente.

– Rebeca, não entendo a relação de dr. Foster com essa confusão toda. O que você acha que está acontecendo?

– Estou tão surpresa quanto você, Armando. Emma é minha amiga e sei o que aconteceu e o que está acontecendo com ela. Não havia como ela conhecer dr. Foster se não tivesse ido a seu consultório, ou melhor, se não o tivesse conhecido. Ela trabalha com arte e não tem nenhuma ligação com nosso meio.

– Armando, o que você vai fazer? Vai avisar Luc que viemos aqui? Vai avisar dr. Foster? Qual será sua conduta em relação à substituição do dr. Foster por Rebeca? – Indaguei.

– Emma, por ora, nada. Amanhã é outro dia. Vá, Emma, vá resolver sua vida. – Disse ele apontando para a ambulância pronta para partir.

Rebeca se despediu dele com um forte abraço, disse algo em seu ouvido e, por fim, deslizou carinhosamente a mão em seu rosto, por cima da barba levemente grisalha.

Clara foi comigo na ambulância com um de seus homens caso houvesse algum problema.

Apenas algumas horas haviam passado desde que Luc saiu de casa me deixando dormindo no quarto. Um furacão modificou totalmente o cenário. O que mais poderia acontecer? Que dia foi aquele que mudou para sempre o meu destino?

Seu irmão manteria contato caso Luc fosse até a clínica, mas ele agia sozinho, solitário. Bloqueou seu celular que estava comigo e não fez alarde para a família. Sabia que corria sério risco se eu contasse a todos o que havia visto, e melhor, filmado com meu telefone. Ao vê-los na cama, meu nervosismo não me impediu de filmá-los. Tinha tudo registrado. Desta vez, seu poder de persuasão, sua sedução e sua retórica não seriam fortes o suficiente. Afinal, já dizia a máxima, "contra fatos, não há argumentos".

Dirigimo-nos à casa de Anna. Fiquei ao lado de Valerie durante todo o trajeto, segurando a caixa de sua irmã. Não sabia o que me aguardava, não sabia se ela sofria ou não de alguma patologia psiquiátrica de fato. Arrisquei-me, mas não podia deixá-la lá, sozinha, à mercê de Luc.

Quando chegamos à casa de Anna, Clara pediu a seus amigos que ficassem nos escoltando do lado de fora do apartamento. Lia foi para casa e Rebeca ficou, para o caso de Valerie acordar alterada. Pusemos Valerie na cama. Ao retirarmos a camisola do hospital para colocarmos uma limpa, percebi que havia uma tatuagem escondida, na altura de sua virilha. Levantei a beirada de sua calcinha e pude ver. Ela também tinha o trevo de três folhas tatuado na virilha. Olhei para Anna e Rebeca, e disse:

– Eu não acredito! Vocês estão vendo isso?

– É uma tatuagem. Qual é o problema? – Perguntou Rebeca.

– Rebeca, lembra que Sâmia me deu um trevo de três folhas? – Abaixei a lateral da minha calça até a virilha e mostrei a minha tatuagem.

Anna levou a mão à boca e arregalou os olhos.

– Emma, estou arrepiada, me explica... Não estou entendendo nada. – Disse Rebeca.

Nós três tínhamos o trevo tatuado exatamente no mesmo local. Quem mais teria? Qual seria o significado? O que Sâmia quis dizer com "use isso a seu favor" ao entregar-me aquela pequena folha já escurecida pelo tempo?

Contei a elas, que permaneceram incólumes, sentadas a minha frente, sobre como Luc me persuadiu a tatuá-lo; que originariamente minha vontade era fazê-lo no pulso, mas que, Luc, mais uma vez, intercedeu, sugerindo que ficasse escondido, por ser algo só nosso. Imaginem... Apenas entre mim e ele. Falei sobre a admiração dele por Saint Patrick, mas não conseguíamos entender o porquê de nós três termos o trevo tatuado. Seríamos nós a tríade a qual Saint Patrick se referia? Pai, Filho e Espírito Santo? Não fazia sentido. Saint Patrick ficou conhecido por expulsar as cobras da Irlanda. Seríamos nós as cobras na vida de Luc? Enxergo Selma e Valerie dentro deste contexto, afinal possuíam o vínculo eterno por serem mães de seus filhos, mas e eu? Eu não tenho qualquer vínculo com ele, nossa relação se extinguiria no momento de nossa separação. Por que eu? Não conseguia desvendar o mistério. Deslizei a mão sobre a tampa da caixa da irmã de Valerie que ainda estava em meu colo. Olhei o cadeado, olhei para as meninas...

– Vamos abrir. Vamos abrir essa caixa agora.

– Emma, melhor não. Vamos esperar Valerie acordar. Disse Anna.

– Não posso. Não sei o que está acontecendo aqui. Tem muita sujeira nessa história e preciso descobrir isso antes de Valerie acordar. Eu também não sei quem ela é. Não sei em quem acreditar.

– Concordo, Emma. – Disse Rebeca. – Se ela já não sabia o paradeiro da caixa, que diferença vai fazer? Estamos diante de um quebra-cabeças com pelo menos duas pessoas desequilibradas e uma delas está aqui, deitada na nossa frente.

– Estou afundada em um mar de lama. Furtei o celular do Luc, descobri um esconderijo na minha casa com computador, pen drives e envelopes cheios de dinheiro. Peguei meu marido na cama com duas mulheres e uma delas era a mãe do Bê. Descobri que ele me manteve dopada, alheia a tudo, por 15 dias, e que me violentou sexualmente. Descobri que ele, propositalmente, me incentivou a iniciar um tratamento para fertilização, estimulando a produção de óvulos para jogá-los no lixo, frustrando minha expectativa de ser mãe. Tudo em um único dia. Vocês têm noção de como estou me sentindo? Vou enlouquecer – me virei para Rebeca, segurei suas mãos – Rebeca, não estou suportando essa dor... Vou morrer.

– Rebeca, dê alguma coisa para ela se acalmar. Ela está muito nervosa. Pelo amor de Deus, você não merecia isso, Emma.

– Não! Quero sentir cada pedacinho de dor para não esquecer o que esse homem está fazendo comigo. Quero que essa memória fique bem viva na minha mente para que eu jamais caia em outra história como essa! Eu preciso que essa ferida se abra para que eu me lembre exatamente de tudo que passei. Não vou mascarar a dor. Vou viver o luto e não vou fugir dele. Mesmo querendo morrer, mesmo morrendo como estou agora.

Chorava... Meu corpo doía, estava dilacerada, pensava no Bernardo e como seria a minha vida sem ele e como seria a vida dele sem mim. Aquele homem destruiu todo o meu sonho, acabou com a minha dignidade.

O que deveria fazer com aquele computador, aquele dinheiro que não era meu... Devia chamar a polícia? Mas falar o quê? Que eu fui traída; que eu e mais duas ex-mulheres temos a mesma tatuagem; que meu marido tem um arquivo com nomes de mulheres com fotos e vídeos pornôs; que ele me dopou? Que ele internou Valerie à sua revelia enquanto eu estava dormindo? Que provas eu teria? Não tinha saída. Qual homem já foi preso por cometer tortura psicológica e emocional a uma mulher? Eu seria vista apenas como mais uma mulher mal amada à beira de um ataque de nervos. Ele sairia da história como o garanhão, ao passo que eu sairia humilhada da delegacia.

Infelizmente é assim que as coisas são. Esse tipo de maldade, de terrorismo psicológico, que o homem faz com a mulher, que o mais forte faz com o mais fraco, não se limitando apenas aos relacionamentos sexuais, mas qualquer outro em que haja desigualdade e manipulação, inclusive em certas relações de amizade, é o que chamo, leigamente, de "crime invisível", que, em sua maioria, não deixa marcas físicas nem pistas. Eles nos levam a nosso limite, tal como Luc certa vez me disse e eu, sem querer enxergar, não dei a importância devida. É isto o que eles fazem: nos levam ao limite, nos fazem acreditar que toda a culpa é nossa e que eles não passam de vítimas, vítimas de nossa loucura, de nossa instabilidade emocional, de nossos hormônios e de nossa TPM. Vítimas de nosso ciúme. Vítimas por termos nascido, pelo simples fato de existirmos. A sociedade aceita que a mulher seja aquela que deflagra no homem os piores instintos, a sociedade aceita que a mulher é a desorientada, louca, dramática e chata. Viramos chacota. A culpa será sempre nossa. Até quando?

Alguns homens agem de forma meticulosa, deixando rastros para nos sentirmos inseguras; deixam de nos procurar, mudam de atitude e, à medida que percebemos essa mudança e questionamos, eles reagem grosseiramente, lançando mão de frases feitas, do tipo: "deixe de drama", "você está paranoica", "seu ciúme vai destruir nosso relacionamento", "você está me sufocando". Eles nos culpam por terem tido esse tipo de comportamento, mas depois pedem desculpas, e muitas mulheres acreditam que eles realmente entendem o que estão fazendo. Mas eles não entendem! Não entendem simplesmente pelo fato de não terem empatia. Acreditem, eles não sentem a dor do outro, eles não sofrem e, quanto mais a gente sofrer e chorar, mais fortes eles ficam. É como se esse nosso sofrimento fosse o combustível de suas vidas. Eu percebia isso quando ele ficava horas atormentando tanto a Selma quanto a Valerie, sempre tendo na cabeça que comigo era diferente, que eu era a mulher superpoderosa que mudou a personalidade dele da noite para o dia. Que tola... Eles não mudam! Eu não queria enxergar. Eu via, mas a vida que eu tinha com ele era tão boa que não queria perder, e fui deixando as coisas acontecerem sempre com a desculpa de que quando era bom, era muito bom, e esquecia o que era ruim. Hoje eu não quero me esquecer do ruim. Hoje o amor que sinto por mim tirou a venda de meus olhos e me fez enxergar tudo o que acontecia diante de mim e não vai me deixar esquecer a imensa dor da devastação que habita minha alma.

Percebo que não passei de um joguete nas mãos de Luc para desequilibrar e desestabilizar principalmente Selma. Servi de instrumento para que ele a levasse à loucura e tormento, e ela se deixou levar por todas as provocações dele. O que faz uma mulher, depois de o homem a humilhar de todas as formas, ainda ir com ele para a cama, se submeter a todas as suas vontades e a participar de ménage com alguém desacordado? E ainda se sentir presa a ele? Selma, para mim, estava doente e precisava de ajuda. Sua existência significava a mais genuína falta de amor próprio e dependência emocional por alguém. Por isso era tão fácil Luc tirá-la dos eixos e manipulá-la.

Ele já devia me dopar antes da visita ao dr. Foster. Com certeza isso explicaria a minha falta de memória quando me levava para a cama, por isso eu não me lembrava das nossas noites de sexo e por isso eu acordava dolorida e com manchas roxas espalhadas pelo corpo. O que ele fazia comigo, nunca saberei...

Já passava das 3 horas da manhã do dia mais longo de toda a minha vida. Minhas mãos permaneciam atadas, atreladas, unidas à caixa.

Meu corpo, exausto, clamava por descanso, mas meu coração precisava descobrir o que havia dentro daquela caixa. Precisava saber se havia algum segredo ou se se tratava de mais um jogo emocional que Luc travava com Valerie, no intuito de enlouquecê-la tendo em vista sua fragilidade e a facilidade em ser influenciada, ou até mesmo me convencer de que Valerie, de fato, tinha problemas psiquiátricos.

A exaustão venceu. Nos deitamos as três no quarto de Anna, enquanto Valerie repousava tranquila.

Pi pi pi...

A madrugada é fria, sinto minhas pernas dormentes, meus olhos continuam cerrados e minha mente vaga pelo passado sombrio e aterrorizante...

26

Manhã do dia seguinte

Mal consegui dormir. Meu amor havia sido dilacerado, guilhotinado pela lâmina da traição. Naquele momento me dei conta de que a traição moral, aquela que arrebata sua boa-fé e reduz a autoestima a pó é a pior das traições, e ele me traiu de todas as formas possíveis. Não sobreviveria àquela dor, queria morrer.

O pai dele me avisou, uma amiga me avisou, Valerie me avisou, Selma, até uma das gêmeas me avisou... Estava tudo ali na minha frente e só eu não conseguia enxergar. Mas havia ainda algo naquela história que não fechava. Por que Sâmia disse que eu não poderia deixá-lo passar? Por que eu teria de ficar com ele e sofrer dessa forma? Por que eu teria de passar por essa imensa dor?

Levantei da cama por volta das 7h, peguei a caixa que estava a meu lado, o celular de Luc e fui até à cozinha. No caminho, passei pelo imenso corredor. Coloquei-me em frente à porta do quarto onde Valerie estava dormindo e encostei o ouvido na porta para ouvir qualquer barulho que indicasse que ela estivesse acordada. Nenhum som saía de dentro do confortável quarto. Olhei pelo buraco da fechadura e lá estava ela, aquela pobre mulher, deitada, dormindo sem ter ideia de onde estaria. Continuei meu caminho em direção à cozinha. Peguei um alicate grande dentro da caixa de ferramentas de Anna.

Olhei pelo olho mágico e vi que os dois seguranças ainda permaneciam lá. Coloquei a mesa do café da manhã para eles, abri a porta e os convidei para sentarem-se à mesa. Enquanto se alimentavam, eu tentava, sem sucesso, abrir o cadeado, até que um deles me pediu um grampo. Não foi difícil para ele..

Abri a caixa com as mãos trêmulas e me deparei com revelações estarrecedoras. Corri para o quarto e acordei Anna e Rebeca. Estava estupefata com o que vi. Havia fotos de uma mulher, provavelmente a irmã de Valerie, com Luc. Os dois nus. Fotos tiradas na antiga casa de Valerie, em Brighton. Na cama dela. Havia fotos em outros países, muitas, diversas fotos. E ao remexê-las, uma me surpreendeu. Era uma foto da virilha dos dois, ela também tinha a tatuagem do trevo. Parecia que fazíamos parte de sua coleção de mulheres.

Valerie havia sido traída pela própria irmã. Traída em sua própria casa. Valerie estendeu sua mão amiga, abrindo seu coração enquanto seu marido e sua irmã a apunhalavam pelas costas. Como revelar tamanha perversidade àquela mulher depois de tudo o que já sofrera?

Dentro da caixa havia um envelope com uma carta.

A carta dizia:

"Não aguento mais as pressões de Luc; eu estou destruída; ele está me destruindo e sente prazer nisso. Nesse momento de lucidez consigo enxergar.

Mas já é tarde! Fui seduzida, me deixei ser seduzida por ele, minha culpa, ou não, já não sei. Tudo começou como uma brincadeira, um flerte que acabou tomando proporções perigosas. Ele começou nos filmando fazendo sexo, como uma espécie de fantasia. Depois deixou de me procurar. Mas, de vez em quando voltava com aquele jeito sedutor. Me envolveu. Me apaixonei. Já era tarde. Com medo que ele me deixasse fiz tudo o que queria, me submeti às piores humilhações, às situações mais degradantes do sexo. Viciei-me nele, no corpo dele, no cheiro dele. Virei dependente sexualmente de Luc. E ele sabia disso. Fiz tudo o que ele queria. Tornei-me sua escrava sexual e permiti que ele fizesse o que quisesse de mim. Isso era o que fazíamos de mais leve. Dilacerei a vida de quem mais amava e estou pagando um preço muito mais alto por isso.

A cada nova amante eu estava lá, a seu lado, fazendo o que ele mais gostava. Ele me instigava irresistivelmente a fazer o que quer que fosse. Fazia sexo com elas, mesmo estando desacordadas. Inúmeras vezes. Ele gostava daquilo. Gostava de sentir o poder de dominá-las e de me dominar. E registrava cada momento de gozo e luxúria.

Sua insensibilidade ao sofrimento alheio me assustava, mas sua impulsividade incitante me contagiava, confesso. Ele me atraiu durante uma fase de grande fragilidade e instabilidade por que passava. Soube preencher todas as lacunas que me entristeciam, me instigou em busca de aventuras sexuais que me deixavam no auge da excitação. Era um prazer momentâneo, como o da cocaína, irresistível, que me fazia querer mais, sem trégua. Apenas o ato de pensar na privação de seu corpo já era suficiente para desencadear o desespero da abstinência. Caí, caí em um poço sem fundo e minha única chance de sair dele é partir. Ele é sádico, e seu narcisismo domina sua mente. Ele é incapaz de ver o outro, não demonstra qualquer remorso ou culpa quando dopa suas vítimas e as violenta. Ele só enxerga a si mesmo; o outro é mero instrumento, objeto para atingir suas metas pessoais. Sei que o que fiz é errado, mas não podia negar, não conseguia dizer não para ele. Implorei que me deixasse em paz, mas ele não vai me deixar. Ele me mostrou que apenas na morte eu ficaria livre. Ele me mostrou a saída para minha dor, ele me mostrou o caminho da libertação. Ele me encorajou a me libertar e preciso fazer isso, eu mesma, com minhas mãos. Preciso provar que sou forte o bastante para merecer minha liberdade e a paz de que preciso.

Valerie, me perdoe, mas não posso mais conviver com essa dor. Estou partindo. Estarei melhor do que aqui, fique feliz com isso.

Adeus, Alice."

Chorei. Anna e Rebeca tinham os olhos vermelhos e a voz presa. Aquela carta havia acabado de mudar nossa visão sobre a irmã que se tornara, sob nosso julgamento, a mais desleal das irmãs. Sentimos pena dela, nos compadecemos de sua dor. Deixamos de julgá-la.

Luc incitara Alice a se matar, a cometer o suicídio. Ele era um monstro, um homem perigoso que atraía mulheres frágeis, as conquistava e as manipulava para conseguir o que queria, se fazendo passar por vítima, e elas, por desequilibradas.

– Acho que Valerie acordou. – Disse Anna ainda com a voz embargada.

– Como contar para ela essa história absurda?

Em menos de 24 horas o homem da minha vida havia se transformado em meu maior erro, em meu maior temor.

Fomos para o quarto, abrimos a porta e vimos Valerie, estava sentada na cama, ainda um pouco fraca e confusa. Natural. Espantou-se ao me ver.

– Que dia é hoje? – Foi a primeira pergunta que fez. – Parecia uma criança aterrorizada.

Sentei-me ao lado dela e respondi sua pergunta.

– Emma, que bom ver você. – Disse, estendendo os braços para me dar um abraço.

– Você está segura aqui, Valerie, estamos na casa da Anna, lembra dela?

– Anna se posicionou estrategicamente à sua frente.

– Sim, me lembro.

– Valerie, esta é Rebeca, minha amiga, ela é médica e vai checar se está tudo bem com você, OK?

Deixamos Rebeca examiná-la com calma e, quando por fim terminou, pude falar com ela mais diretamente.

– Preste atenção, preciso saber o que aconteceu com você. Como você foi parar naquela clínica psiquiátrica? – Perguntei.

A história contada por Valerie

Luc me deu a notícia de sua estafa mental e que, portanto, você precisaria ficar uns dias em casa descansando, por ordens médicas.

Ficamos todos preocupados. Ele pediu que os pais dele ficassem com o Bernardo para que, assim, você pudesse ter um pouco de paz. Ele parecia mesmo muito preocupado e cuidadoso com você. Eu mesma achei que ele tivesse mudado. Ele fazia questão de colocar você para falar ao telefone com a gente e você sempre parecia muito bem, talvez um pouco cansada, mas bem.

Ele se mostrava triste com seu estado de saúde. Estava mesmo decidido a fazer você se recuperar logo. Todos nós, os pais dele e os irmãos, ficamos surpresos com as atitudes dele em relação a você. No final de semana passado ele pediu que eu levasse as gêmeas para encontrar com o Bê na casa de praia dos pais dele, uma vez que tinha a intenção de ficar sozinho com você, relaxando um pouco. Todos nós concordamos e o apoiamos. Luc nos convenceu a todos de que ele realmente havia mudado e que as coisas caminhariam bem.

Na segunda-feira, Luc ligou para falar com as meninas e, depois, quis falar com o Bernardo. Quando Bernardo me passou o telefone, ele disse:

– A mamãe mandou um beijo pra mim.

Pensei que ele estivesse falando de você e perguntei o que você havia dito. Ele inocentemente respondeu:

– Não foi a Emma, foi a mamãe Selma.

Suei frio, passei mal. Liguei para Luc imediatamente, pois não podia acreditar no que Bernardo acabara de revelar. Luc disse que havia tido uma emergência na Célula e precisaria passar o resto do dia trabalhando.

Não pensei duas vezes: precisava tirar aquela história a limpo. Pedi um carro pelo aplicativo, falei para os pais dele que ia dar uma passada na cidade e voltei para o Rio. Cheguei na Célula, mas não o encontrei. Liguei para sua casa, Emma, e vocês não atenderam. Foi quando resolvi ir até a minha casa e vi o carro dele estacionado do lado de fora. Entrei sem fazer barulho. Vi uma bolsa de mulher na mesa. Subi as escadas e me deparei com...

– Emma, sinto muito sobre o que vou dizer, mas preciso te contar tudo.... Eu os peguei na minha cama, os dois estavam transando na minha cama. Eu enlouqueci, comecei a jogar as roupas dele pela janela, peguei a bolsa dela e joguei no meio da rua junto com as coisas dele. Fiz um escândalo. Perdi o controle e os vizinhos começaram a aparecer na rua. Quando eu quebrei o carro dele, chamaram a polícia.

O objetivo da minha vinda para o Brasil era a nossa família, era a constituição da nossa família. Vim porque confiava em você, sentia por você um carinho de irmã. Foi essa a ideia que ele me vendeu e eu comprei, eu acreditei e, de repente, vejo tudo desmoronar um mês depois de eu ter feito a mudança para cá. Aquele cretino não foi capaz de se segurar depois de tudo o que havíamos feito por ele!

Todo o dinheiro que ele investiu na Célula era meu, Emma, tudo o que ele comprou, todas as obras, tudo foi com o meu dinheiro. Eu confiei nele e ele me traiu. Entende agora porque eu nomeei você no meu testamento?

Embalada pela fúria, não fui capaz de conter meu ódio. As palavras livraram-se de meu meu corpo e jorraram garganta afora:

– Chega! A sua fonte secou! Você nuca mais vai colocar a mão no meu dinheiro. Vou colocar você na cadeia!

E ele calmamente chegou perto de mim e sussurrou ao meu ouvido para que ninguém ouvisse:

– Eu tive um caso com a sua irmã quando ela morava com a gente, eu transei muito com ela, e ela era muito melhor do que você, muito mais quente do que você. Foi por sua causa, Valerie, que ela se matou.

Enlouqueci, perdi a cabeça, bati nele, esmurrei. A polícia chegou, me pegou no flagrante e logo me algemou. Imagine meu desespero em tentar me comunicar sem falar a língua enquanto Luc dizia algo para os policiais em português que eu não conseguia entender. Estava perdida, presa em um país onde eu era uma simples turista. Foi desesperador, não havia ninguém ali para me defender. A única pessoa em quem podia confiar era você, Emma. Eu não devia ter ido sozinha, me vi ali à mercê de Luc. O pânico tomou conta de mim e quanto mais eu me debatia e pedia ajuda, mais as pessoas me olhavam como se eu fosse a desequilibrada. Luc não pouparia esforços para que todos continuassem pensando que eu era mesmo uma pessoa desequilibrada.

Logo chegou uma ambulância e um senhor com uma barba muito bem feita, grisalho, de fala mansa e me dizendo para ficar calma. Ele me segurou e me deu uma injeção. Depois disso não lembro de mais nada. Tenho breves recordações de um quarto branco e uma janela com grades, mas logo adormecia novamente. Agora acordei aqui...

* * *

Valerie não tem família, apenas as filhas. Seria muito fácil mantê-la internada. A fama de Valerie não era das melhores, todos sabiam o quanto ela bebia e como era descontrolada. Sabiam que ela já era acompanhada por um médico psiquiatra na Inglaterra e que tentara o suicídio quando estávamos lá. Facilmente a família de Luc, os amigos, poucos que ele tinha, aceitariam a hipótese de ela ter perdido o controle e ter de ficar internada. Essa notícia não chocaria ninguém. Provavelmente ele a manteria lá até o momento conveniente para ele. Quem saberá?

Anna serviu o café na varanda. A luz do sol batia aquecendo levemente a manhã fria do inverno ameno do Rio de janeiro. A vista para o mar nos dava a falsa impressão de que a calma reinava no ambiente, mas sabíamos que aquilo duraria pouco. Enquanto nos alimentávamos, preparamos Valerie psicologicamente para entregar-lhe a caixa de Alice.

– Valerie, não foi por sua causa que sua irmã se matou. Tome, eu encontrei a caixa. – Deixei que explorasse o conteúdo a seu tempo, conforme sua dor permitisse.

Valerie entrou em estado de choque, ora chorava copiosamente, ora ficava catatônica, sem esboçar qualquer reação. Naquele momento, percebi que a história dela era infinitamente mais triste que a minha, como se o que houvera comigo não tivesse tanta importância, como se fosse possível mensurar e comparar as nossas dores. Em meio àquele caos, comecei a achar que eu tinha sorte. Valerie balbuciou:

– Suportei um fardo por todos esses anos me torturando por ter discutido com ela pouco antes de sua morte. Luc me deixou crer por todos esses anos que ela se matara por minha causa. Não tenho raiva da minha irmã. Meu coração agora não sente somente a minha dor, mas sente a dela também, meu sofrimento é maior. Eu não percebi, eu não a ajudei, insisti para que ela continuasse na minha casa, mesmo quando tentou sair. Ela sinalizava, mas eu, cega, não fui capaz de enxergar.

Não tivemos tempo para digerir a onda de barro que cobria nossa existência. João, o primo de Anna, entrou pela porta da varanda esbaforido, com seus cabelos negros mal amarrados em um rabo de cavalo, assustando Valerie.

– Emma, consegui liberar o computador. Vocês têm total acesso a todas as contas dele, todos os e-mails, tudo. Mas preparem-se. Tem muita coisa imunda aqui dentro. Esse cara é um psicopata filho da puta. Salvei tudo neste pen drive. Se eu fosse você, Emma, eu me afastaria desse cara agora! Inclusive descobri que ele usa um e-mail com nome de outra pessoa, uma tal de Valerie.

– João, essa é Valerie, a ex-mulher de Luc! – Disse Anna.

– Puta que pariu! É melhor vocês segurarem a barra dessa mulher porque a coisa é feia! – João já viveu muita coisa nessa vida e não se assustava com pouco.

– Me dá esse computador aqui, me deixe ver isso! – Falei, nervosa.

Para minha surpresa, ainda havia muito por trás daquele homem que me mandava flores. Estarrecida com o que lia, se isso ainda era possível, passei o computador para Valerie.

– Filho da puta. Vou matar esse bandido! Ele acabou com a vida da minha irmã, me torturou todos esses anos me deixando sentir a culpa pela sua morte e agora mais isso? Onde ele vai parar? – Gritava Valerie, esbravejando sua dor, tentando expulsá-la de sua alma, como se isso fosse possível.

– O que mais aconteceu? – Perguntou Rebeca, aflita.

Valerie, então, finalmente descobriu o que estava por trás de toda a história sobre o vazamento de suas fotos ao ler todos os e-mails que Luc havia enviado para Alan em nome dela. Foi ele quem ocasionou a situação vexatória que ela sofreu em Brighton.

Luc tinha a senha do computador de Valerie e a senha de seu e-mail. Ela confiava nele para resolver os assuntos práticos do dia a dia e jamais imaginou que ele fosse capaz de agir dessa forma. Ele copiou todas as fotos e vídeos dela com Alan e o chantageou. Ele ameaçou o amante de Valerie. Disse que caso ele não cooperasse e fizesse tudo o que queria, enviaria os vídeos dele tendo relações sexuais com Marc, o tal cara que fazia parte do conselho de ética da escola das meninas. Ou seja, não eram devaneios quando Valerie dizia que alguém havia entrado em seu computador. Ela esteve certa todo esse tempo, a não ser por um detalhe: não existia hacker nenhum. Foi Luc quem acessou todas as pastas e apagou todos os arquivos referentes ao caso amoroso deles, e, foi Alan quem pichou o muro da casa de Valerie, foi ele quem jogou a pedra na janela, era ele quem a aterrorizava, cometendo pequenos delitos, a pressionando a sair da cidade. Tudo orquestrado por Luc.

Alan não teve escolha e, fraco como era, preferiu expor Valerie a si mesmo perante toda a sociedade. Pobre Valerie.

Era inacreditável que aquele lindo romance rodeado de sinais, de histórias do oriente, flores, escapulários, havia se transformado em algo tão maquiavélico, perverso, frio, repugnante.

– Emma, eu disse, lembra? Eu não tentei me matar. Eu não tomei aquele remédio.

Luc foi tão perfeito em sua trama que qualquer pessoa acreditaria que o estado psicológico alterado de Valerie a teria levado à depressão e que a exposição das filhas a teria deixado ainda mais desestabilizada. Era totalmente factível que cometesse o suicídio, ainda mais com o histórico familiar dela. Mas por que ele não a matou? O que o teria feito parar ou desistir?

– Vocês acham então que Luc teria feito aquilo? Que ele teria posto o remédio em sua garrafa de whisky? – Questionou Rebeca.

Agora, voltando a minha memória daquele dia, lembro-me de que quando Luc desceu, a primeira coisa que fez foi cheirar a boca do Bernardo e jogar o conteúdo da garrafa fora. Uma atitude um tanto estranha para quem acreditava que ela havia ingerido os comprimidos.

Por que se preocupar em jogar o conteúdo da garrafa fora? Ele me persuadiu, me levou a crer que se preocupava com Bernardo, com medo que ele tivesse ingerido a bebida. Como eu não suspeitei disso?

– A verdade é que quando estamos dentro do olho do furacão não conseguimos enxergar as coisas com clareza. – Rebeca tentava aliviar minha culpa.

– Eu não consegui assistir a tudo, mas uma série de vídeos me chocou muito – Disse João.

– Mostra, João, que vídeo é esse?

– Tem certeza, Emma? Quer ver agora?

– Não tem nenhum assassinato aí não, né? – Perguntei já com meus olhos cheios de lágrimas.

– Não, Emma, até onde fui não vi isso. De qualquer forma, são cenas fortes, e você também aparece nelas. Sinto muito por você, Emma. – Disse ele.

– Nada mais me chocará. Já sei que esse mostro é capaz das maiores atrocidades. – Doce ilusão a minha.

João abriu o vídeo e a imagem com que nos deparamos foi a de Valerie sentada em uma cadeira com as mãos amarradas por trás de seu corpo, Luc a ofereceu uma bebida. De repente, surgiu no vídeo uma segunda mulher, irreconhecível inicialmente, que, seguindo as orientações de Luc, manteve relações sexuais com Valerie. Chorando, pediu para pausar o vídeo, não aguentaria mais ver. Apenas disse, com a voz quase inaudível que aquela mulher era a sua irmã. Ficamos estarrecidas.

– Ele é um monstro. Isso não vai parar nunca? Eu não me lembro de ter feito sexo a três com Luc, não me lembro desse dia. – Disse ela, descontrolada, chorando muito.

Imediatamente me veio à cabeça o que Selma havia dito para mim. Óbvio que meus momentos de amnésia durante nossas noites de sexo estavam relacionadas com o que havia acontecido com Valerie e à cena que presenciei em sua casa.

– Quero ver o meu vídeo João, por favor.

– Tem certeza, Emma? É mais do mesmo.

– Eu preciso saber o que esse imundo fez comigo.

E começou então mais um martírio meu. O cenário era minha casa, a mulher era Selma, era ela com quem ele, enfim... Notava o ódio que aquela mulher sentia por mim, ao mesmo tempo que sentia sua dependência por Luc. Ver-me naquele vídeo participando de toda aquela aberração me fez vomitar todo o conteúdo de meu estômago. Embora também não me lembrasse de nada, ao assistir às cenas, eu, tal como Valerie, também não parecia estar dopada.

– Meu Deus, quantas vezes fomos submetidas a este tipo de violência?

Essa era a conduta dele, era o que ele gostava de fazer. Seduzia suas vítimas e, quando encontrava uma emocionalmente mais fraca, a manipulava. Mas qual era o objetivo? O que ele queria, afinal? Não sabíamos.

Eu não conseguiria fugir dele por muito tempo. Luc me ligava incansavelmente.

Dois dias depois voltei para casa e coloquei as coisas todas dentro do fundo falso para que pensasse que eu nunca descobri nada. Quanto à caixa de Alice, graças aos seguranças de Clara, o cadeado não fora danificado, portanto, coloquei-o de volta logo após ter feito cópia de absolutamente tudo o que havia dentro dela. Mas, o que faria com o dinheiro encontrado? Valerie certamente precisaria dele, mas se o entregasse a ela, ele saberia e talvez corrêssemos mais perigo ainda. Não sabia o que fazer.

Valerie pediu que eu a levasse a sua casa. Estava decidida a pegar as meninas e voltar para Londres, mas, antes, tinha que cancelar o aluguel e pegar o dinheiro que pagou adiantado. Quando chegamos lá, coincidentemente nos deparamos com o dono do imóvel e ele nos deu a notícia de que Luc havia cancelado o contrato pela manhã. Respiramos aliviadas.

– Que bom, obrigada, quando o senhor poderá devolver o dinheiro do aluguel adiantado que eu paguei? – Perguntou Valerie.

– Eu vou depositar ainda hoje na conta do seu marido.

– Não, como assim? Fui eu que dei o dinheiro para você, esse dinheiro tem que ser devolvido para mim. – Falou Valerie, desesperada, passando as mãos pelos finos cabelos loiros.

– Desculpe-me, senhora, mas o aluguel está no nome de seu marido, não posso fazer nada. Sou obrigado por lei a devolver o dinheiro a ele.

Valerie sentou-se no meio fio da calçada, em frente à casa, e chorou como uma menina de 10 anos. Legalmente, não havia nada que pudesse fazer.

– Ele pegou todo o meu dinheiro, o que vou fazer agora? Dei todo o meu dinheiro para ele construir a Célula. Paguei por cada cadeira, paguei por esta casa um aluguel de 18 meses adiantado. Ele planejou tudo, Emma, você percebe que ele planejou me trazer para cá para ficar com o meu dinheiro?

O terror parecia não ter fim. Essa situação me deixava ainda mais confusa em relação ao dinheiro encontrado no fundo falso do meu armário. Não podia permitir que ela e as meninas passassem necessidade. O que eu deveria fazer? Qual atitude deveria tomar? E uma luz se acendeu.

– Valerie, você ainda tem a herança de seu pai. Você não estará desamparada, querida. Esse dinheiro que você perdeu, deixe para lá. Melhor pegar suas filhas e sumir desse lugar.

– Vou colocar este homem na cadeia. Ele matou minha irmã, abusou sexualmente de nós duas, nos manteve em cárcere privado e roubou todo o meu dinheiro. Isso já é o bastante para que ele se mantenha preso, não acha?

– Na teoria ele não roubou seu dinheiro, você emprestou a ele conscientemente e, para os efeitos da justiça, ele alugou a casa, e não você. Quanto ao sexo sem consentimento, não temos como provar, os vídeos mostram o contrário, não parecíamos dopadas. – Luc usava uma espécie de droga conhecida como "droga do amor", que causa euforia tamanha a ponto de deixar a pessoa sem noção de censura, de certo e errado. A pessoa se sente livre para fazer qualquer coisa que provavelmente não faria se não estivesse sobre os efeitos da substância.

– E quanto à carta de sua irmã? Como provaremos que foi ela mesma quem escreveu? É a palavra de uma pessoa morta. Essa história é muito surreal, Valerie. O que fazer? Mostrar o computador para a polícia?

Qual crime ele teria cometido? Os vídeos não provam nada.
– Não é possível que ele saia impune a isso tudo. Sabemos do que ele é capaz de fazer – Rebateu Valerie, ainda sentada no meio fio em frente à casa.
– Vamos precisar esperar para coletarmos mais evidências. João *hackeou* o computador dele e com certeza vai descobrir algo de muito ruim. Por enquanto, vamos fingir que não sabemos de nada. Promete? Ou então nossa chance de colocá-lo na cadeia vai virar pó.

Minha vida havia terminado. Diversas vezes tive a certeza de que não sobreviveria àquela dor. Meu chão saiu debaixo dos meus pés. Vi, aos poucos, minha casa se transformando no que era antes de Luc. Vi todos os brinquedos e bichinhos do Bernardo serem arrancados do meu peito sem nenhuma compaixão. Minha casa ficou silenciosa novamente.

Odiava Sâmia por ter me induzido a ficar com aquele homem. Fora ela ou teria sido eu mesma, com minha ânsia por viver uma linda história de amor a qualquer custo, que o deixei entrar, sem reservas? Devia ter racionalizado e me afastado quando os sinais apareceram, mas como interpretá-los?

Dias depois Valerie voltou para Londres. Não nos falamos por um tempo. Eu precisava digerir aquela história toda. Precisava viver meu luto e me afastar de tudo o que me remetesse a Luc. Mas de uma coisa eu tinha certeza, ele pagaria por tudo que fez comigo. Ele pagaria por cada sedação, por cada manipulação, por cada infidelidade. Ele pagaria pela dor da ausência do Bernardo, que, de todas as dores, era a mais devastadora, a mais cruel e a única, a única insubstituível.

Pi pi pi...

Sinto mais frio, percebo que ele está comigo; sinto sua respiração perto do meu rosto. "Estou aqui, meu amor, consigo sentir você." Mas ele não me escuta, ninguém me escuta. Sinto uma gota caindo sobre meu rosto, parece sua lágrima. Ele passa sua mão suavemente para enxugá-la. Ele está sofrendo, e eu também. Não consigo me mexer.

Minha cabeça vaga pelo passado tentando encontrar uma justificativa para o que está acontecendo comigo.

27

Rio de Janeiro, 20 de agosto de 2016

Já se passara um mês, mas levantar todas as manhãs da cama e encostar os pés no chão continuava sendo um desafio diário. Voltar para casa e não ter os meus abraços me partia o coração. Acostumar-me com essa falta, com a dor da ausência, parecia uma das batalhas mais árduas a ser enfrentadas e ganhas.

Luc não fazia ideia de que seu esconderijo havia sido descoberto. Todos os seus pertences guardados no fundo falso foram levados por ele, inclusive o dinheiro dentro dos dois envelopes.

Além de já termos feito o backup do computador de Luc, João conseguiu *hackeá-lo*, possibilitando o acesso a todos os novos passos de Luc. Isso nos levou a descobrir o que existia por trás das flores que aquele homem extremamente sedutor enviava para mim e para todas as mulheres com quem se relacionava. Sem critério, sem amor.

Luc era um homem com características sociopata e psicopata, difíceis de serem percebidas em um primeiro momento. Acima de tudo, era sádico, extremamente sádico. Quando as desconfianças acerca do caráter desse tipo de homem começam a surgir, eles geralmente passam a manipular os fatos com o objetivo de nos convencer sempre do contrário. São pessoas extremamente envolventes, sedutoras e narcisistas, o que as impede de enxergar o outro.

São incapazes de sentir empatia pelo simples fato de o outro não existir em seu mundo, a não ser quando enxergam a possibilidade de obter vantagens, qualquer tipo de vantagem, financeiras ou não. São considerados oportunistas e não medem as consequências de seus atos para atingirem os objetivos e saciar seus desejos. Eles estão dispostos a tudo para satisfazê-los, sem limites, sem regras, sem escrúpulos. São escravos de si mesmos.

Como não têm a consciência de certo e errado, são capazes de cometer delitos de todos os tipos. Falsificam documentos, assinaturas, furtam e cometem crimes como os de Luc, crimes invisíveis, difíceis de serem comprovados.

Os sociopatas têm como hábito mentir, são extremamente criativos e têm a incrível capacidade para criar histórias com riquezas de detalhes. Seduzem, envolvem e se transformam em nosso ideal com o único objetivo de proporcionar a si próprios a satisfação imediata de seus desejos. São naturalmente irresponsáveis, e a irresponsabilidade de Luc transpassava para a vida de seus filhos, não compreendendo que seus atos influenciariam diretamente a vida das crianças.

Ele se mostrava um pai responsável, preocupado e presente, mas tudo não passava de uma farsa, tudo fora meticulosamente planejado e arquitetado apenas com o intuito de me conquistar, me envolver e conseguir, enfim, atingir seu objetivo do momento: desestabilizar cada vez mais Selma.

A gana de Luc em destruir a vida das mulheres que cruzavam seu caminho, manipulando-as até levá-las ao limite, se deu quando voltou de Bali da primeira vez, decidido a voltar para sua ex-namorada, mas recebeu a notícia de que a atual estava grávida, impedindo que vivesse sua paixão.

Ele se sentia verdadeiramente vítima da gravidez de Carla. Como se somente ela fosse responsável pela fecundação daquele embrião.

Aliás, isso acontece com a maioria dos homens. A sociedade é extremamente machista e atribui a responsabilidade da gravidez indesejada à mulher. Ora, quem jorra e tem o controle sobre seus espermatozoides é o homem. Por que essa culpa está atrelada a nós? Ovulamos uma vez por mês, ao passo que os homens produzem e ejaculam milhares de espermatozoides todos os dias. Eles também deveriam ter preocupação sobre onde depositam seu material genético.

Depois de uma sucessão de brigas violentas, todas estimuladas por Luc, Carla perdeu o controle. Foi quando, para azar dela, Luc conheceu dr. Foster, que passou a ser seu médico assistente. O desfecho dessa história todos já conhecem.

Rebeca, ao analisar os fatos e a personalidade doentia de Luc, pôde afirmar que ele tinha, sim, traços de psicopatia. Agia com o mesmo modus operandi. Seduzia, inventava histórias, dizia que tinha aprendido como lidar com as mulheres para não errar novamente, mandava flores, muitas flores, pedia tempo para que ele pudesse provar o quanto seria diferente dessa vez, propunha casamento, se mudava para a casa delas, tentava engravidá-las, as convencia a tatuar o trevo de três folhas e depois as levava à loucura, e destruía, por fim, a vida delas. Era assim que ele fazia. Ele guardava arquivos, como uma espécie de diário, onde relatava todas as experiências que tinha com cada uma delas. Ele guardava suas histórias como se fossem troféus.

Essa pessoa existe, é real e se deitava todas as noites a meu lado dizendo quão bom era dormir e acordar comigo todos os dias. Essa pessoa é Luc, o homem que não sente a dor do outro, que não se comove, que não tem empatia. Sentia nojo de mim mesma por ter amado aquele homem, por ter acreditado nele e por ter sido tão estúpida ao deixá-lo me manipular, fazendo com que acreditasse veementemente em suas verdades a respeito de Valerie.

Sua sociopatia se espalhou como um verme que se multiplica sem que seja percebido e, assim, foi deixando um rastro de maldade, frieza e sadismo, fazendo com que ficasse ileso a todo mal causado. O sangue precisava ser estancado, mas eu estava cansada. Precisava sair desse universo. Não podia mais permanecer na cidade e continuar naquela casa tão vazia. Precisava seguir em frente e esclarecer algo que sempre me assolou enquanto estive casada com Luc. Seu irmão Fred certamente saberia. Convidei-o para almoçar.

Ao ver a angústia que ainda tinha em meus olhos, Fred respirou fundo, parecendo tomar coragem, e decidiu falar.

A história sobre a indiana

Durante o tratamento do câncer, Luc namorava a indiana. Eles se conheceram em um concerto ao ar livre, no verão em Roma, onde ela morava com o marido. Ele assistia à *La Bohème* durante o Festival do Teatro de Ópera de Roma nas Termas de Caracalla. Os festivais de verão são uma tradição. A arte sai do teatro para iluminar as ruínas magistrais das Termas de Caracalla em um evento imperdível. As cadeiras se situavam de frente para as ruínas e o palco e toda a orquestra, de costas para elas; a luz âmbar em níveis diferentes em cada um dos alicerces que ainda se mantêm de pé refletia um colorido inigualável ao lugar que, por si só, já era mágico, recheado de história e cultura. Ela se apaixonara por ele ali, durante o intervalo, quando, de repente, percebeu em suas mãos uma linda rosa vermelha que contrastava com seu vestido leve de cor branca. Ele havia comprado de um senhor que andava por entre as cadeiras do concerto vendendo suas flores e enchendo de sonho o coração das mulheres agraciadas por suas rosas.

A indiana foi obrigada a se casar, ainda criança, com um homem muito mais velho, mas que a amava e a respeitava acima de tudo. Sua vida era, o que se podia dizer, boa, confortável, mas sem paixão. Luc a conheceu e a seduziu, prometeu a ela amor eterno e disse que a levaria com ele para a Inglaterra tão logo fosse possível. Assim, ela viu em Luc a possibilidade da libertação de uma vida que se tornara triste e infeliz, embora fosse, antes dele, alegre, segura e calma. Ele a fez provar e sentir o gosto doce e amargo da paixão, do sexo, da loucura. Ele a viciou. Tornou-a escrava de seus desejos e ela, jovem inocente, não teve capacidade nem maturidade para perceber seu jogo e o quanto tinha a perder.

Passaram a se encontrar sempre que possível entre a Inglaterra e a Itália.

A gravidez inesperada fez com que ela, enfim, tomasse sua decisão. Certa e segura quanto ao acolhimento de Luc, fez o que tinha de fazer. Criou coragem e deu a notícia ao seu "bom e amigo" marido. Encheu seu peito de empáfia, passou a mão sobre seu ventre então habitado pelo maior significado da palavra amor e disse, segura de si, ao homem estéril que lia o jornal sentado à sua frente, de costas para a janela:

– Estou grávida do amor da minha vida. Ele está à minha espera, vou embora e seguir minha vida. Não posso mais viver a seu lado. Eu nunca o amei. Fui obrigada a me casar com você muito jovem, não tive escolha. Você se mostrou um homem bom, e eu aprendi a amá-lo. Mas não consigo mais viver dividida entre vocês. Me desculpe.

– Eu estarei aqui quando voltares, não a desampararei mesmo que carregues um filho de outro homem.

O bom homem ficou lá, quieto, sofrendo a dor do amor e da desilusão. Foi digno e, ao contrário do que se esperava, não a humilhou, não a execrou. Deixou que seguisse seu destino sabendo que teria ele feito, também, muito mal àquela jovem e imatura mulher.

Ela então seguiu seu destino e partiu, indo ao encontro de Luc, que estava no Rio de Janeiro, se recuperando do tratamento contra o câncer.

Feliz com o coração acelerado, desejosa pela vida cheia de amor e romance, se dirigiu imediatamente à casa dos pais de Luc, onde ele se hospedava. Ao chegar, se deparou com a família reunida. Diante da figura de Selma abraçada a Luc interpelou, ainda segurando a mala:

- Luc, o que está acontecendo? Quem é ela?

Sem se abalar, ele respondeu apenas:

– É minha noiva. Vamos nos casar. – A família observava a cena, perplexa.

A pobre mulher, descompensada, desnorteada, implorava a Luc que lhe explicasse o que ocorria. Quanto mais implorava, menos Luc se pronunciava, menos falava, deixando-a ali destruída, desesperada por uma palavra, qualquer palavra que amenizasse sua dor e sua humilhação.

Em um último fio de esperança, entre soluços, revelou a decisão que tomara e contou que carregava no ventre um filho dele.
- Eu acabei de ter um câncer, não posso ter filhos. Nunca prometi nada a você. - Ele, sádico, a deixou definhar, sangrar. No auge da sua crueldade, sorria para ela com seus lábios que só proferem mentiras, imóvel, inabalado. Luc escolhera Selma.

Num ímpeto, a jovem mulher deu seu salto para a liberdade e voou pelas janelas do suntuoso apartamento com os braços abertos sobre o mar, tal qual a pomba branca que sai da gaiola à procura de sua paz.

* * *

Pi pi pi...

A cada vez, o som intermitente e monossilábico da máquina que me fazia companhia na unidade de tratamento intensivo, onde meu corpo lutava para me manter viva, encontrava-se mais distante, esvaindo-se...

28

Setembro de 2016

O estado emocional de Valerie continuava abalado, principalmente porque as provas que conseguimos no computador de Luc não eram suficientes para levá-lo para a cadeia. Tornamo-nos vítimas invisíveis. Não havia mais nada que pudéssemos fazer a não ser nos manter longe dele.

Apesar de o pai já ter morrido, Valerie não havia conseguido receber sua herança, visto que ainda faltavam algumas pendências na antiga empresa dele a serem quitadas. Portanto, até aquele momento Valerie continuava quebrada, totalmente falida. Para piorar as coisas, Luc não devolveu todo o dinheiro investido em seu empreendimento; nem mesmo devolveu o dinheiro do aluguel da casa para ela. Sentia-me culpada por não ter-lhe devolvido os envelopes com o dinheiro, mas tive que priorizar a nossa segurança.

Decidi me afastar de tudo; precisava de tempo e paz para resgatar meu equilíbrio emocional. Pedi que Valerie não me colocasse a par sobre cada último acontecimento acerca dele e que me excluísse de seu testamento, visto que me tornara mais um empecilho ao acesso de Luc à herança dela. O que eu menos precisava era me manter em seu radar, mas Valerie estava irredutível.

– Ele não me manipula mais, Emma, fique tranquila.

– Valerie, desfaça o testamento, não quero fazer parte disso Valerie, estou com medo!

– Não vou fazer isso, Emma. Não vou deixar minhas filhas desamparadas, e você é a única pessoa a quem posso confiá-las.

Nada fazia Valerie mudar de ideia. Certamente ele viria atrás de mim. Eu precisava livrar-me e esquecer de todo horror pelo qual passei.

Tendemos a achar que esse tipo de situação só acontece com os outros, não com a gente. Escutamos histórias, mas nunca somos os atores principais porque nos julgamos inabaláveis e impassíveis de manipulação ou tamanha cegueira. É o mesmo que acontece com os que usam a cocaína pela primeira vez. É a petulância dos que se julgam fortes, mas não reconhecem o vício. Não são capazes de olhar de fora e se enxergar no papel de dependentes ou suscetíveis à sedução da manipulação e do vício pela droga. Luc é como a cocaína. Algumas pessoas se viciam e morrem, outras dão um teco, gostam, querem mais, mas não se viciam. Não existe porquê. Talvez seja a química do organismo de cada um que até em relação à convivência humana é capaz de interferir. Essa arrogância é o nosso erro!

O que ainda faltava ser explicado era a razão de Sâmia ter insistido para eu não deixar esse homem escapar. Que ligação eu teria com aquela mulher para que a encontrasse tanto tempo após sua morte?

Pi pi pi...

Sinto que meu tempo está se esgotando e preciso compreender o sentido nas palavras de Sâmia.

Reconheci seu cheiro, senti sua barba passando pelo meu rosto. Que vontade eu tinha de passar meus dedos por entre seus longos cabelos negros. A ponta de seu nariz encostou no meu. Eu sabia que era ele, mas não podia tocá-lo. Sua voz rouca sussurrava ao meu ouvido, provavelmente algo que não iria compreender. Era assim.

Toda vez que ele sussurrava, sua voz rouca se acentuava, dificultando o entendimento. Não quero deixar você só!

Florescer

29

Madrid, primavera de 2017

Depois da exposição que eu e Lia fizemos sobre "o falsificador", nossa galeria ficou em evidência e em meados de dezembro fomos convidadas para a inauguração de uma das maiores galerias de arte de Madrid. Naquela época, ainda no meio do olho do furacão, não tinha condições de pensar em nada. Mas depois, à medida que o tempo foi passando, Lia voltou a falar no assunto e insistiu para que eu aceitasse o convite. Era a oportunidade que surgia para que eu desse um tempo de tudo que havia acontecido comigo e pudesse relaxar um pouco. Embora ainda estivesse sem forças para levantar da cama, estava disposta a sair daquela situação. Não queria mais fazer parte daquela história.

– Emma, estarei lá com você e vou te ajudar a entrar naquele avião. – Disse Lia. Ela sabia que não seria fácil para mim.

– Obrigada, querida. Eu vou, eu vou entrar naquele avião! – Imbuí-me de uma coragem e uma força de vontade que naquele momento não achava existirem.

Chegamos a Madrid pela manhã e lá estava Alejandro, o dono da galeria. Alto, esguio, com sua longa barba negra da cor de seus fartos cabelos lisos e penteados para trás, que teimavam em sair do lugar. Foi pessoalmente nos buscar no aeroporto e nos levou ao hotel Grand Meliá Palacio de los Duques.

A programação era intensa. Como os horários madrilenos são diferentes, tínhamos tempo suficiente para descansar até o almoço.

Esforcei-me para me levantar da cama, passei um batom e fui levando meu coração ainda estraçalhado pelas ruas de Madrid. Almoçamos apenas com ele e o diretor de marketing da empresa. Eles estavam muito surpresos com nossa coragem em convidar "o falsificador" para a exposição de nossa galeria, já que não era bem visto no mundo da arte. Depois do almoço voltamos para o hotel e nos arrumamos para a grande noite.

A apresentação de nosso projeto foi um soco no estômago do mundo das artes mais tradicionais. Alejandro, nos aplaudiu de pé. Ele é um homem vanguardista, apreciador da coragem, cheio de ideias e embora não seja tecnicamente bonito, tem uma beleza no olhar e firmeza na voz que prendiam a minha atenção.

Depois do coquetel finamente servido, a festa rolou solta até de manhã. Eu e Lia nos liberamos, dançamos e colocamos para fora a tensão que ambas viviam. Lia havia acabado de se separar e seu marido voltara para a Turquia. Definitivamente aqueles não eram momentos fáceis para nós duas.

Tomamos um porre e voltamos para o hotel com o motorista de Alejandro. Não me lembro nem se me despedi dele. Na verdade não lembro de muita coisa daquela noite. O que sei foi que no dia seguinte eu acordei tarde e sem a angústia no peito que me assolava desde julho, desde o dia que descobri quem era Luc.

Lia dormia pesado, minha cabeça doía, mas eu não ligava, desfrutava daquela sensação, meio grogue, meio lenta, meio qualquer coisa, menos angustiada... De repente, uma mensagem salta do meu celular. Era Alejandro. Passei a mão na testa e confesso que fiquei com medo do que ele poderia dizer.

"Olá, Emma, espero que esteja viva. Imagino que sua manhã não deva estar sendo nada fácil. Posso levar vocês para conhecerem Madrid e, assim, quem sabe, você pode tentar melhorar sua imagem para mim. A propósito, você dança muito bem em cima das mesas!"

Eu ri. Ri de verdade. Não me lembrava de quando havia sido a última vez que dei uma gargalhada. Quanto tempo fazia desde que aquela fatídica tarde acontecera? A tarde que destruiu meus sonhos. Uns dois meses? Não fiz as contas. Apenas deixei o embalo da gargalhada tomar conta de mim.

– Lia. Acorda...

– O que foi? Caramba...Estou na maior ressaca!

– Que porra é essa de dançar em cima da mesa?

– Ué, não lembra não?

Por aí já deu para sentir que a coisa tinha sido estranha, que eu realmente havia feito aquilo.

– Não me lembro de nada, Lia. Só me diz uma coisa... Eu só dancei? Não teve nada além disso?

– Só, Emma. Quer dizer... Depois você vomitou lá de cima na cara do Alejandro! Deixa eu dormir, estou morta, amiga.

– Eu o quê? Que merda é essa?! Como fui vomitar na cara dele? Alejandro me enviou uma mensagem...

– Putz, o cara deve querer te matar, deixa eu ver isso aqui... – Lia pegou o celular da minha mão e disse: – Vai amiga, vai porque a gente não pode perder esse negócio.

– Mas, e você? Não vem comigo? Eu não posso encarar esse sozinha.

– Emma, sem condições. – Lia fechou os olhos e se pôs a roncar.

Lá fui eu. Foi um processo longo até que eu ficasse apresentável.

Desci e Alejandro já me esperava ao lado de sua Vespa verde levemente metálica, de banco marrom. *Old fashion.*

– Olá, Emma! Você parece ótima se comparada com a última vez que a vi. – Disse ele de forma sarcástica.

– Desculpe-me, Alejandro, é a única coisa que tenho para dizer. Na verdade, eu não me lembro de nada.

Sentia-me envergonhada e não sabia o que fazer para tentar melhorar a situação. Até que resolvi relaxar.

Ele me ajudou a subir em sua garupa e me levou para conhecer a cidade.

Curiosamente me levou ao Viaduto de Segóvia. Seus quatro arcos alinhados, um em frente ao outro, ao longo de toda a sua extensão, fazem com que essa linda obra arquitetônica dos anos 1930 seja um dos pontos mais populares de Madrid. Alejandro adora arquitetura e eu também. Tínhamos isso em comum... Almodóvar também gosta dessa ponte. Descemos da Vespa. Lá de cima não era possível ver os carros transpassando por seus arcos, e a ponte agora tinha uma proteção de vidro que não nos permitia chegar ao parapeito.

Madrid é uma cidade quente e, apesar de estarmos no início da primavera, o sol queimava minha pele. Ele, com seus dedos compridos, ajudou-me a tirar o capacete e endireitou meu cabelo, tirando-os de trás da orelha.

– Essa ponte é conhecida como a ponte dos suicídios. É aqui que as pessoas que sofrem de amor costumam se matar. É por isso que agora colocaram esse vidro.

Embora minha vida estivesse mais para o drama Matador, de Almodóvar, em que a paixão é levada ao extremo, meu olhar, sob a ótica da comédia sobre minha própria vida, me empurrava para o filme Amantes passageiros, também de Almodóvar, em que uma mulher – exatamente no local onde eu estava naquele momento com Alejandro –, ao tentar o suicídio por conta de seu amante, deixa o celular cair da ponte dentro da cestinha da bicicleta de Ruth, personagem de Blanca Suárez, que, por sua vez, já fora amante do mesmo homem. Estranha coincidência, não? Enfim, Madrid, a cidade de Almodóvar... Havia muito o que explorar.

Naquele viaduto cheio de histórias de amores fracassados que culminaram no suicídio de tantas pessoas, não pude deixar de pensar em Alice e na Indiana, e na forma trágica como deram fim às suas vidas. Quanto sofrimento aquele homem foi capaz de causar.

Engoli a pouca saliva que havia na minha boca. Peguei o capacete, demostrando que já era hora de partir ou então eu mesma daria um jeito de pular sobre a via.

Nosso passeio se estendeu por Plaza Mayor, Puerta del Sol, Museo del Prado, Puerta de Alcalá, Calle Montalbán, a qual me lembrou o filme Mulheres à beira de um ataques de nervos e, por fim, o Círculo de Bellas Artes, o qual me remeteu à passagem do filme Tudo sobre minha mãe, quando a personagem vivida por Cecilia Roth aguarda seu filho para assistir ao filme Uma rua chamada pecado e ele é atropelado em frente a ela. Quantas coincidências... A morte, a perda do filho, o nome da rua, o vinho El Pecado e o mesmo lugar. Terrazas... Não poderia imaginar o que iria acontecer no Dia de Reis de 2018.

Ele parou sua Vespa em frente ao hotel e me deu um beijo no rosto. Sua barba me fez sentir cócegas.

– Não esquece que hoje à noite haverá uma festa em homenagem a vocês na minha casa.

E lá fomos nós, eu e Lia, para a linda cobertura na Grand Vía, sem saber o que nos esperava. Berta, que havia se mudado para Madrid há poucas semanas e precisava fazer amizades, também foi conosco.

Ele abriu a porta, com um largo sorriso no rosto, um paletó cinza e uma blusa branca de botão bem cortada. Ele convidou apenas alguns amigos íntimos e poucas pessoas do meio da arte.

Foi de uma gentileza incrível. Como, depois do que fiz com ele na noite anterior, ele ainda preparava uma festa para a gente? Percebi então que, por maior que fosse minha dor, por maior que fosse minha vontade de morrer, quando se planta o bem, colhe-se o bem. Pode ser que o bem não retorne das mãos de quem fizemos esse bem, mas ele voltará. Estava eu em Madrid, sendo recebida por pessoas que eu nunca havia visto, por um homem com quem só estive uma única vez. Talvez ele não tenha se dado conta do bem que me fazia, de como naquele momento meu sangue se estancou.

– O que você quer fazer depois daqui. – Perguntou ele demonstrando que a festa em sua casa estava prestes a terminar.

– Dançar. – Respondi.

– Posso mandar colocar uma mesa aqui para você. – Disse ele, sorrindo meio de lado, se referindo ao espetáculo à parte da noite anterior.

Nossa noite terminou às 7h em um cassino "Chino", como ele chamava, e do qual ele odiava a decoração.

Fomos caminhando para o meu hotel. Estava fresco e ele me cedeu seu paletó. Podia sentir seu cheiro na gola.

Lia? Não fazia a menor ideia de onde pudesse estar. Da última vez que a vi, se encontrava praticamente submersa na poça de baba oriunda da boca do diretor da galeria, que olhava fixamente para seus lindos olhos grandes, ouvindo atentamente tudo que era proferido de sua boca. Aquela cena foi uma das que me fizeram sorrir.

– Boa noite. – Disse, virando de costas, dirigindo-me à porta.

– Boa noite, guapa. – Respondeu ele que, ao me segurar pelo braço, me puxou e me beijou. Era o primeiro beijo desde que havia me separado. Fiquei em pânico, com medo, e no dia seguinte pela manhã peguei um voo para Lisboa. Desisti dele. Não quis viver aquilo. Deixei Lia lá. O romance dela com o diretor foi adiante.

Logo após minha fuga de Madrid, recebi uma mensagem que me deixou pensativa:

"Quem me dera poder voltar no tempo e pegar você de novo no aeroporto."

Apenas isso; nada mais. Não lembro o que respondi, não lembro se ele me explicou... Não sei o que se passou pela cabeça dele, eu ainda precisava ficar sozinha para digerir todos os acontecimentos e entender o que se passava.

Aproveitei a viagem a Madrid para ir a Lisboa fazer contato com alguns dos mais renomados artistas durante a ARCO Lisboa, feira de arte contemporânea que reúne as mais importantes galerias de Portugal e da Europa. A Cordoaria Nacional - prédio amarelo claro, comprido, disposto paralelamente ao Tejo, foi, no século XVIII, uma antiga fábrica de cordas, velas e sisal para equipar os navios portugueses - recebia as mais importantes obras contemporâneas dos séculos XX e XXI, transformando-se no palco da arte durante a primavera lisboeta.

Parada em frente à obra "Loop", de Albuquerque Mendes – importante artista plástico português que, após a Revolução dos Cravos, em 25 de abril de 1975, foi um dos fundadores do grupo Puzzle –, conectei-me imediatamente ao retrato do homem com a testa larga, o cabelo escasso engomado para trás, as sobrancelhas finas, a proeminente boca vermelha, a barba por fazer, o terno marrom e os olhos, tais quais os meus, um azul e o outro verde, dispostos o mais claro e o mais escuro nos mesmos lados correspondentes da face. Chamou-me a atenção que próximo ao seu ouvido direito havia uma sombra a lhe sussurrar algo. Foi nesse instante que o sussurro transpassou a obra e soou ao pé do meu ouvido me arrepiando a espinha percorrendo meu corpo até a nuca, dizendo:

– Conheço uma "guapa" com os mesmos olhos, só que infinitamente mais bonita que esta tela. Coincidência encontrá-la em frente a essa obra, não acha? – Dei um salto para trás.

Era Alejandro o homem que sussurrava. Ele curvou seu corpo e me abraçou firmemente, convidando-me para tomar uma xícara de café que se estendeu até a noite, e consequentemente, até o último dia do evento. Ele me fez sentir calma e me deu a paz de que eu precisava. Fez-me sentir a pele novamente.

– Você é mola mazo – disse ele quando estávamos no aeroporto nos despedindo. Essa expressão típica madrilena significa que alguma coisa ou alguém é realmente muito legal. E continuou: – Você acha que a gente consegue levar isso a distância?

– Eu não sei.

– Então a gente vai ter que tentar para ter a resposta, não acha?

E por que não? Não dizem que, para as coisas do coração, não há fórmula nem remédio? E foi isso o que aconteceu. Compartilhávamos nossas rotinas até que a saudade inundou nossos corações e não tivemos opção a não ser organizarmos nossas agendas para nos encontrarmos ao longo do ano. E, assim, um novo amor atracou em meu coração, deixando toda a tristeza em uma caixa fechada e bem guardada em algum lugar dentro da minha história, no meu passado.

Essa viagem foi importante para eu me afastar de toda a loucura que havia vivido, me afastar das notícias sobre Luc e tentar reconstruir a minha vida. Retomei meu trabalho com mais força e me agarrei a ele. Fui vivendo um dia de cada vez. Minha vida aos poucos caminhava na direção certa, afastando-me dos horrores que vivi, das histórias que descobri. Eu havia mudado, fui aprendendo a enxergar as pessoas sem idealizá-las, a ler os sinais de maneira mais realista e isso me ajudou a encontrar a mola no fundo do poço com mais rapidez. Vivi o luto intensamente, esgotei todos os sentimentos e, quando dei por mim, havia sobrevivido. Estava pronta para encarar a vida de frente. Fiquei mais forte. Essa fase é cansativa, gera um esgotamento físico e mental dantesco, mas é necessária. Junto com minha mudança, Valerie também havia se fortalecido e estava prestes a receber a herança do pai. Isso facilitaria e muito a sua vida e a das meninas. Finalmente elas teriam mais tranquilidade.

Enfim, o luto deu lugar à vida. Até que chegou o Dia de Reis, 5 de janeiro de 2018.

30

Madrid, 5 de janeiro de 2018 - Dia de Reis

Saímos do Terraza e fomos ao encontro de Berta. Em meio à multidão do Dia de Reis, ouvi um estampido seco, pessoas gritando, corre-corre. O vento frio cortava a pele do meu rosto, o gorro e as luvas já não eram mais suficientes para me manter aquecida. Reconheci um rosto na multidão. Ele estava a meu lado; entrei em pânico. Meu corpo ficou gelado. Os olhos de Alejandro miravam o horizonte. Tentei avisá-lo, mas já era tarde. Senti a pressão no meu peito. Um líquido quente escorria por meu corpo. Era meu sangue. Havia levado um tiro. O pecado da noite, "não matarás", estava se concretizando, às avessas, e não da forma como eu e Alejandro havíamos planejado.

Meu corpo ficou gelado. Seus olhos miravam o horizonte. Estava eu ali, jogada no chão, inerte, sem sentido, desacordada, exatamente no mesmo local em que o filho da protagonista morre no filme de Almodóvar, "Tudo sobre minha mãe".

Perdi meus sentidos, o som da ambulância estava cada vez mais fraco. Não senti mais a presença de Alejandro.

Pi pi pi...

Estou no CTI, fraca, minha energia se esvaiu ao me recordar da história que já apagara de meu coração.

Não quero morrer. Quero poder sentir o afago de Alejandro novamente, quero poder abraçar minha mãe. Não posso permitir que aquele homem saia vitorioso mais uma vez. Preciso lutar para me manter forte.

Senti a presença de Alejandro e, nesse dia, pude ouvir sua voz:

– A polícia está tentando descobrir quem fez isso com ela. – Disse Alejandro a alguém.

– Você precisa acreditar em mim. – Aquela voz feminina me era familiar, não conseguia decifrar, minha capacidade auditiva não me permitia. – Somente ele pode ter feito isso a ela.

Era Valerie. Valerie estava lá, a meu lado.

– Alejandro, Emma me salvou uma vez e eu vou protegê-la agora. Não permita visitas. Tome, esta é a foto de Luc. Distribua pelo hospital e entregue à polícia. Ele está foragido. Precisa ser encontrado ou não teremos mais descanso em nossas vidas. Desde que Emma descobriu sua farsa e me tirou da clínica psiquiátrica, nos unimos para tentar puní-lo por todos os seus crimes. O plano de Luc era ficar com a herança de meu pai. Por isso, precisou dopar Emma por 15 dias. Assim, pôde me internar e me declarar incapaz. O passo seguinte seria fazer o mesmo com Emma, visto que ela era minha beneficiária e legalmente casada com ele. Assim, ele, pai das minhas filhas, naturalmente substituiria Emma na administração da herança.

– Eu vi esse homem, eu vi esse homem olhando para Emma quando ela foi ao banheiro lá no Terraza, antes de ela levar o tiro. – Disse Alejandro. – Ele falou para mim algo que me deixou perturbado, tanto é que Emma percebeu minha angústia: "A felicidade é efêmera, o amor também. Aproveite para viver o agora, porque daqui a pouco.... acabou, passou." Foi o que ele disse. E se foi.

* * *

Estou na praia, na minha festa de aniversário, feliz. Sinto um toque suave no meu ombro, viro-me e é ela, Sâmia. Ela me segura pela mão e me conduz em direção ao mar. Todos me olham e conversam entre si, abrem passagem para mim e eu sigo. No mar, Sâmia levanta seu vestido. Percebo que suas pernas são jovens, tão jovens quanto as minhas. Sinto a espuma das ondas se desfazendo nelas.

Ela continua levantando seu vestido até deixar à mostra o trevo tatuado em sua virilha. Essa visão me deixou confusa, a imagem que via me era familiar, não era mais um trevo em outra mulher, era mais familiar que o simples símbolo. Olho para trás e vejo Luc caminhando em minha direção, sua imagem chegando, suas pegadas na areia me deixam paralisada e com medo. Ele se aproxima e chega até mim. Já não é mais a imagem de Luc que vejo. Esse rosto me lembra alguém, alguém muito próximo, mas distante.

Olho para trás e procuro Sâmia, mas não a vejo. O homem se dirige a mim e diz:

– Você pensou que se livraria de mim, Sâmia?

– Onde está Sâmia? – Pergunto, aflita. – Quem é você?

– Não me reconheces, Sâmia? Não reconheces mais o homem que deixou morrer no rio? – Gelei e imediatamente me veio à cabeça a história que a velha senhora turca havia me contado.

– Do que você está falando?

– Ora, também não se reconhece mais? – Diz ele levando a minha mão ao meu rosto. – Entrei em choque, pude sentir a cicatriz na minha face direita, próxima a meu olho.

– Eu disse que voltaria para me vingar de você e de todas as bruxas que passariam pelo meu caminho. Sou eu, Egemen, Sâmia! Você não terá mais paz, encontrarei você onde estiver, no corpo de quem quer que seja, em qualquer vida.

Meu corpo tremia, minha mente fez uma retrospectiva de quando estive na Capadócia. Nunca estive com Sâmia, a senhora, a mãe, a velha. Percebi que eu era Sâmia e que Luc sempre foi Egemen. Quando Sâmia filha entrou e passou pela porta eu não a enxerguei. Enxerguei a mim mesma. Suas palavras pedindo que me afastasse de Luc eram decodificadas por meu inconsciente para que eu não o deixasse escapar. Mas não entendi o verdadeiro significado. Não prestei atenção aos pequenos detalhes. A verdade é que somos tendenciosos e interpretamos os sinais como gostaríamos que a vida fosse, somos parciais.

Egemen morreu dias antes de Luc nascer, assim como Sâmia faleceu dias antes do meu nascimento. O que vi na Capadócia não foi nada além do medo. Eu, de alguma forma, sabia que Egemen estava entre nós novamente e tinha medo que ele cumprisse o que havia prometido e viesse atrás de mim. Meu inconsciente quis que eu o reconhecesse para me proteger, mas fui pega pelo destino e me apaixonei por ele novamente, em outra vida. Talvez isso explique minha vontade em conhecer a Turquia desde muito pequena. Nunca entendi muito bem o motivo, mas quando o destino me colocou novamente dentro da minha casa na Capadócia, de frente para minha filha e neta, entrei em transe e meu inconsciente fez com que eu pusesse para fora a vontade de Samia, aproximar-se de Luc para fazer Egemen parar. Estancar o mal.

Ele veio atrás de mim, o carma se cumpriu. Me libertei. No entanto, não tenho poder sobre o mal que todos os outros Lucs possam vir a fazer a tantas outras Emmas, Selmas e Valeries que cruzam nosso caminho todos os dias. Cabe a cada um de nós ficar atentos aos sinais.

* * *

Era possível, no mundo da sinfonia dos "pi pi pis", perceber quão transtornado Alejandro estava. Meu corpo parecia reagir.

– Emma, me perdoe, me perdoe por não ter te falado o porquê de eu estar estranho no Terraza. Não quis mostrar minha fraqueza e insegurança. Fui tolo. Talvez você estivesse comigo agora. Sentia-me tão feliz a seu lado. Não fui capaz de proteger você. Eu falhei. Perdoe-me, Emma.

Ele estava debruçado em meu peito e segurava minha mão. Tive força o suficiente para apertá-la.

– Você está me ouvindo, meu amor? – Perguntou ele, entusiasmado, enquanto eu apertava novamente sua mão.

– Enfermeiros, Valerie, chamem o médico, Emma apertou minha mão.

Piiiiiiiiiii

Minha alma agora está leve. Me vejo deitada. Já não sinto mais o frio do quarto. Há flores por todo lado. Em meio a elas, um pequeno ponto verde traz de volta o foco da minha visão. Um trevo de três folhas.

O som da máquina se distancia....

Referências

CÂMARA, Fernando Portela. Psiquiatria contemporânea: o sociopata entre nós.
2014. Disponível em <http://www.polbr.med.br/ano14/cpc1014.php>. Acesso em: 10 ab. 2018.

KOLB, Bettina. "Falsificador do século" expõe trabalhos próprios em Munique. DW MADE FOR MINDS. 2015. Disponível em <http://www.dw.com/pt-br/falsificador-do-s%C3%A9culo-exp%C3%B5e-trabalhos-pr%C3%B3prios-em-munique/a-18439542>. Acesso em: 10 ab. 2018.

MIRANDA FILHO, Hamilton Raposo de. Crime e doença mental: um nexo de causalidade. 2009. Disponível em <http://www.polbr.med.br/ano09/for1009.php>.
Acesso em: 10 ab. 2018.

Esta é uma obra de ficção.
Qualquer semelhança com pessoas ou fatos reais terá sido mera coincidência.